EDGAR WALLACE

Der Mann, der seinen Namen änderte

THE MAN WHO WAS NOBODY

Kriminalroman

Wilhelm Goldmann Verlag

Aus dem Englischen übertragen von
Ravi Ravendro

Herausgegeben von Friedrich A. Hofschuster

Gesamtauflage: 192.000

Made in Germany · 1/82 · 9. Auflage

Umschlagentwurf: Atelier Adolf & Angelika Bachmann, München
Umschlagfoto: Richard Canntown, Stuttgart
Druck: Mohndruck Graphische Betriebe GmbH, Gütersloh
Krimi 1194
Lektorat: Friedrich A. Hofschuster · Herstellung: Peter Sturm
ISBN 3-442-01194-9

Edgar Wallace im Goldmann Verlag

1922 wird der Goldmann Verlag in Leipzig gegründet.

1926 veröffentlicht Goldmann die beiden ersten ins Deutsche übersetzten Kriminalromane des schon weltbekannten Edgar Wallace. Und nur ein Jahr später, nach der sensationellen Uraufführung von »Der Hexer« am Deutschen Theater in Berlin (Regie: Max Reinhardt), bricht das Wallace-Fieber aus. Goldmann hat damit eine neue Literaturgattung in Deutschland etabliert: den Kriminalroman.

1932 stirbt Edgar Wallace in Hollywood. Als der Sarg nach England überführt wird, ist im Hafen von Southampton halbmast geflaggt und in Londons legendärer Zeitungsstraße, der Fleetstreet, läuten die Glocken: Großbritannien erweist seinem berühmten Sohn die letzte Ehre.

1952 kommen die ersten Goldmann Taschenbücher auf den Markt. In der Reihe Goldmann Rote Krimi erscheinen im Laufe der nächsten drei Jahrzehnte sämtliche Kriminalromane von Edgar Wallace mit überwältigendem Erfolg. Über 40 Millionen Exemplare haben von 1926 bis heute ihre Leser gefunden. Und allein in Deutschland wurden 30 Kriminalromane von Edgar Wallace verfilmt.

1982 erscheinen zum 50. Todestag alle 82 Kriminalromane in einer einmaligen Sonderausgabe und ein Edgar Wallace-Almanach.

I

»Deinen Baron hast du dir ja nun glücklich erobert! Was hältst du denn jetzt von ihm?« fragte Javot und schaute sich mit einem zynischen Lächeln um.

Der verhältnismäßig kleine Gesellschaftsraum in Almas Wohnung bot ein Bild vollkommener Unordnung. Die Möbel waren an die Wände gerückt, um mehr Raum für die Tanzfläche zu schaffen. Einer der silbernen Armleuchter hing schief, weil ihn ein angetrunkener Gast in seinem Übermut verbogen hatte, und eine große, kostbare Vase mit weißem Flieder war umgeworfen worden. Die welken Blumen lagen zwischen den Porzellanscherben in einer Wasserlache auf dem Boden. Mit schrillem, metallischem Ton spielte ein Schallplattenspieler einen Twostep. Mehrere Paare tanzten mit etwas unsicheren Schritten nach der abgehackten Melodie, die ab und zu von der ausgelassenen, lauten Unterhaltung und dem Gelächter übertönt wurde. Der Sekt hatte seine Wirkung getan; selbst die Damen kicherten und sprachen hemmungslos.

Die hübsche Frau, die neben dem Schauspieler Javot stand, sah zu einem jungen Herrn hinüber, der mit hochrotem Gesicht den Versuch machte, auf den Händen zu stehen. Ein Freund, der nicht nüchterner zu sein schien als der Amateurakrobat, feuerte ihn durch laute Zurufe an.

Alma Trebizond hob die Augenbrauen leicht und warf Javot einen merkwürdigen Blick zu.

»Wenn man kein Geld hat, kann man eben nicht lange wählen«, erwiderte sie nachdenklich. »Großen Eindruck kann ich ja nicht mit ihm machen, aber er ist ein Baron von altenglischem Adel und hat ein jährliches Einkommen von vierzigtausend Pfund. Das fällt doch ins Gewicht.«

»Vergiß nicht das berühmte Diamantenhalsband aus dem Familienschmuck der Tynewoods«, entgegnete er leise. »Es wird ein ungewöhnlich entzückender Anblick sein, dich darin zu sehen. Schlecht gerechnet hat es einen Wert von hunderttausend Pfund, mein Liebling. Das gibt dir erst das nötige Profil.«

Sie seufzte befriedigt, denn sie hatte ein hohes Spiel gewagt und einen Erfolg errungen, der ihre kühnsten Hoffnungen weit übertraf.

»Ja, die Sache ist besser gegangen, als ich je erwartet hätte. Ich habe übrigens eine Vermählungsanzeige an die maßgebenden Zeitungen geschickt.«

Er sah sie scharf und durchdringend an. Kalte, habichtähnliche Augen belebten sein sonst sehr intelligentes, hageres Gesicht. Seine Haare hatten sich schon stark gelichtet.

»Hast du die Nachricht wirklich schon an die Redaktionen geschickt?« fragte er langsam. »Das wäre aber sehr unüberlegt von dir gewesen.«

»Warum denn?« erwiderte sie ärgerlich. »Ich brauche mich doch absolut nicht zu schämen! Ich bin genausoviel wert wie er, und es ist in unseren Tagen durchaus nichts Ungewöhnliches, wenn eine Schauspielerin von meinen Fähigkeiten einen Repräsentanten des hohen Adels heiratet!«

»Ein Baron gehört wirklich nicht zum hohen Adel«, verbesserte er sie ironisch. »Aber darauf kommt es im Augenblick ja nicht an. Viel wichtiger ist, daß er dich ausdrücklich gebeten hat, die Eheschließung mit ihm geheimzuhalten.«

»Aber ich wüßte gar nicht, warum ich das tun sollte.«

Ein sarkastisches Lächeln spielte um seinen Mund.

»Es gibt genug Gründe dafür!« sagte er bedeutungsvoll. »Ich könnte dir einen sehr triftigen nennen, der dich allein schon bestimmen müßte, über diese Vorgänge den Mund zu halten! Du wirst deine Vermählung mit dem Baron nicht veröffentlichen, Alma!«

»Aber ich habe es doch schon getan«, entgegnete sie düster.

Er schüttelte mißbilligend den Kopf.

»Du fängst die Sache gleich von vornherein verkehrt an. Sir James Tynewood war nicht betrunken, als er dich dringend bat, die Heirat für ein Jahr geheimzuhalten. Er war sogar sehr nüchtern, und sicher hat er wichtige Gründe.«

Mit einem ungeduldigen Achselzucken wandte sie sich von

ihm ab und ging zu dem jungen Mann hinüber, der inzwischen seine akrobatischen Kunststücke aufgegeben hatte und mit unsicherer Hand ein Sektglas hielt. Sein Freund bemühte sich, es zu füllen, goß aber dauernd daneben, so daß der fliederfarbene Teppich bald häßliche Flecken zeigte.

»Jimmy, komm einmal mit mir«, sagte sie und legte ihren Arm in den seinen.

Sein Gesicht war rot und angeheitert, und er lächelte sie verständnislos an.

»Einen Augenblick, Schatz«, entgegnete er mit etwas belegter Stimme. »Ich muß noch ein Glas mit meinem lieben alten Mark zusammen trinken.«

»Du kommst jetzt mit mir. Ich muß mit dir sprechen«, erklärte sie entschieden.

Mit einem Grinsen ließ er den Sektkelch zu Boden fallen, und das Glas zersplitterte in tausend Stücke.

»Da merkt man erst, wie verheiratet man ist! Am Ende hat der Pfarrer bei der Trauung noch gesagt, daß man seiner Frau gehorchen soll!«

Sie führte ihn zu Javot.

»Jimmy«, sagte sie dann unvermittelt, »ich habe den großen Zeitungen und Gesellschaftsblättern unsere Verheiratung mitgeteilt.«

Er starrte sie nur erstaunt an und runzelte die Stirn. In seinem betrunkenen Zustand wurde ihm nicht klar, um was es sich eigentlich handelte.

»Sag doch – noch einmal –, was du willst.«

»Ich habe die Zeitungen davon benachrichtigt, daß sich die bekannte und beliebte Schauspielerin Alma Trebizond mit Sir James Tynewood auf Schloß Tynewood vermählt hat«, erwiderte sie kühl. »Es paßt mir nicht, daß meine Heirat mit dir geheimgehalten werden soll. Du schämst dich doch nicht etwa meinetwegen?«

Er zog seinen Arm aus dem ihren und fuhr nervös mit der Hand durch sein Haar. Anscheinend machte er den Versuch, intensiv nachzudenken.

»Verdammt noch einmal, ich habe dir doch aber ausdrücklich

gesagt, daß du das unterlassen sollst«, entgegnete er mit plötzlicher Heftigkeit. »Zum Henker, habe ich dir das nicht ganz strikt befohlen, Alma?«

Plötzlich schlug seine Stimmung jedoch wieder um, und der düstere Ausdruck wich aus seinem Gesicht. Er warf den Kopf zurück und lachte übermäßig laut.

»Na, das ist ja der beste Witz, den ich jemals gehört habe«, brüllte er und wischte sich die Tränen aus den Augen. »Javot, darauf müssen wir sofort ein Glas trinken.«

Aber Augustus Javot schüttelte den Kopf.

»Nein, danke vielmals, Sir James. Wenn ich Ihnen einen guten Rat geben darf –«

»Lassen Sie das lieber«, sagte Sir James etwas anmaßend. »In diesen Tagen nehme ich überhaupt von niemandem einen Rat an. Ich habe Alma geheiratet – das ist das einzige, was augenblicklich für mich zählt, und wenn sich die ganze Welt auf den Kopf stellt. Habe ich nicht recht, Liebling?«

Als er wieder durch das Zimmer wankte, schaute Javot nachdenklich hinter ihm her.

»Ich möchte nur wissen, was seine Verwandten dazu sagen?« fragte er leise.

Alma wandte sich gereizt zu ihm um.

»Kommt es denn darauf an, was seine Verwandten dazu sagen?« fragte sie scharf. »Außerdem hat er gar keine Verwandten! Nur einen jüngeren Bruder, der sich in Afrika aufhält. Und obendrein ist der Junge nur ein Halbbruder von ihm. Javot, du bist heute abend wirklich unausstehlich. Du fällst mir direkt auf die Nerven mit deinem entsetzlichen Unken. Nimm dich doch ein wenig zusammen.«

Er erwiderte nichts und setzte sich nachlässig auf die Sofalehne, als sie ihrem Mann nachging. Seine Gedanken beschäftigten sich unablässig damit, wie dieses Abenteuer wohl noch enden würde.

Die ausgelassene Stimmung war gerade auf dem Höhepunkt, als plötzlich eine Unterbrechung kam.

Almas Wohnung lag in einem vornehmen Häuserblock in der Nähe des Hyde Parks, und es wohnten im allgemeinen nur ruhige Leute in dieser Gegend. Als das Dienstmädchen in der Tür erschien, glaubte Javot daher, daß sich die Mieter der unteren Stockwerke über den Lärm beschweren wollten. Daran war er schon gewöhnt, denn solche Unterbrechungen kamen regelmäßig bei den Gesellschaften vor, die Alma in ihrer Wohnung gab.

Diesmal schien Janet jedoch eine wichtige Nachricht zu haben, denn Alma brachte die angeheiterten Gäste zum Schweigen.

»Was, ich soll hier gestört werden?« fragte Sir James laut.

»Ja, die Dame wünscht, Sie dringend zu sprechen«, erwiderte Janet.

»Wer ist es denn?« fragte Alma.

»Ein hübsches, junges Mädchen, Mylady.« Janet gab sich Mühe, ihre Herrin mit dem neuen Titel anzureden.

Lady Tynewood lachte.

»Hast du schon wieder eine neue Eroberung gemacht, Jimmy?«

Sir James grinste selbstzufrieden, denn er war sehr stolz auf die Wirkung seiner Persönlichkeit.

»Na, dann bringen Sie die Dame mal herein«, befahl er gönnerhaft.

Janet zögerte.

»Haben Sie nicht gehört, was ich gesagt habe?« rief Tynewood übermäßig laut.

Janet verschwand.

Gleich darauf kam sie zurück und führte eine junge Dame herein.

Javots Augen leuchteten auf, als er das unbekannte Mädchen sah.

»Ein verdammt hübscher Käfer!« murmelte er halblaut vor sich hin.

Miss Stedman sah sich etwas verwirrt in der Gesellschaft um und schien sich in dieser Umgebung wenig wohl zu fühlen.

»Sir James Tynewood?« fragte sie leise.

»Ja, das bin ich.«

»Ich bringe einen Brief für Sie.«

»Für mich?« wiederholte er gedehnt. »Zum Teufel, woher kommen Sie denn?«

»Von den Rechtsanwälten Vance and Vance.«

Sir James Tynewoods Gesicht zuckte nervös.

»So, von Vance and Vance kommen Sie?« sagte er heiser.

Javot glaubte, einen angstvollen Unterton in der Stimme des jungen Mannes zu hören.

»Ich weiß wirklich nicht, wie Mr. Vance dazu kommt, mich zu so später Stunde noch zu stören.«

Zögernd nahm Sir James den Brief aus der Hand des Mädchens und betrachtete ihn von allen Seiten.

»Mach ihn doch auf, Jimmy«, rief Alma ungeduldig. »Du kannst doch die junge Dame nicht so lange warten lassen!«

Ein Herr mit Künstlerlocken trat näher, und bevor Miss Stedman seine Absicht erkennen konnte, hatte er sie schon um die Taille gefaßt.

»Das ist meine Partnerin zum Tanz, auf die habe ich schon den ganzen Abend gewartet!« erklärte er ausgelassen. »Dreh doch den Klapperkasten wieder an, Billy.«

Sie wollte sich freimachen, aber es gelang ihr nicht, und wohl oder übel mußte sie sich nach dem Takt der Musik bewegen. Hilfesuchend sah sie sich um, aber niemand nahm sich ihrer an. Die anderen grinsten nur und schauten vergnügt zu.

»Lassen Sie mich sofort gehen«, rief sie erregt. »Bitte, lassen Sie mich in Ruhe. Sie dürfen doch nicht –«

»Immer flott und elegant, meine kleine Puppe«, erwiderte der junge Mann. Aber plötzlich packte ihn eine starke Hand am Arm.

»Lassen Sie die Dame sofort los«, sagte Mr. Javot streng.

»Verdammt noch mal, kümmern Sie sich doch um Ihren eigenen Kram!« rief ihm der Gast ärgerlich zu.

Aber Javot hatte erreicht, daß er das Mädchen freiließ, und trat nun zwischen sie und ihn.

»Entschuldigen Sie vielmals«, wandte er sich freundlich an sie und schob den aufgeregten jungen Mann beiseite.

Tynewood riß den Umschlag auf, und Javot beobachtete ihn interessiert. Sir James konnte in seinem Rausch das Schreiben nur Wort für Wort lesen. Plötzlich wurde er bleich, und seine Unterlippe zitterte.

»Was hast du denn?« fragte Alma scharf, denn auch sie bemerkte die Veränderung in seinen Zügen.

Langsam zerknitterte James den Brief in der Hand, und ein häßlicher Ausdruck entstellte sein Gesicht.

»Verdammt noch mal, der Kerl ist tatsächlich zurückgekommen!« stieß er heiser hervor.

»Wer ist zurückgekommen?« wandte sich Javot schnell an ihn.

Sir James antwortete nicht gleich und biß die Zähne aufeinander.

»Der Kerl, den ich von allen Menschen auf der Welt am meisten hasse«, sagte er dann böse und schob das zerknüllte Papier in seine Tasche.

Dann drehte er sich plötzlich zu dem jungen Mädchen um.

»Soll ich etwas bestellen?« fragte sie ängstlich. Sie sah noch blaß aus und zitterte vor Erregung.

»Sagen Sie Vance, daß er sich zum Teufel scheren soll! – He, Mark, gieß mir mal einen Kognak ein!«

2

Marjorie Stedman, die Privatsekretärin des Rechtsanwalts und Notars Vance, atmete erleichtert auf, als sie an diesem herrlichen Frühlingsabend wieder in die frische, kühle Luft hinaustreten konnte.

Das war also Sir James Tynewood. Wie oft hatte sie diesen Namen gelesen, der im Büro mit weißen Buchstaben auf einen schwarzen Aktenkasten gemalt war.

Und dieser Nachkomme eines alten, angesehenen Geschlechts, das sich in früheren Tagen im Dienste des Vaterlands ausgezeichnet hatte, war ein Trinker, ein Verschwender, der sich in unmöglicher, vulgärer Gesellschaft herumtrieb! Dieses

Erlebnis war eine große Enttäuschung für sie, und sie schauderte noch bei der Erinnerung.

Als sie zu dem Büro in Bloomsbury zurückkam, waren schon alle Angestellten fortgegangen. Aber der alte Mr. Vance wartete in seinem Privatzimmer auf sie und sah sie neugierig an, als sie eintrat.

»Nun, Miss Stedman, haben Sie den Brief abgegeben?«

»Ja, Mr. Vance.«

»Haben Sie Sir James Tynewood persönlich angetroffen?«

Sie nickte.

Die Spannung in seinen Zügen steigerte sich.

»Was haben Sie denn – Sie sehen ja so blaß aus? Ist Ihnen etwas zugestoßen?«

Sie schüttelte den Kopf, erzählte ihm aber dann, was sie auf der ausgelassenen Gesellschaft gesehen und gehört hatte.

Mr. Vance biß sich auf die Lippe, er war sehr ärgerlich und erregt.

»Das tut mir wirklich leid. Ich dachte nicht, daß man es wagen würde, Sie so zu behandeln, sonst wäre ich natürlich selbst hingegangen. Sie verstehen doch, Miss Stedman, daß ich keinen der anderen Angestellten mit diesem Gang beauftragen konnte?«

»Natürlich. Ich weiß sehr gut, daß diese Mitteilung vertraulich war.« Sie verschwieg, daß sie sich darüber gewundert hatte. Es war ihr seltsam vorgekommen, daß ausgerechnet sie den Brief Sir James persönlich übergeben mußte.

Aber Mr. Vance las ihre Gedanken.

»Eines Tages werden Sie noch verstehen, warum ich gerade Ihnen den Auftrag gab, Sir James Tynewood aufzusuchen. Ich bin jedenfalls sehr dankbar, daß Sie die Sache erledigt haben. Hat Ihnen Sir James eigentlich eine Antwort mitgegeben oder etwas gesagt?«

Sie zögerte. »Was er sagte, möchte ich nicht gern wiederholen. Es war nämlich nicht sehr schmeichelhaft für Sie, Mr. Vance«, entgegnete sie lächelnd.

Der Rechtsanwalt nickte.

»Es ist eine recht unangenehme Angelegenheit«, meinte er

nach einem kurzen Schweigen. »Hat denn Sir James wirklich nichts gesagt, was für mich von Bedeutung sein könnte?«

»Zu mir direkt hat er es nicht gesagt, er hat mehr im allgemeinen gesprochen –« Sie zögerte wieder. »Eine Dame fragte ihn, welche Nachricht der Brief enthalte, und darauf antwortete er, daß der Mann, den er am meisten von allen Menschen hasse, zurückgekommen sei.«

»Den er am meisten hasse«, wiederholte er mit einem traurigen Lächeln. Dann erhob er sich und zuckte die Schultern.

»Es ist tatsächlich eine sehr unangenehme Geschichte«, sagte er noch einmal und nahm den Mantel vom Haken. Dann wechselte er plötzlich das Thema. »Am Ende der Woche verlieren wir Sie also, Miss Stedman?«

»Ja, Mr. Vance. Es fällt mir selbst schwer genug zu gehen, denn ich habe mich in Ihrem Büro sehr wohl gefühlt«, erwiderte sie bedrückt.

»Von meinem egoistischen Standpunkt aus tut es mir natürlich auch unendlich leid.« Er schlüpfte in den Mantel. »Aber um Ihretwillen bin ich doch eigentlich recht froh. Hat Ihr Onkel denn nun die Goldmine entdeckt, nach der er so lange gesucht hat?«

Sie lächelte. »Nein, das nicht, aber er hat in Südafrika viel Geld verdient. Er war ja schon immer so großzügig zu meiner Mutter und zu mir. Sie müssen Onkel Alfred doch auch noch gekannt haben?«

»Ja, vor zwanzig Jahren habe ich ihn einmal gesehen. Ihr Vater brachte ihn eines Tages in mein Büro. Ich hatte damals, soweit ich mich noch entsinnen kann, den Eindruck, daß er ein charaktervoller Mann war.«

Er ging zur Tür und blieb dort stehen, als ob er darauf wartete, daß Marjorie vor ihm hinausging.

»Sie haben doch heute nichts mehr zu tun?« fragte er etwas erstaunt, als sie keine Miene machte, ihm zu folgen.

»Ich muß noch den Schriftsatz in Sachen James Vesson abschreiben, bevor ich gehe.«

Er schüttelte ungeduldig den Kopf.

»Ach, das hatte ich ja ganz vergessen! Aber da hätte ich Sie doch gar nicht fortschicken dürfen! Können Sie es denn nicht morgen früh machen, Miss Stedman?«

Aber er wußte selbst nur zu gut, daß der Schriftsatz morgen in aller Frühe gebraucht wurde.

»Es kommt mir nicht darauf an, wenn ich heute ein wenig später nach Hause komme, Mr. Vance«, sagte sie und lachte. »Ich habe sowieso nichts weiter vor, und in zwei Stunden bin ich ja mit der Arbeit fertig. Es ist viel besser, ich schreibe die Sache heute abend noch, sonst müßte ich morgen schon sehr früh ins Büro kommen.«

»Na, dann ist es gut, Miss Stedman. Ich muß mich jetzt beeilen, daß ich meinen Zug nach Brighton noch erreiche. Morgen rufe ich Sie im Laufe des Vormittags an, dann können Sie mir sagen, ob irgend etwas Wichtiges vorgefallen ist. Also, gute Nacht.«

Als Marjorie allein war, ging sie in ihr kleines Büro, das an das Arbeitszimmer des Rechtsanwalts stieß, und kurze Zeit später klapperte ihre Schreibmaschine in rasendem Tempo. Sie wußte, daß sich ihre Mutter stets Sorgen machte, wenn sie nicht rechtzeitig nach Hause kam, und sie bemühte sich deshalb, so schnell wie möglich fertig zu werden.

Sie hatte gerade die vierte DIN-A-4-Seite des langen, trockenen Schriftsatzes hinter sich, als sie ein Klopfen an der äußeren Bürotür zu hören glaubte. Sie machte eine Pause und lauschte angestrengt.

Jetzt vernahm sie es deutlich und erhob sich. Sie war sehr gespannt, wer Mr. Vance zu so später Stunde noch geschäftlich aufsuchen wollte.

Als sie die Tür öffnete, erwartete sie eigentlich einen Telegrafenboten, aber zu ihrem Erstaunen sah sie sich einem großen, schlanken Herrn gegenüber.

Mit einem Blick umfaßte sie seine äußere Erscheinung und sah, daß er einen alten, grauen Flanellanzug und weder Kragen noch Krawatte trug. Sein weiches Hemd war am Hals offen und der etwas verbeulte, graue, breitkrempige Filzhut in den Nacken geschoben. Die Sonne hatte sein hübsches, hageres Gesicht außergewöhnlich dunkel gebräunt, und seine klugen, tiefblauen Augen standen in reizvollem Gegensatz zu der dunklen Hautfarbe.

»Ist Mr. Vance noch im Büro?« erkundigte er sich kurz, nachdem er den Hut abgenommen hatte.

»Nein, er ist vor etwa zwanzig Minuten gegangen.«

Der Fremde biß sich auf die Lippe.

»Wissen Sie vielleicht, wo ich ihn heute abend noch treffen könnte?«

Sie schüttelte den Kopf.

»Für gewöhnlich könnte ich es Ihnen sagen«, entgegnete sie lächelnd, wenn es auch eigentlich nicht gebräuchlich ist, Klienten seine Privatadresse mitzuteilen. »Aber heute abend ist er nach Brighton gefahren, wo er mit einem Freund das Wochenende verbringen will, und er hat keine Adresse hinterlassen.« Sie zögerte einen Augenblick. »Vielleicht nennen Sie mir Ihren Namen?«

Er sah sie unschlüssig an. »Setzt er sich morgen irgendwie mit Ihnen in Verbindung?«

Sie nickte.

»Er telefoniert morgen mit mir, um zu hören, ob etwas Wichtiges vorgefallen ist. Dann könnte ich ihm ja von Ihrem Besuch erzählen und ihm sagen, daß Sie ihn sprechen wollten.«

Er stand noch im Gang, und während sie ihn betrachtete, kam ihr plötzlich der Gedanke, daß er trotz seiner gerade nicht sehr vorteilhaften Kleidung vielleicht doch ein wichtiger Kunde sein könnte. Sie öffnete die Tür weiter.

»Wollen Sie nicht näher treten und einen Augenblick Platz nehmen? Vielleicht möchten Sie auch eine kurze schriftliche Mitteilung für Mr. Vance zurücklassen?«

Langsam ging er in den Büroraum und sah einen Augenblick auf den Stuhl, den sie ihm hinschob.

»Nein, schreiben möchte ich nichts«, sagte er nach einer Pause. »Aber wenn Mr. Vance morgen anrufen sollte, dann sagen Sie ihm doch bitte, daß Mr. Smith von Pretoria gekommen ist.«

Die letzten Worte hatte er sehr deutlich und mit besonderem Nachdruck gesprochen.

»Also, bitte vergessen Sie es nicht – Mr. Smith von Pretoria. Bestellen Sie ihm auch, daß ich so bald wie möglich mit ihm in Verbindung treten möchte.«

»Mr. Smith von Pretoria«, wiederholte sie und machte eine Notiz auf ein Blatt Papier. Sie hatte den Eindruck, daß es sich um eine wichtige Sache handeln müßte.

Er stand vor ihr und schaute sie an, aber sie hatte das merkwürdige Gefühl, daß er durch sie hindurchsähe. Die Falten auf seiner Stirn ließen erkennen, daß er tief in Gedanken versunken war.

Plötzlich schien er sich wieder an die Wirklichkeit zu erinnern und machte eine impulsive Bewegung zum Tisch hin.

»Ich habe es mir doch überlegt. Ich werde eine kleine Mitteilung für Mr. Vance zurücklassen. Geben Sie mir bitte Papier und Feder.«

»Beides liegt schon vor Ihnen«, erwiderte sie mit einem leichten Lächeln.

Er wurde verlegen über seine Unachtsamkeit.

»Es tut mir leid«, entschuldigte er sich. »Ich bin heute etwas zerstreut.«

»Ja, das habe ich auch schon bemerkt.«

Sie ging in den anderen Teil des Zimmers, um nicht den Anschein der Neugierde zu erwecken.

Offenbar fiel es ihm schwer, seine Gedanken in Worte zu fassen, denn er saß fünf Minuten vor dem Schreibtisch und grübelte.

»Nein, ich werde doch nicht schreiben«, erklärte er dann, legte die Feder auf den Tisch und stand auf. »Es genügt, wenn Sie Ihrem Chef sagen, daß Mr. Smith von Pretoria im Büro vorgesprochen hat. Er weiß, wo er mich finden kann.«

Vom Gang her ertönten plötzlich Schritte, und gleich darauf wurde die Türklinke hastig heruntergedrückt. Der Besucher mußte in ungewöhnlicher Aufregung sein, da er zu klopfen vergessen hatte.

»Wo ist Rechtsanwalt Vance?« fragte er schnell, als er eintrat.

Das Licht fiel voll auf sein Gesicht, und Marjorie erkannte in dem Mann mit dem zerwühlten Haar und dem roten Gesicht Sir James Tynewood wieder.

»Mr. Vance ist schon gegangen«, entgegnete sie.

Sir James antwortete nicht gleich. Er starrte entsetzt Mr. Smith von Pretoria an.

»Mein Gott!« stieß er dann verstört hervor. »Du bist es – Jot!«

Die beiden standen einander gegenüber und maßen sich mit den Blicken. Mr. Smiths Züge wurden plötzlich hart und undurchdringlich.

Als das Schweigen andauerte, wurde Marjorie die Situation sehr peinlich. Sie ahnte, daß sich eine Tragödie hinter diesen Worten und Blicken verbarg, und rein gefühlsmäßig nahm sie für den Mann aus Südafrika Partei.

»Kennen Sie Sir James Tynewood?« fragte sie verlegen.

Langsam wandte sich Mr. Smith von Pretoria um und lächelte bitter.

»Ja, ich kenne Sir James Tynewood sehr gut.« Er drehte sich wieder dem anderen zu. »Wir werden uns morgen abend in Schloß Tynewood sprechen, Sir James.«

Der junge Baron hatte den Kopf gesenkt und zitterte am ganzen Körper. Sein Gesicht war totenbleich.

»Ja, ich werde kommen«, erwiderte er heiser und verließ mit unsicheren Schritten das Zimmer.

3

»Du hast irgend etwas Aufregendes erlebt, mein Kind. Mit dir ist unbedingt etwas los. Noch niemals warst du derartig kurz angebunden zu mir«, beklagte sich Mrs. Stedman.

Die alte Dame hatte allerdings gewöhnlich an Personen und Dingen etwas auszusetzen, und Marjorie war an diese Schrullen schon gewöhnt. Sie saß ihrer Mutter beim Frühstück in ihrer kleinen Wohnung in Brixton gegenüber. Mrs. Stedman hatte zwar bei allen möglichen Gelegenheiten schon behauptet, daß sie früh sterben würde, aber sie hatte gerade wieder mit größtem Appetit ein reichliches Frühstück verzehrt. Jetzt lehnte sie sich in ihren Sessel zurück, beobachtete ihre Tochter über die Brille hinweg, runzelte die Stirn und schüttelte den Kopf.

»Du irrst dich, Mutter, ich habe gar nichts«, entgegnete Marjorie ruhig. »Ich gebe allerdings zu, daß ich gestern einen aufregenden Tag im Büro hatte und daß etwas Außergewöhnliches passiert ist.«

»Und doch willst du deiner eigenen Mutter nicht einmal erzählen, um was es sich handelt?« fragte Mrs. Stedman schon zum drittenmal. Sie konnte es nicht vertragen, wenn ihre Neugierde nicht befriedigt wurde.

»Verstehst du denn nicht, Mutter, daß diese Dinge strengste Geschäftsgeheimnisse sind?« erwiderte Marjorie nachsichtig. »Ich darf doch nicht darüber sprechen.«

»Aber bei deiner Mutter könntest du doch wohl eine Ausnahme machen«, erklärte die alte Dame gekränkt und schüttelte wieder den Kopf. »Ich habe dich doch stets ins Vertrauen gezogen, Marjorie. Und ich habe dich auch immer gebeten, mit all deinen Sorgen und Nöten zu mir zu kommen. Eine Mutter ist immer die beste Freundin ihres Kindes.«

»Es handelt sich hier doch gar nicht um meine Sorgen«, entgegnete ihre Tochter lächelnd. Es sind die Sorgen anderer Leute, die mich im Grunde genommen ebensowenig etwas angehen wie dich.«

Mrs. Stedman seufzte tief und hörbar.

»Ich werde erst wieder richtig froh werden, wenn du nicht mehr in dieses schreckliche Büro gehst. Es ist nicht gut für ein junges Mädchen, wenn sie immer mit Verbrechen, Ehescheidungen und all diesen entsetzlichen Dingen zu tun hat, von denen man in der Zeitung liest.«

Marjorie legte die Hand auf die Schulter ihrer Mutter, als sie an ihrem Stuhl vorüberging.

»Wie oft habe ich dir schon erzählt, daß Mr. Vance nichts mit Verbrechen und Verbrechern zu tun hat. Es ist noch niemals ein Verbrecher in unserem Büro gewesen.«

»Sprich doch nicht immer von ›unserem Büro‹, Liebling«, ereiferte sich die alte Dame. »Das klingt so gewöhnlich, und ich möchte dich auch noch um eins bitten. Erwähne doch niemals, daß du einmal für Geld gearbeitet hast, wenn wir jetzt aufs Land ziehen und mit Leuten unseres Standes verkehren. Sollten die Leute erfahren, daß du einmal in Stellung warst –«

»Ach, Mutter, das ist doch Unsinn!« Marjorie verlor schließlich die Geduld. »Du glaubst doch nicht etwa, daß wir etwas Besseres geworden sind, nur weil Onkel Alfred uns jetzt so viel Geld schickt, damit wir ohne Sorgen auf dem Lande leben können? Meinst du vielleicht, heutzutage stößt man sich noch daran, daß ein junges Mädchen als Stenotypistin bei einem Rechtsanwalt tätig ist?«

»Du bist keine Stenotypistin, du bist eine Privatsekretärin«, verwahrte sich Mrs. Stedman energisch. »Ich bestehe darauf, daß du deine Stellung nicht schlechter machst, als sie in Wirklichkeit ist. Es ist ganz ausgeschlossen, daß du dich eine Stenotypistin nennen kannst, Liebling. Ich habe all meinen Freunden erzählt, daß du die Absicht hast, Jura zu studieren und vorläufig informatorisch bei einem Rechtsanwalt als Volontärin arbeitest.«

Marjorie seufzte resigniert.

»Um Himmels willen!« sagte sie dann entsetzt.

»Du darfst unsere jetzige Lebensweise nicht mit unserer Haushaltung im nächsten Monat vergleichen«, fuhr Mrs. Stedman selbstbewußt und befriedigt fort. »In einem Jahr, wenn dein Onkel noch reicher geworden ist, kaufen wir das schöne Haus zurück, in dem ich geboren bin. Ich habe dir ja schon so viel von unserem Familiensitz erzählt.«

Marjorie wußte nur zu gut, daß der Familiensitz aus dreieinhalb Morgen Ackerland und einem Garten bestand. Früher hatte sie eine Reise nach Tynewood gemacht –

Tynewood! Das mußte doch derselbe Ort sein, wo das Schloß von Sir James lag! Sie war gespannt, ob ihre Vermutung stimmte, und nahm sich vor, Mr. Vance bei der nächsten Gelegenheit danach zu fragen.

Als sie zur Stadt fuhr, dachte sie wieder an die Erlebnisse des vergangenen Abends. Welche Gewalt mochte Pretoria-Smith über Sir James Tynewood haben? Niemals würde sie vergessen, wie totenbleich der Baron wurde, als er den Mann in dem abgetragenen grauen Anzug sah. Wie entgeistert hatte er den anderen betrachtet, und welche Verachtung lag in den Blicken von Pretoria-Smith! Wußte er von einem Vergehen des jungen Mannes, das ihm Macht über diesen gab? Wollte er ihn vielleicht erpressen?

Aber das konnte sie sich kaum vorstellen. Der Gesichtsausdruck dieses Fremden war zu offen und aufrichtig. Niemals würde er eine solche Schurkerei begehen. Sie hatte die Gabe, den Charakter der Menschen von ihren Gesichtszügen abzulesen, und wenn sie jemals Ehrlichkeit und Zuverlässigkeit in den Augen eines Mannes gesehen hatte, so hatte sie diese Eigenschaften bei Pretoria-Smith entdeckt.

Sie kam eine halbe Stunde früher ins Büro als sonst, denn sie wollte unbedingt zugegen sein, wenn Mr. Vance von außerhalb anrufen würde. Aber sein Anruf kam erst gegen elf.

Sie erzählte ihm von dem seltsamen Besuch, den sie am Abend vorher erhalten hatte.

»Was, Mr. Smith von Pretoria war da?« fragte er aufgeregt. »Ich hatte ihn erst in einer Woche erwartet. Ich komme sofort in die Stadt.«

»Er hat aber keine Adresse hinterlassen.«

»Das macht nichts. Ich weiß, wo ich ihn erreichen kann. Hat er etwas gesagt?«

»Nein.«

Sie berichtete ihm dann noch von dem merkwürdigen Zusammentreffen des Fremden mit Sir James.

»Die beiden haben sich in unserem Büro getroffen? Was ist denn passiert?« fragte er ängstlich.

»Nichts weiter. Nur sah Sir James sehr niedergeschlagen und verstört aus und ging gleich darauf.«

Eine lange Pause folgte, und Marjorie glaubte schon, daß Mr. Vance aufgehängt hatte. Aber plötzlich hörte sie seine Stimme wieder.

»Ich komme mit dem Zug elf Uhr fünfundvierzig und bin kurz vor eins im Büro. Sehen Sie zu, daß Sie bald zu Tisch gehen, Miss Stedman. Haben Sie übrigens die Morgenzeitungen schon gelesen?«

»Nein«, erwiderte sie etwas überrascht. »Gibt es eine besondere Neuigkeit?«

»Sir James Tynewood hat sich mit der bekannten Schauspielerin Alma Trebizond verheiratet«, entgegnete er grimmig. »Das wird noch böse Schwierigkeiten in der Familie geben!«

Marjorie war erstaunt, aber sie sollte an diesem Tag noch mehr merkwürdige Dinge erleben.

Im Lauf des Morgens kam ein etwas behäbiger und gutmütig aussehender Herr von offenbar mosaischer Konfession ins Büro. Mr. Vance ließ neue Klienten gewöhnlich von seinem Bürovorsteher empfangen. Da sich Mr. Herman aber auch auf einem Erholungsurlaub befand, fiel Marjorie diese Aufgabe zu.

»Sind Sie die Privatsekretärin von Mr. Vance?« fragte der Fremde vertraulich. »Können Sie es nicht möglich machen, daß ich Ihren Chef heute noch spreche?«

Sie schüttelte den Kopf.

»Mr. Vance kommt allerdings in einer sehr dringenden Angelegenheit in die Stadt, aber ich glaube nicht, daß er die Absicht hat, sich außerdem noch mit geschäftlichen Dingen zu befassen. Kann ich vielleicht etwas für Sie tun?«

Er legte seinen Hut sorgfältig auf den Tisch, nahm eine große Brieftasche heraus und zog ein Schriftstück daraus hervor.

»Es ist kein Geheimnis. Ich muß Mr. Vance noch irgendwann vor Montag sehen, und wenn das nicht möglich sein sollte, möchte ich Sie bitten, ihm auszurichten, daß Mr. Hawkes von der Finanzfirma Hawkes and Ferguson wegen der Schulden von Sir James Tynewood vorgesprochen hat.«

»Kommen Sie, weil der Baron Schulden gemacht hat?« fragte sie erstaunt.

Er nickte.

»Der junge Herr schuldet mir fünfundzwanzigtausend Pfund. Die hat er sich auf Schuldscheine so allmählich zusammengeborgt. Ich bin jetzt aber ein wenig ängstlich geworden. Wenn Wechsel fällig sind, gibt er mir neue und borgt immer noch mehr dazu. Und ich möchte doch erst einmal mit Mr.

Vance sprechen, bevor ich ihm überhaupt noch weitere Gelder vorstrecke.«

»Aber Sir James ist sehr reich!«

»Gewiß – und ich bin sehr arm«, erklärte Mr. Hawkes mit einem breiten Grinsen. »Vor allem möchte ich etwas von meinem Geld wiedersehen.«

»Haben Sie schon mal mit Mr. Vance darüber gesprochen?«

Er schüttelte den Kopf.

»Nein. Sir James hat mich gebeten, nicht zu seinem Rechtsanwalt zu gehen. Aber ich muß sagen, daß die Affäre jetzt doch etwas zu weit gediehen ist. Ich bin ein Geschäftsmann und habe keinen Respekt vor Titeln. Ganz offen gesagt, ich bin ein Demokrat. Bis jetzt bin ich seinem Wunsch auch nachgekommen, aber nun geht es nicht mehr anders. Ich muß wenigstens einmal eine Abschlagszahlung bekommen. Als Geldverleiher kenne ich natürlich auch meine Kollegen, und von denen habe ich erfahren, daß Sir James nicht nur von mir Geld geliehen hat, sondern auch von Crewe and Jacobsen, von Bedsons Limited und von einem halben Dutzend anderer Firmen. Ich weiß ganz genau, daß er in den Lokalen im Westen dauernd flott und verschwenderisch auftritt, obwohl er bis über die Ohren in Schulden steckt. Der Autofirma in Bond Street schuldet er noch dreitausend Pfund für den Wagen, den er Miss Alma Trebizond geschenkt hat. Als ich heute morgen seine Vermählungsanzeige in der Zeitung las, sagte ich zu mir: ›Jetzt ist es Zeit, dich einmal nach deinem Geld umzusehen.‹ Wenn einer Geld zum Heiraten hat, dann hat er auch Geld, um seine Schulden zu bezahlen.«

Er lachte über diesen faden Witz und neigte sich vertraulich zu Marjorie.

»Sehen Sie, ich bin ein Kaufmann. Sie stehen ja wohl mit beiden Beinen auf der Erde und werden mich verstehen. Ich sage Ihnen ganz offen, daß ich wegen meines Geldes etwas ängstlich geworden bin. Und wenn Sie es bei Mr. Vance durchdrücken können, daß meine Forderung zuerst berücksichtigt wird, zahle ich Ihnen eine anständige Provision.«

»Da täuschen Sie sich in mir. Ich habe nicht die Gewohnheit, auf solche Weise Geld zu verdienen«, entgegnete sie kühl. »Und ich möchte auch nicht mit Ihnen über derartige persönliche Angelegenheiten sprechen. Ich bin zwar die Privatsekretärin von Mr. Vance, aber ich glaube, er würde sehr ärgerlich werden, wenn er erführe, daß Sie mich so weit in Ihr Vetrauen gezogen haben.«

Damit endete die Unterredung zwischen Marjorie und dem Inhaber der Firma Hawkes and Ferguson.

Als der Rechtsanwalt ins Büro kam, berichtete sie ihm davon, und er wurde sehr ernst.

»Ich habe schon lange vermutet, daß der junge Mann in die Hände von Halsabschneidern gefallen ist. Schicken Sie Mr. Herman ein Telegramm, daß er ins Büro kommen soll. Ich möchte Sie nicht weiter mit der Sache belästigen, aber Mr. Herman muß sofort bei all den Geldverleihern, die Sie mir genannt haben, herumfahren und feststellen, wieviel Schulden dieser leichtsinnige Windhund überall gemacht hat.«

»Aber ist Sir James denn nicht sehr reich?«

»Ja, sehr«, entgegnete er kurz.

Es war Sonnabend nachmittag, aber im Büro von Mr. Vance herrschte Hochbetrieb. Leute kamen und gingen, und Mr. Herman fuhr in einem Taxi bei den Finanzleuten herum, denen Sir James möglicherweise etwas schulden konnte. Er traf am Wochenende allerdings nicht alle in ihren Wohnungen an.

4

Auf die Bitte des Rechtsanwalts blieb Marjorie bis zum Spätnachmittag im Büro. Schreibarbeiten hatte sie nicht zu erledigen, aber sie vermutete, daß ihre Dienste früher oder später benötigt würden, und diese Vermutung stimmte auch.

Um fünf Uhr klingelte Mr. Vance, der gerade im Begriff war, einen großen Briefumschlag zu versiegeln. Allem Anschein nach hatte er das umfangreiche Schreiben am Nachmittag selbst verfaßt. Erst als er mit dem Siegeln fertig war, schrieb er die

Adresse auf das Kuvert. Aber plötzlich hielt er unentschlossen inne.

»Hm, das ist allerdings unangenehm«, meinte er und schrieb erst nach einem kurzen Zögern weiter.

»Sir James Tynewood, Baron«, las sie über seine Schulter und war enttäuscht. Sie nahm an, daß sie diesen Brief wieder selbst überbringen sollte, und nach den Erfahrungen des vergangenen Abends war ihr ein solcher Auftrag wenig willkommen.

Zu ihrem größten Erstaunen nahm er einen noch größeren Umschlag aus der Schublade und steckte den ersten Brief hinein. Die neue Adresse lautete auf einen Namen, der ihr fremd war: »Dr. Fordham, Schloß Tynewood, Tynewood.«

Einen Augenblick saß Mr. Vance noch in Gedanken versunken, dann schaute er sie durch seine großen Brillengläser an und lächelte.

»Miss Stedman, ich möchte Sie bitten, in meinem Auftrag eine kleine Tour aufs Land zu machen. Kennen Sie Tynewood?«

Sie nickte.

»Es liegt in Droitshire«, erklärte er. »Sie haben einen Zug um fünf Uhr vom Bahnhof Paddington aus, mit dem sind Sie noch vor acht dort. Die nächste Station liegt allerdings fünf Kilometer von Schloß Tynewood entfernt, aber ich werde dem Gasthaus zum Roten Löwen in Tynewood telegrafieren, daß man Ihnen ein Auto an die Bahn schickt. Die Leute sind dort ziemlich modern eingerichtet. Auf keinen Fall werden Sie Schwierigkeiten haben, nach dem Schloß zu kommen. Gegen elf Uhr heute abend sind Sie wieder hier. Sie haben einen guten, schnellen Zug, der um neun dort abfährt. Diesen Brief müssen Sie Doktor Fordham persönlich übergeben.«

Sie nickte.

»Ich muß Ihnen aber noch etwas sagen, Miss Stedman«, fuhr er ein wenig verlegen fort. »Seit Sie meine Privatsekretärin sind, haben Sie eine ganze Reihe zum Teil recht unangenehmer Dinge erfahren, und ich weiß, daß Sie stets alles für sich behalten haben. Aber das Geheimnis um Sir James Tynewood ist unangenehmer als alles andere. Ich kann nur hoffen, daß Sie nichts Neues darüber hören. Sollte das trotzdem der Fall sein, so muß ich Sie dringend bitten, als unverbrüchliches Geheimnis zu betrachten, was Sie heute abend erfahren und was Sie gestern erlebt haben.«

»Das ist selbstverständlich, Mr. Vance. Aber –«

Sie zögerte.

»Was wollten Sie denn sagen?«

»Ach, es hat mit der Sache selbst nichts zu tun. Ich möchte nur meiner Mutter noch mitteilen, daß ich erst spät nach Hause komme. Sie erwartete mich heute nachmittag schon um zwei.

»Ich werde einen Boten hinschicken – oder besser ein Telegramm.«

Marjorie lachte.

»Ein Telegramm bringt meine Mutter immer in Aufregung.« Sie erklärte ihm nicht näher, daß Mrs. Stedman sich durch ihr optimistisches Temperament verleiten ließ, bei jedem Klingeln der Hausglocke ein Wunder zu erwarten. Natürlich war die alte Dame dann jedesmal sehr enttäuscht, wenn nicht irgendeine angenehme Nachricht kam.

Die Fahrt wollte für Marjorie kein Ende nehmen, obgleich sie sich ein Buch und Zeitschriften gekauft hatte. Erleichtert atmete sie auf, als sie endlich an ihrem Ziel ankam und auf den nassen Bahnsteig treten konnte. Mr. Vances Telegramm hatte tatsächlich den gewünschten Erfolg gehabt, denn ein altes, etwas geräuschvolles Auto wartete am Stationsausgang auf sie.

Glücklicherweise war es ein geschlossener Wagen, denn es regnete in Strömen. Während er mit großem Lärm über die dunkle Landstraße fuhr, dachte sie daran, daß sie in kurzer Zeit auch hier in der Nähe wohnen würde. Das Auto kroch nur langsam die Anhöhe hinauf und rollte mit unglaublicher Geschwindigkeit bergab. Trotzdem kam es im allgemeinen gut vorwärts und fuhr bald darauf durch die Hauptstraße eines Dorfes. Marjorie schaute durch die triefenden Fensterscheiben und sah einige hellerleuchtete Läden. Sie vermutete, daß dies das Dorf Tynewood war, und sie hatte recht.

Einige Minuten später hielt der Wagen, und als sie das Fenster herunterließ, erkannte sie die großen, eisernen Tore des Schloßparks. Der Chauffeur hupte mehrere Male laut, und nach einiger Zeit zeigte sich eine dunkle Gestalt in einem Regenmantel.

»Wer ist da? Ich kann Sie nicht hereinlassen.«

Marjorie lehnte sich aus dem Fenster.

»Ich komme von Rechtsanwalt Vance und soll Doktor Fordham einen wichtigen Brief übergeben.«

Ohne weitere Widerrede wurde nun das Tor geöffnet, und das Auto rollte die lange, gewundene Zufahrtsstraße entlang, die auf beiden Seiten von hohen Bäumen flankiert war. Dann hielt der Wagen aufs neue.

Nur das halbkreisförmige Fenster über der Haustür war erleuchtet, sonst lag das große Haus vollkommen im Dunkeln.

Marjorie stieg aus und bat den Chauffeur zu warten. Erst nach einigem Suchen entdeckte sie den altmodischen Klingelzug. Das Läuten tönte schwach nach außen, aber es dauerte geraume Zeit, bis jemand zur Tür kam. Dann hörte sie plötzlich schnelle Schritte und Kettenrasseln. Die Tür wurde aufgeschlossen, und der eine Flügel öffnete sich eine Handbreit.

Der Herr, der den Kopf durch den Türspalt steckte, war ihr unbekannt.

»Wer ist da?« fragte er barsch.

»Ich komme von Rechtsanwalt Vance und bringe einen wichtigen Brief für Doktor Fordham«, wiederholte Marjorie.

»Das bin ich selbst. Treten Sie bitte näher.«

Er schloß die Tür auf und nahm ihr den Brief ab.

»Nehmen Sie Platz.«

Sie ging zu einem der großen Eichensessel hinüber und setzte sich.

»Er ist aber doch für Sir James bestimmt«, sagte er, als er den einen Umschlag geöffnet hatte. »Warten Sie bitte einen Moment.«

Er hatte den Weg zur nächsten Tür halb zurückgelegt, als er sich noch einmal nach ihr umsah.

»Es ist zwar nicht angenehm hier, aber ich kann Sie im Augenblick in kein anderes Zimmer führen. Hoffentlich haben Sie schon zu Abend gegessen, denn ich kann Ihnen leider nichts anbieten. Es ist niemand von der Dienerschaft im Schloß.«

Marjorie hatte noch nichts gegessen, und es wäre ihr sehr lieb gewesen, wenn sie sich hätte stärken können. Aber sie lächelte und schüttelte den Kopf.

»Ach, das macht nichts. Ich bin nicht hungrig«, log sie.

»Bleiben Sie bitte hier in der Halle und gehen Sie nicht weiter.«

»Selbstverständlich spioniere ich hier nicht herum«, erwiderte sie etwas verletzt. »Ich kann auch jetzt schon zum Bahnhof zurückfahren, mein Wagen wartet draußen.«

»Nein, bitte bleiben Sie«, entgegnete Doktor Fordham und verschwand durch die Tür.

Aber in der Eile machte er sie nicht ordentlich zu, so daß das Schloß nicht faßte. Sie öffnete sich von selbst langsam immer weiter, und Marjorie konnte deutlich hören, was im Nebenzimmer gesprochen wurde.

»Ich bin auf jeden Fall ruiniert«, sagte Sir James Tynewood. »Wie furchtbar töricht bin ich doch gewesen!«

»Du hast nun aber eine Gelegenheit, ein neues Leben zu beginnen«, antwortete eine Stimme, die Marjorie bekannt vorkam. »Ich gebe dir die Möglichkeit dazu, und es wäre wirklich sehr unklug von dir, mein Anerbieten abzulehnen.«

»Aber wie soll ich denn das machen?« rief Sir James erregt. »Das ist doch ganz ausgeschlossen! Glaubst du denn, ich könnte nach London zurückgehen, wo all die anderen sind? Meinst du, ich könnte ihnen ruhig entgegentreten und ihnen sagen –«

Ein anderer mischte sich ein, offenbar Doktor Fordham. Ein Briefumschlag wurde aufgerissen – wahrscheinlich war es das Kuvert, das sie selbst gebracht hatte. Papier raschelte, dann folgte tiefes Schweigen, das nur ab und zu durch das Umblättern der Bogen unterbrochen wurde.

»Du bist ja wahnsinnig gewesen!« sagte dann jemand.

»Was meinst du denn?« fragte Sir James nach einer kurzen Pause leise.

Wieder Schweigen. Der Brief war inzwischen wohl weitergegeben worden. Mehrere Minuten lang wurde kein Wort gesprochen.

»Gut, ich will meine Rechnung mit dir begleichen«, sagte Sir James dann plötzlich.

Ein Schuß krachte.

Marjorie sprang totenbleich auf. Wieder folgte eine tödliche Stille, dann hörte das junge Mädchen die verzweifelten Worte: »Mein Gott, ich habe ihn getötet!«

Sie eilte zur Tür und stieß sie ganz auf. Sir James Tynewood lag auf dem Boden, und aus einer häßlichen Wunde in seiner linken Schläfe sickerte das Blut. Ein Mann beugte sich über ihn, und ein Revolver blitzte in seiner Hand. Als sich die Tür öffnete, erhob er sich langsam.

Es war Pretoria-Smith!

5

Im nächsten Augenblick hatte Doktor Fordham Marjorie aus dem Zimmer gedrängt. Er faßte sie am Arm und zog sie zur Tür.

»Sie haben doch einen Wagen hier?«

»Was – was ist – denn geschehen?« fragte sie fassungslos.

Er antwortete nicht, sondern schob sie in die stürmische Nacht hinaus. Nachdem die große, schwere Eichentür hinter ihm zugefallen war, gab er dem Chauffeur eine Weisung, die sie nicht verstehen konnte.

»Steigen Sie doch ein«, sagte er dann ungeduldig zu ihr.

»Was ist passiert?« fragte sie wieder. »Gehen Sie zur Polizei?«

Er gab ihr auch diesmal keine Auskunft und stieg hinter ihr in den Wagen.

Schweigend fuhren sie durch das Dorf, und erst als sie am äußersten Ende hielten, begann er zu sprechen.

»Sie müssen jetzt zu Mr. Vance zurückkehren. Bis dahin dürfen Sie keinem Menschen erzählen, was Sie hier erlebt haben. Verstehen Sie mich?«

Sie sah ihn entsetzt an. Ihre Lippen zitterten, und sie war den Tränen nahe.

»Nein, ich werde niemandem etwas sagen«, erwiderte sie leise.

»Ich rufe Mr. Vance an. Er wartet in seinem Büro auf Sie, das hat er auch schon in seinem Brief erwähnt.«

»Ist Sir James tot?«

»Hoffentlich nicht«, entgegnete Doktor Fordham kurz.

Nach diesen Worten stieg er aus, schlug die Tür zu, und der Chauffeur fuhr weiter.

Als Marjorie in Paddington ankam, war sie erstaunt, Mr. Vance auf dem Bahnsteig zu finden. Die Rückreise war ihr schneller vergangen als die Hinfahrt. Ihre Gedanken hatten sich unausgesetzt mit den schrecklichen Ereignissen in Schloß Tynewood beschäftigt, und erst bei ihrer Ankunft in London kam ihr wieder zum Bewußtsein, wie hungrig sie war.

»Doktor Fordham hat mir am Telefon gesagt, daß er Ihnen leider nichts anbieten konnte. Sie müssen jetzt sofort etwas essen, und dann habe ich noch mit Ihnen zu sprechen.«

»Haben Sie schon alles erfahren?«

Er nickte.

»Ist – ist – Sir James –«

»Wir wollen nicht über die Sache sprechen, bis Sie gegessen haben«, sagte Mr. Vance liebenswürdig und anscheinend gut gelaunt, obwohl er in Wirklichkeit sehr verstört war. »Sie kommen jetzt mit mir in meine Wohnung.«

Erst als sie sich gestärkt und ein Glas Portwein getrunken hatte, erwähnte er Sir James Tynewood und die Tragödie wieder, die sich auf dem Schloß abgespielt hatte.

»Zunächst muß ich Ihnen eines ausdrücklich sagen«, begann er. »Sir James Tynewood ist nicht tot.«

»Gott sei Dank!« Sie atmete erleichtert auf. »Ich bin so entsetzlich erschrocken, als ich das Blut sah . . .«

»Es war nur eine Fleischwunde, und er hat sich wieder erholt. Sein Zustand hat sich sogar so weit gebessert«, sagte er mit großem Nachdruck, »daß er morgen England mit einem Schiff verlassen wird.«

Sie starrte ihn verständnislos an.

»Will Sir James ins Ausland gehen?«

Er nickte.

»Begleitet ihn Lady Tynewood?«

»Nein, sie bleibt hier.«

»Aber – ich verstehe das alles nicht.«

»Sie werden die Sache auch niemals ganz verstehen können. Aber glauben Sie mir nur. Der Baron fährt morgen nachmittag mit dem Schiff ›Carisbrooke Castle‹ nach Kapstadt.«

Sie schüttelte ratlos den Kopf.

»Ich kann diese Rätsel nicht lösen. Was macht denn Mr. Smith von Pretoria? Fährt er auch nach Afrika?«

Er nahm die Zigarre aus dem Mund und betrachtete sie kritisch.

»Er begleitet Sir James«, erklärte er dann langsam. »Aber jetzt werde ich Sie in meinem Auto nach Hause schicken.«

Wenn Marjorie schon am Morgen nicht sehr mitteilsam gewesen war, so glich sie einer Sphinx, als sie spät abends nach Hause kam. Mrs. Stedman wollte natürlich zu gerne wissen, warum ihre Tochter so lange ausgeblieben war und was sie so ungewöhnlich erregt hatte. Aber nach einiger Zeit gab sie ihr Fragen verzweifelt auf.

Die geheimnisvollen Vorgänge auf Schloß Tynewood wurden noch rätselhafter für Marjorie, als sie am Montagmorgen wie gewöhnlich im Büro erschien und Mr. Vance traf. Er sah so aus, als ob er von all den Dingen, die am Sonnabend passiert waren, nichts wüßte. Nach ihren Erlebnissen in Tynewood erschien ihr die alltägliche Arbeit langweilig und uninteressant. Von ihrem Chef sah sie an diesem Tag wenig. Im allgemeinen klingelte er ihr, wenn er sie brauchte, da er nicht gern gestört wurde. Hatte sie eine Frage oder brauchte sie eine Auskunft von ihm, so mußte sie sich von ihrem Zimmer aus telefonisch mit ihm in Verbindung setzen.

Aber der Rechtsanwalt hatte die Angewohnheit, ab und zu mit der elektrischen Klingel zu spielen, wenn er in Gedanken war, und es kam fast jeden Tag vor, daß sie auf sein Zeichen hin in seinem Büro erschien, ohne daß er die Absicht gehabt hatte, sie zu rufen.

Spät am Montagnachmittag, als sie sich gerade zum Fortgehen fertigmachte, klingelte es in ihrem Zimmer. Sie legte den Mantel wieder ab, nahm Stenoblock und Bleistift und öffnete die Tür zu dem Arbeitszimmer ihres Chefs.

Dr. Fordham saß Mr. Vance am Schreibtisch gegenüber. Erschrocken blieb Marjorie stehen, denn sie erkannte sofort, daß der Rechtsanwalt sie nicht brauchte und wieder in einem Augenblick der Zerstreutheit auf den Knopf gedrückt hatte.

Die beiden Herren unterhielten sich lebhaft und kümmerten sich nicht um sie. Keiner sah sich nach der Tür um.

»Dann ist er also tatsächlich tot. Es tut mir wirklich leid um den armen Jungen!« sagte Mr. Vance gerade, als sich Marjorie lautlos entfernte.

»Ja, es ist sehr traurig«, entgegnete Fordham. »Aber ich dachte, ich hätte Ihnen am Telefon schon gesagt, daß nicht die geringste Hoffnung bestand, ihn zu retten.«

Schnell trat Marjorie in ihr Zimmer zurück und schloß die Tür leise hinter sich. Noch eine geraume Weile hielt sie die Klinke in der Hand, ohne sich dessen bewußt zu werden.

Sir James war also doch tot! Warum hatte Mr. Vance sie nur belogen? Und weshalb war dieser Mann wohl ermordet worden?

6

Bei einem Wasserloch am Rande der Wüste Kalahari saßen ein Fingomann und Jan, ein Halbblut. Sie sprachen eifrig miteinander über Alfred Stedman, der einige Schritte von ihnen entfernt im heißen Sonnenbrand lag. Seine Lippen waren blau, sein Atem ging schwer, und von Zeit zu Zeit röchelte er unheimlich. Er konnte das Wasserloch sehen, das ihn gerettet hätte, aber er besaß nicht mehr die Kraft, sich dorthin zu schleppen.

Seine beiden Diener unterhielten sich in Afrikaans, einer Abart des Holländischen, das in Südafrika von allen Leuten gesprochen und verstanden wird.

»Wenn die Sonne untergeht, wird der Baas wohl sterben«,

meinte der Fingomann zufrieden. »Dann bringen wir seine merkwürdigen Instrumente zum Regierungsbeamten in Vrykloof, und das Geld behalten wir für uns. Die kleine Goldmine, die er gefunden hat, nehmen wir auch, und dann werden wir reiche Leute. Wenn ich genug Geld habe, gehe ich nach T'simo zurück und kaufe mir Rinder und Weiber.«

»Du bist verrückt«, entgegnete Jan. »Eingeborene dürfen doch in diesem Lande keine Goldminen besitzen. Aber wir wollen ihn ruhig liegen lassen, bis er stirbt, und dann nehmen wir sein Geld.«

Der alte Stedman konnte alles hören und verstehen. Wütend schaute er auf seine treulosen Diener.

»Ich bin durchaus nicht verrückt«, brauste der Fingomann auf. »Was bildest du dir denn eigentlich ein? Ich bin ein Christ und kann meinen Namen schreiben! Auch kenne ich einen armen weißen Mann in Mafeking, der die Konzession für mich erwerben kann. Er lebt mit einer Matabele-Frau zusammen, die ich sehr gut kannte.«

Ihre Unterhaltung wurde plötzlich unterbrochen, denn Pretoria-Smith erschien auf der Bildfläche. Auch sein Ziel war das Wasserloch, dessen Lage er genau kannte, da er schon früher durch dieses Gebiet gekommen war. Er war dunkelbraun gebrannt von der Tropensonne und hatte sich mindestens eine Woche lang nicht rasiert. Aber seine äußere Erscheinung war ihm gleichgültig, seitdem er vor sechs Monaten lebensmüde nach Südafrika zurückgekehrt war. Der Marsch über die einsamen Sanddünen hatte ihn müde gemacht, und er war sehr durstig geworden. Er warf das schwere Bündel ab, das er auf dem Rücken trug, aber die schwere Last, die er mit sich herumschleppte, wurde nicht leichter. In den Nächten konnte er nicht schlafen, denn böse Träume verscheuchten seine Ruhe. Immer sah er einen Toten vor sich auf dem Boden liegen, und er konnte die furchtbare Szene in Schloß Tynewood nicht vergessen.

In seinem breiten Ledergurt hingen zwei gefährliche Schnellfeuerpistolen. Die dunklen Metallteile glänzten in der Sonne.

Einen Augenblick betrachtete er die beiden Leute, die im

Schatten eines Strauches saßen, und dann entdeckte er auch den sterbenden Weißen.

»Was fällt euch Halunken ein, daß ihr den Baas dort liegen laßt?« fragte er wild. »Ihr seht doch, daß er verdurstet!«

Seine Stimme klang heiser, denn er war zwanzig Kilometer weit durch den salzigen Sand gewandert, dessen Eintönigkeit nur ab und zu durch einen Busch unterbrochen wurde.

Jan war ein Halbblut und feige. Der Fingomann zeigte sich dem Weißen gegenüber unterwürfig und kriechend. Die beiden erkannten, daß es ihnen schlecht gehen würde, und gaben sich alle Mühe, das Schlimmste abzuwenden.

»Baas«, sagte der Eingeborene, »dieser Mann hat eine Mine gefunden, die so offen zutage liegt, daß man das Golderz mit einem Messer aus dem Geröll kratzen kann.«

Im nächsten Augenblick hob er entsetzt die Hände in die Höhe, denn Pretoria-Smith hielt ihm einen Revolver unter die Nase. Mit einem furchtbaren Aufschrei sprangen die beiden auf, trugen Mr. Stedman zum Wasser und legten ihn so ans Ufer, daß seine trockenen Lippen das ersehnte Naß erreichen konnten.

Es dauerte aber noch zwei Stunden, bevor sich Alfred Stedman wieder so weit erholt hatte, daß er sprechen konnte. Dann schimpfte er zehn Minuten lang über alle Buschleute, Kaffern, Neger und Halbblute, die sich in Südafrika herumtrieben.

Pretoria-Smith hatte inzwischen ein Feuer angezündet und schnitt mit einem Messer kleine Würfel getrockneten Büffelfleisches in seinen Kochtopf. Er lächelte stillvergnügt, als er den kräftigen Wutausbruch hörte.

Nach und nach beruhigte sich Mr. Stedman, kam zu Pretoria-Smith, setzte sich ans Feuer und legte die Hand auf das Knie des Mannes.

»Wenn Sie nicht gekommen wären, mein Junge, wäre ich jetzt tot, und ein anderer Prospektor hätte später die Goldmine gefunden. Sie sind doch nicht etwa auch auf der Suche nach Gold?« fragte er plötzlich argwöhnisch.

»Hierzulande tun wir das ja alle mehr oder weniger. Aber

von Beruf aus bin ich kein Goldsucher. Darüber können Sie beruhigt sein.«

»Nein, Sie sind kein Goldsucher. Sie sind ein Gentleman. Aber trotzdem müssen Sie schon viele Jahre lang in dieser Gegend leben. Darauf gehe ich die größte Wette mit Ihnen ein.«

»Na, so ganz stimmt das nun doch nicht.« Pretoria-Smith öffnete eine Konservenbüchse mit Gemüse und schüttete den Inhalt ebenfalls in einen Kochtopf.

»Ich bin nur seit meinem achtzehnten Jahr häufig zur Jagd hierher gekommen.«

Pretoria-Smith war sonst nicht so mitteilsam, aber Alfred Stedman verstand es in seiner rauhen, aber herzlichen Art, ihn zum Sprechen zu bringen.

»Während des Krieges war ich in Deutsch-Südwest- und Deutsch-Ostafrika«, fuhr Smith fort. »Seit meiner Jugend bin ich nie länger als sechs Monate von hier fort gewesen.«

»Wohin wollen Sie denn jetzt gehen?« fragte Stedman und betrachtete ihn neugierig.

Smith zuckte die Schultern.

»Irgendwohin, um eine Abwechslung zu haben«, entgegnete er ausweichend.

Während der folgenden Mahlzeit schwieg der alte Mann nachdenklich. Er saß am Feuer, rauchte seine Pfeife und schaute in die tanzenden Flammen. Nach einiger Zeit klopfte er die Asche aus dem Pfeifenkopf und wandte sich an seinen Gefährten.

»Wollen Sie Ihr Glück machen?«

Pretoria-Smith schrak aus seinen düsteren Gedanken auf und sah Mr. Stedman scharf an.

»Wie meinen Sie denn das?«

»Nun, ich habe die Kalahari-Goldmine gefunden!«

»Donnerwetter!« sagte Pretoria-Smith jetzt interessiert. »Ich dachte immer, die gäbe es nur in den afrikanischen Legenden. Die Leute haben allerdings, solange ich denken kann, von einer reichen Goldmine in der Wüste Kalahari gefaselt. Aber bis jetzt hatte sie noch niemand entdeckt.«

»Mir ist es aber geglückt«, entgegnete Stedman triumphierend. »Was sagen Sie nun?«

»Wozu?«

»Ich mache Ihnen den Vorschlag, sich bei mir zu beteiligen. Ich brauche einen starken, jüngeren Mann, und ich bin Ihnen großen Dank schuldig.«

»Aber übertreiben Sie doch nicht! Es ist selbstverständlich, daß man einem Mann Wasser gibt, wenn er am Verdursten ist. Nein, ich will keinen Dank dafür, und nach einem großen Vermögen sehne ich mich auch nicht. Ich habe schon genug, um davon leben zu können.«

»Sie sind der erste Mensch, der mir erzählt, daß er kein Geld braucht!« Er lachte laut. »Nun, so leicht ist es bei mir auch nicht zu verdienen, sonst würde ich Ihnen nicht ohne weiteres einen Anteil anbieten. Ich kenne zwar die Lage der Mine, aber sie muß erst noch genau untersucht werden. Und das bedeutet mindestens ein Jahr harte Arbeit. Nachher muß ich das Kapital aufbringen, um sie in Gang zu setzen, und das ist auch nicht so einfach.«

Pretoria-Smith fuhr mit der Hand über seine Bartstoppeln.

»Die Arbeit interessiert mich allerdings mehr als der Reichtum und das Gold«, sagte er lächelnd.

Alfred Stedman betrachtete diese Worte als eine Annahme seines Angebots.

Er sprach dann noch über sein eigenes Leben und erzählte von den vielen Kämpfen und Widerwärtigkeiten, die er in Afrika hatte durchmachen müssen. Pretoria-Smith hörte ihm zu, aber er schwieg nun über sich selbst.

»Eins möchte ich Ihnen noch sagen«, erklärte Stedman. »Selbst wenn ich durch diese Mine reich werde, habe ich doch keine näheren Verwandten, denen ich mein Vermögen hinterlassen könnte. Da ist allerdings so ein junges Mädchen in England, die Tochter meines Bruders. Sie ist die einzige Verwandte, die ich auf der Welt habe. Sie heißt Minnie oder so ähnlich – nein, Margaret – warten Sie, das stimmt auch nicht.« Er suchte in seiner Brieftasche und nahm schließlich ein Blatt heraus. »Sehen Sie, Marjorie heißt sie«, sagte er, nachdem er eine etwas verbogene Brille aufgesetzt hatte. »Sie muß ein ganz liebes Mädchen sein. Schon als sie noch ein kleines Kind war, hat sie mir geschrieben.«

Pretoria-Smith hörte höflich zu und nickte. Er interessierte sich nicht besonders für die Verwandten Mr. Alfred Stedmans, aber zu dem alten, zähen Mann selbst fühlte er sich hingezogen.

»Sie hat eine gute Erziehung gehabt. Mein Bruder war früher auch auf der Universität, aber er hat später nicht viel mit seinem Wissen anfangen können und war immer in Schwierigkeiten. Er gab stets zehn Prozent mehr aus, als er verdiente. Haben Sie in England nicht schon einmal von den Stedmans gehört?«

»Nein, ich kann mich nicht entsinnen«, erwiderte Smith und lächelte wieder. »Aber es gibt natürlich viele Leute dort, die ich nicht kenne, und ich bin auch nur mit wenigen Menschen zusammengekommen.«

»Die Witwe meines Bruders unterhalte ich nun schon seit vielen Jahren«, erklärte Mr. Stedman selbstzufrieden. »Sogar als es mir schlecht ging, habe ich ihr jeden Monat ein paar Pfund geschickt, um sie über Wasser zu halten. In letzter Zeit war ich allerdings in der Lage, ihr mehr zu geben, und wenn wir erst die Mine in Gang haben, mein Junge –« Er richtete sich auf, und seine Augen glänzten, als er an den kommenden Erfolg dachte.

Mr. Stedman hatte die Schwierigkeiten und die harte Arbeit nicht übertrieben, die die Durchführung des Unternehmens erforderte. Sechs Monate lang arbeiteten die beiden angestrengt in der glühenden Sonne, gruben tiefe Einschnitte in den sandigen Boden und sammelten Erdproben, die sie dann über dreißig Kilometer weit zum nächsten Wasserloch bringen mußten, um dort das Gold auszuwaschen.

Pretoria-Smith erholte sich bei dieser Beschäftigung, denn die traurige Vergangenheit verblaßte allmählich.

Die Arbeiten gingen schließlich nach Wunsch; Lage und Ausdehnung der Mine wurden festgestellt, und Stedman erhielt die Konzession. Spezialingenieure und Experten kamen von Johannesburg, später auch Beamte des Bergbauamtes aus Kapstadt. Stedman zahlte die bedeutenden Stempelkosten und Konzessionsgelder, und zwölf Monate nach seiner ersten Begegnung mit Smith wurde unter schwierigen Umständen der erste Viertaktmotor in Gang gesetzt, und zwar an derselben Stelle, an der Pretoria-Smith ihn gerettet hatte.

Mit der Zeit hatte sich eine enge Freundschaft zwischen den beiden Männern entwickelt. Stedman hatte nichts über die Vergangenheit seines Partners erfahren, aber gerade die Schweigsamkeit und Zurückhaltung von Pretoria-Smith trugen viel dazu bei, die zwei noch fester miteinander zu verbinden.

Monate vergingen; die Anzahl der Maschinen wuchs, und bei der Mine entstand die kleine Ortschaft Stedmansville. Nach und nach wurde eine große Pumpstation errichtet, um das Wasser direkt zur Mine zu schaffen, und später überwachte Pretoria-Smith den Bau einer elektrischen Kraftstation. Der Erfolg nach der schweren Arbeit machte auch ihn stolz und glücklich.

Zwei Jahre waren ins Land gegangen, als Stedman seinem Teilhaber eines Tages eine Neuigkeit erzählte.

»Erinnerst du dich noch an meine Schwägerin?« Mr. Stedman hatte das Alter erreicht, in dem sich die Leute in ihren Gesprächen gern wiederholen, und Pretoria-Smith hatte daher keine Gelegenheit gehabt, Mrs. Stedman und ihre Tochter Marjorie zu vergessen. Sein Partner sprach von ihr immer als von »der Frau, die nicht wirtschaften konnte und zu nichts taugte«.

»Also, denke dir, sie hat einen Neffen, und den hat sie uns hierhergeschickt.«

»Großartig!« erwiderte Smith. »Woher kommt er denn?«

»Direkt aus England. Nächste Woche ist er schon hier. Meine Schwägerin hat geschrieben, daß er sich mit dem Mädchen verloben will, mit dieser Lily – Margaret –«

»Sie heißt Marjorie«, sagte Smith grinsend. »Du hast aber auch wirklich ein zu schlechtes Gedächtnis. Wie kommt das?«

»Meinst du? Na, ich wollte nur erzählen, daß meine Nichte und dieser junge Mann kolossal ineinander verschossen sind.«

»Stedman, Stedman, auf deine alten Tage wirst du noch vulgär. Warum sollen sich denn die beiden jungen Leute nicht gern haben? Das ist doch nun einmal das Vorrecht der Jugend. Wir beide sind schon viel zu bejahrt, um so etwas zu verstehen.«

»Hör mal, du bist doch nicht alt«, erwiderte Stedman vorwurfsvoll. »Du bist doch selbst erst noch ein junger Mann. Also, ich wollte nur sagen – der Junge heißt –«, er holte den Brief heraus und suchte darin nach dem Namen – »Lance Kelman«.

»Der Name klingt ja ganz gut«, meinte Smith und schlug seinem Partner leicht auf die Schulter. »Soll ich den jungen Herrn in unserem Familienford hierherbringen, oder kommt er zu Fuß?«

Stedman war eigentlich der Ansicht, daß man nach Kimberley fahren sollte, um den Besuch dort abzuholen. Aber dagegen verwahrte sich Pretoria-Smith entschieden, und er freute sich über seine Weigerung, als er Kelman zum erstenmal sah. Der junge Mann reiste mit sechs großen Koffern und sah sich verzweifelt auf dem einsamen Bahnhof um. Seine Kleider waren allerdings nach dem neuesten und besten Schnitt gefertigt, und er hatte sich für diese Afrikafahrt auch besonders ausgerüstet. Die bauschigen Breeches saßen vorzüglich, sein Seidenhemd war blendend weiß und sein Rock auf Taille gearbeitet.

Der einzige Zuschauer bei dieser glorreichen Ankunft war Pretoria-Smith, der auf dem langen Bahnhof stand und mit Staunen und Ehrfurcht beobachtete, wie sich Koffer auf Koffer türmte.

Lance Kelman bemerkte den großen Mann und winkte ihn zu sich.

»Sagen Sie mal, wie komme ich von hier aus zur Mine von Mr. Stedman? Ich bin nämlich sein Neffe.«

»Sie können mit einem einfachen, aber brauchbaren Auto hinkommen. Später schicke ich dann einen Ochsenwagen, der Ihr Gepäck holt.«

»Ach, Sie sollen mich wohl abholen?« erwiderte Mr. Lance Kelman gnädig und herablassend. »Dann sagen Sie doch den Kerlen auf dem Bahnhof hier, daß sie meine Koffer solange in Verwahrung nehmen sollen, bis Ihr Wagen kommt. Meine Handtasche muß ich allerdings mitnehmen.«

»Na, soviel Platz haben wir ja auch noch im Wagen«, entgegnete Smith belustigt, griff nach dem kleinen Koffer und führte Mr. Kelman zum Auto. »Das andere Zeug haben Sie wahrscheinlich am Abend auch schon.«

Mr. Kelman sah ihn von der Seite an, um zu erforschen, ob sich dieser große, breitschultrige Mann über ihn lustig machte.

»Ich bin der Neffe von Mr. Stedman«, erklärte er dann noch einmal nachdrücklich.

»Das haben Sie mir schon erzählt«, erwiderte Smith kühl. »Wollen Sie damit sagen, daß Sie lieber auf den Ochsenwagen warten wollen? Ich kann ja auch allein mit dem Auto vorausfahren.«

»Werden Sie nur nicht unverschämt, mein Freund«, rief Kelman aufgeregt.

Smith lachte.

Auf der Fahrt zur Mine schwieg Lance beleidigt. Er hielt es für unter seiner Würde, mit seinem Begleiter zu sprechen, und selbst als er später Pretoria-Smith in aller Form von Mr. Stedman vorgestellt wurde und bei der Gelegenheit erfuhr, daß er den Partner des alten Herrn vor sich habe, änderte er seine ablehnende Haltung nicht.

»Nun, was denkst du von dem jungen Mann, der sich mein Neffe nennt?« fragte Stedman, als Mr. Kelman in das kleine Wellblechhaus gebracht worden war, das ihm während seines Aufenthalts als Wohnung dienen sollte.

»Er sieht sehr gut aus«, sagte Pretoria-Smith vorsichtig. »Und er ist also mit deiner Nichte verlobt?«

»Na, verlobt sind sie ja gerade noch nicht«, entgegnete Stedman zögernd. »Magst du ihn eigentlich?«

»Ich kenne keinen Menschen, der mir unsympathischer wäre als dieser Geck!«

7

Von Mr. Kelmans dreimonatigem Aufenthalt auf der Mine ist nicht viel Rühmliches zu erzählen. Er sprach dauernd und manchmal etwas überflüssigerweise von der alten Heimat, von dem guten Leben dort, von den Vorteilen der Zivilisation und von dem geringen Komfort in dieser Wüstenei.

Die beiden hörten ihm meistens schweigend zu.

»Ich muß nächstens doch einmal nach England fahren«, meinte Smith eines Tages, als sie bei Tisch saßen. »Es scheint ein unheimlich interessantes Land zu sein. Habe schon viel davon gehört.«

»Sie würden sich dort allerdings wohl kaum zurechtfinden«, entgegnete Mr. Kelman gönnerhaft. »Aber wenn Sie mich vorher benachrichtigen, führe ich Sie herum und zeige Ihnen die wichtigsten Dinge.«

»Ach, kennen Sie England auch?« fragte Smith ironisch.

Mr. Lance Kelman wußte begreiflicherweise nicht, was er darauf antworten sollte.

Auch von Marjorie sprach er in einer etwas anmaßenden Art, so daß Pretoria-Smith ihn manchmal am liebsten beim Kragen gepackt und verprügelt hätte. Er nannte sie nur »Marje« oder »mein nettes, kleines Mädchen«.

Wenn Marjorie Stedman ihn gehört hätte, hätten ihr die Haare zu Berge gestanden.

Einen Monat nach seiner Ankunft machte er Andeutungen über den eigentlichen Zweck seiner Reise. Da er seiner Meinung nach mit Stedman eng verwandt war, glaubte er, Anspruch auf einen Teil seines Vermögens zu haben. Aber seine dahinzielenden Bemerkungen wurden von dem alten Herrn mit eisigem Schweigen aufgenommen. Mr. Kelman erklärte dann, daß er sogar damit zufrieden wäre, wenn man ihm eine gutbezahlte Anstellung bei der Company gäbe. Aber auch davon wollte Mr. Stedman nichts wissen.

Schließlich wurde Lance obendrein noch krank und behauptete, nur durch Genuß von Treibhausfrüchten wieder gesund werden zu können. Pretoria-Smith ging wenigstens hierauf ein und sorgte dafür, daß er genügend Bananen erhielt.

»Gott sei Dank, daß er wieder abgedampft ist«, sagte der alte Stedman.

Pretoria-Smith kam eben mit dem Ford von dem Bahnhof zurück, wohin er Kelman mit seinen sechs Koffern gebracht hatte.

Er lachte laut und unbekümmert, aber Stedman fand nichts Vergnügliches an der Angelegenheit. Kelmans Besuch hatte ihm viel zu denken gegeben, und während der nächsten Monate blieb er schweigsam und in sich gekehrt.

An einem bitterkalten Tag im Mai – zu der Zeit ist es in jener Gegend Südafrikas Winter – saß Mr. Stedman in seinem einfachen Büro. Viele Pläne und Blaupausen hingen an den Wänden, andere lagen auf den Tischen umher oder waren in großen Mappen verwahrt. Er hatte die buschigen Augenbrauen zusammengezogen und strich dauernd mit seiner fleischigen Hand über das Kinn. Die äußere Veranlassung seiner offensichtlichen Verwirrung war der Brief, den er las.

Schließlich legte er ihn auf den Tisch und kratzte sich den Kopf.

Gerade in diesem Augenblick kam Pretoria-Smith herein. Er hatte eine schön polierte Buchsbaumpfeife im Mund und rauchte. Nur die Goldnadel in seinem Schlips verriet, daß es ihm gut ging.

»Hallo, Smith, komm herein!«

»Bin ja schon hier«, entgegnete der andere lakonisch.

Der alte Mann brummte.

»Setz dich mal zu mir an den Tisch. Ich habe einen Brief von meiner Nichte bekommen.«

»Ich glaube kaum, daß du anständige Verwandte hast, nachdem ich diesen Mr. Kelman genossen habe!«

»Sie ist die Tochter meines jüngeren Bruders«, erklärte Stedman zum soundsovielten Male, ohne sich um die Bemerkung zu kümmern. »Mein Bruder ist nun schon viele Jahre tot, und das ist wohl auch gut für ihn. Und Margaret – Marjorie hat mir schon als kleines Mädchen geschrieben. Marjorie ist eben Marjorie.«

»Das gebe ich allerdings zu«, sagte Pretoria-Smith geduldig. »Wolltest du sonst noch etwas erzählen?«

»Also, sieh mal, Smith, sie ist doch nun die einzige Verwandte, die ich auf der Welt habe.«

Stedman machte eine Pause und rieb sein Kinn.

»Du entsinnst dich doch noch an den Bengel, der voriges Jahr hierherkam?«

Smith nickte. Er war auf Lance Kelman noch immer schlecht zu sprechen, da ihn dessen anmaßendes Wesen besonders geärgert hatte.

»Na, was soll ich denn von dem eleganten Lance hören? Du bist wieder einmal sehr gesprächig – komm doch endlich zur Sache.«

»Ja, also das war Lance Kelman.«

Pretoria-Smith lachte resigniert, während er die Asche aus seiner Pfeife klopfte.

»Also, das war Lance Kelman«, wiederholte er. »Was ist denn nun mit ihm los?«

»Du weißt doch, daß sie ihn gern hat. Das habe ich allerdings nicht aus ihren Briefen erfahren – ihre verrückte Mutter hat mir das geschrieben. Und dabei gebe ich ihr doch jährlich zweitausend Pfund. Sie schreibt also etwas von einem tapferen Jungen ... Lebensgefahr ... grauenvolle Wanderung durch die Wüste ... na, und noch mehr solchen Blödsinn.«

»So? Der Mensch kam doch im Bulawayo-Luxuszug! Er hat auf der Fahrt Stachelbeermarmelade zum Frühstück bekommen und wer weiß, was sonst noch. Dann habe ich ihn persönlich in unserem neuen Wagen von der Station abgeholt! Zu Bett habe ich ihn nicht gebracht, das muß ich zugeben. Aber es kommt ja auch nicht darauf an, er ist ja wieder glücklich zu Hause angekommen.«

Mr. Stedman hatte eine glänzende Idee. Pretoria-Smith erkannte das bereits an den äußeren Symptomen.

»Smith«, sagte der alte Mann plötzlich, »sieh mal, wir beide sind doch eigentlich recht gute Kameraden und Freunde. Ich hab' dir immer noch nicht vergessen, daß du mich damals an dem Wasserloch gerettet hast.«

»Ach, rede doch nicht immer wieder davon. Ich wäre doch einfach ein Mörder gewesen, wenn ich das nicht getan hätte.«

»Nun schimpfe einmal nicht, Smith. Wir sind auf jeden Fall gute Freunde geworden«, wiederholte Stedman.

Sein Partner nahm diese fundamentale Tatsache als schweigende Voraussetzung für das Kommende.

»Du bist reich, und ich bin reich. Ich habe noch einen Winter hier zu leben, vielleicht auch noch zwei, wenn mich der Doktor in Kimberley nicht angelogen hat. Und das hatte der Mann ja schließlich nicht nötig, nachdem ich ihn so glänzend für seine Reise hierher bezahlt habe. Du kannst dir wohl denken, daß ich mir nun den Kopf zerbreche, was aus der Mine und meinem Vermögen werden soll, wenn ich einmal sterbe.«

»Du bist ein verrückter, alter Teufel«, erklärte Smith und klopfte ihm vertraulich auf die Schulter. »Erst solltest du dich doch mal darum kümmern, was aus dir selbst wird, ehe du stirbst. Außerdem stirbt es sich überhaupt nicht so schnell. Wir wollen uns in zehn Jahren einmal wieder über den Fall unterhalten.«

»Na, darüber brauchen wir uns ja nicht zu streiten. Irgendwie, irgendwo, irgendwann werde ich schon abkratzen. Nein, es ist mein Vermögen, das mir Sorge macht. Ich könnte es ja einfach dir überlassen oder dem Hospital in Kimberley. Aber das möchte ich nicht. Du hast selbst über sechshunderttausend Pfund. Nun komme ich auf einen wichtigen Punkt zu sprechen. Bist du eigentlich verheiratet?«

Eine solche Frage hatte er früher noch nie an Pretoria-Smith gerichtet, und er machte ein ängstliches Gesicht, als er sah, daß sein Partner die Stirn runzelte.

»Nein. Frauen interessieren mich nicht, und ich habe sie auch schon früher nicht leiden können. Ich wollte dir eigentlich auch schon lange sagen, daß ich nicht Smith heiße.«

»Der Name ist allerdings so außergewöhnlich, daß ich mir das selbst an meinen zehn Fingern abzählen konnte. Du hast dich wohl einmal eine Zeitlang in Pretoria aufgehalten?«

Smith nickte.

»Was wolltest du mir denn nun vorschlagen?«

Mr. Stedman steckte umständlich ein Stück Kaugummi in den Mund und starrte dann wie versteinert zum Fenster hinaus.

»Geh nach England und heirate Marjorie!« sagte er schließlich.

Eine Weile herrschte Totenstille in dem Raum.

»Was denkst du dir denn eigentlich, du alte Strandhaubitze?« erwiderte Smith dann verblüfft. »Willst du ein Heiratsbüro aufmachen? Und was soll denn aus unserem guten Lance Kelman werden? Soll ich den etwa als Nebenbuhler vergiften oder im Zweikampf erdolchen?«

»Ach, von dem Bengel brauchen wir doch überhaupt keinen Ton mehr zu reden«, rief der alte Stedman ärgerlich.

Smith lachte.

»Und dann müßte doch vor allem noch etwas anderes überlegt werden.« Pretoria-Smith war merkwürdigerweise nicht abgeneigt, die Sache zu besprechen, da dieses Thema den Reiz der Neuheit für ihn bot. »Glaubst du denn, daß deine Nichte Marjorie so ohne weiteres einverstanden ist, wenn ich nach England komme und ihr sage: ›Onkel Alfred hat befohlen, daß wir beide heiraten sollen‹?«

Mr. Stedman schenkte sich erst einen Brandy ein, bevor er antwortete.

»Ach, Marjorie wird schon vernünftig sein. Um die brauchen wir uns weiter nicht zu sorgen. Die tut alles, wenn sie weiß, daß sie mir damit eine Freude macht. Ich werde ihr heute noch einen langen Brief schreiben.«

Pretoria-Smith hatte sich auf den hohen Drehstuhl gesetzt, auf dem sonst der technische Zeichner saß, und schaute düster auf den alten Mann hinunter.

»Ich fürchtete schon, sie würde mich wegen meines hübschen Aussehens, meiner blendenden Jugend und anderer angenehmer Eigenschaften wählen.«

»Du siehst doch wirklich ganz gut aus«, protestierte Stedman.

»Ich bin aber entschieden zu alt, um dich Onkel nennen zu können«, erklärte Smith entschieden.

»Du bist doch noch nicht über dreißig – wenigstens nicht viel. Mach du mir doch keine Schwierigkeiten, Smith. Ich dachte immer, mit dir könnte man ein vernünftiges Wort reden. Auf jeden Fall wollte ich dir sagen, daß es mein Wunsch ist. Das ist alles. Ich habe das Gefühl, daß ich dafür mein ganzes Leben lang gearbeitet habe. Und es gibt einem doch schließlich eine kolossale Genugtuung, wenn man weiß, daß die Lebensarbeit auch einen Zweck gehabt hat. Wenn ich so sterben müßte, wie ich jetzt bin, käme ich mir vor wie ein Halbkreis, dessen eines Ende nicht wieder zum Anfang zurückgefunden hat.«

»Aber nun einmal allen Scherz beiseite. Jetzt ist es genug mit den dummen Witzen. Es ist doch nicht tatsächlich dein Ernst? Das Mädchen lacht mich doch aus, wenn ich ihr einen solchen Unsinn erzähle. Und mir ist es wirklich ziemlich egal, ob ich mich verheirate oder nicht. Ich würde ihr die Verwaltung der Farm und der Felder überlassen und sie weiter nicht stören.«

»So war die Sache allerdings nicht gemeint, mein Junge.« Mr. Stedman zog die buschigen Augenbrauen in die Höhe und sah Pretoria-Smith durchdringend an. »Damit ist es nicht getan, daß du dich mit Marjorie trauen läßt. Du sollst meine Familie weiterführen. Marjorie muß Kinder haben.«

»Mein lieber Stedman, du bist mir denn doch zu gründlich und energisch. Wir wollen jetzt einmal über Schacht Nummer drei sprechen. Da haben wir einen Erdrutsch gehabt, und ich wollte dir eigentlich vorschlagen –«

»Ach, laß doch den verdammten Schacht Nummer drei! Und ebenso Nummer eins, zwei, vier und fünf. Du hast mir noch nicht auf meine Frage geantwortet. Willst du nach England fahren, Marjorie aufsuchen und sie fragen, ob sie deine Frau werden will? Wenn sie nein sagt, dann ist es ja gut, dann hast du wenigstens getan, was du tun konntest. Aber ich kann es wirklich nicht mitansehen, daß sie so einen geschniegelten Modeaffen wie diesen Kelman heiratet!«

Smith stopfte seine Pfeife und steckte sie umständlich in Brand.

»Schön, ich werde deinen Wunsch erfüllen«, erklärte er resigniert. »Aber mir wäre es lieber gewesen, wenn du dein Geld einem Waisenhaus überlassen hättest.«

»Bedenke doch, daß du sie vor diesem Lance Kelman rettest. Das ist wirklich eine gute Tat.«

»Das ist allerdings beinahe die Reise wert. Außerdem könnte es ja auch sein, daß ich Lance Kelman vor ihr rette.«

»Aber erlaube mal, Marjorie ist meine Nichte!« rief Stedman aufgebracht.

»Gerade deshalb kam ich ja auf den Gedanken.«

Pretoria-Smith erhob sich und ging zur Tür.

»Aber sag mal, wo wohnt denn eigentlich deine unvergleichbare Nichte?«

»In Tynewood.«

»Um Himmels willen!« Pretoria-Smith nahm die Pfeife aus dem Mund und setzte sich in den nächsten Stuhl. Sein Gesicht wurde fahl.

Stedman sah ihn betroffen an, denn er wußte nicht, wie er sich das veränderte Verhalten seines Partners erklären sollte.

»Das nützt dir jetzt alles nichts mehr – und wenn du ohnmächtig hinfällst! Du hast dein Wort gegeben.«

Smith nickte langsam.

Schließlich kannte man ihn ja in Tynewood nicht als Pretoria-Smith. Dieser Gedanke beruhigte ihn ein wenig.

8

›Ich bin ein alter Mann geworden und habe ein hartes Leben voller Mühsal hinter mir. Es ist möglich, daß ich bald sterbe, und ich kann nicht zugeben, daß mein schwer erworbenes Vermögen von irgendeinem leichtsinnigen jungen Mann durchgebracht wird, in den Du Dich verliebst. Deshalb ist es mein Wunsch und Wille, daß Du heiratest, und zwar möglichst bald. Als Mann habe ich meinen Partner Pretoria-Smith für Dich ausgesucht. Vielleicht wirst Du ihn etwas ungeschliffen finden, aber unter der rauhen Schale verbirgt sich ein guter, ehrlicher Charakter. Es hat lange gedauert, bis ich ihn dazu überredet habe, aber schließlich hat er zugestimmt, weil er seinen alten Partner gern hat. Wenn Du diesen Brief erhältst, ist er schon unterwegs nach England.

Solltest Du wider Erwarten ablehnen, Marjorie, so muß ich natürlich die jährliche Rente, die ich Deiner Mutter zahle, sofort zurückziehen, und dann will ich auch weiter nichts mehr mit Euch zu tun haben. Ich wasche meine Hände in diesem Fall in Unschuld.

Dein Dich stets liebender Onkel
Alfred Stedman.‹

Marjorie legte den Brief beiseite, nachdem sie ihn zum viertenmal durchgelesen hatte, denn die Buchstaben tanzten vor ihren Augen.

Ihr schönes Gesicht hatte sich vor Erregung gerötet, und ihre großen, grauen Augen blitzten ärgerlich auf. Sie erhob sich und ging unruhig im Zimmer auf und ab.

Marjorie Stedman hatte eine schlanke, grazile Gestalt, goldblonde Locken und ein feines, zartes Gesicht, das von frischen, roten Lippen belebt wurde.

»Wie kann er nur derartig schreiben!« sagte sie laut und zornig. »Es ist doch vollständig ausgeschlossen, daß ich mir in dieser Beziehung etwas diktieren lasse!«

Sie hatte also einen Heiratsbefehl bekommen! Und dabei hatte sie bisher überhaupt noch nie ernstlich daran gedacht, sich zu binden. Bisher hatte sie nur ungewisse, vage Vorstellungen von einem Mann, den sie lieben könnte. Sie träumte von einem gottähnlichen Wesen, das in höheren Regionen schwebte, und eine Heirat war für sie noch ein Idealzustand, der nichts mit der rauhen Wirklichkeit zu tun hatte. Und nun hatte Onkel Alfred, den sie sonst so sehr schätzte, ihr den kategorischen Befehl gegeben, zu heiraten! Einen Menschen, der Pretoria-Smith hieß!

Sie sprach den Namen verächtlich aus, aber im gleichen Augenblick kam er ihr bekannt vor. Irgendwo mußte sie ihn schon gehört haben. Pretoria-Smith! Seit dreieinhalb Jahren hatte sie durch größte Willensanstrengung jene schreckliche Nacht auf Schloß Tynewood aus ihrer Erinnerung verbannt, obwohl sie selbst nicht weit entfernt von diesem alten Familiensitz wohnte, und obwohl Alma Tynewood durch eine merkwürdige Verkettung des Schicksals fast täglich ins Haus kam. Auch Pretoria-Smith hatte sie vollkommen vergessen. War es derselbe, den sie damals kennengelernt hatte? Aber schließlich gab es doch viele Leute dieses Namens in Pretoria. Vielleicht war er irgendein unkultivierter Mensch mit häßlichen Manieren, den ihr alter Onkel irgendwo in einer wilden Gegend Afrikas aufgetrieben hatte. Sie wußte, daß Mr. Stedman ein bewegtes Leben hinter sich hatte. In seinen früheren Tagen soll er unter Eingeborenen gelebt haben, und sie hatte auch einmal gehört, daß er wegen eines Verbrechens mehrere Jahre im Gefängnis gesessen hatte. Gesehen hatte sie ihn noch nicht, denn er hatte sich dauernd im Ausland, in Amerika, Australien, Südafrika, aufgehalten. Aber er war immer sehr gut zu ihr gewesen.

Auch als er vor vier Jahren zu Geld kam, hatte er zuerst in großzügiger Weise für das Kind seines verstorbenen Bruders gesorgt. Seine reichen Zuwendungen hatten es Marjorie ermöglicht, ihre Stellung als Stenotypistin aufzugeben und ein freies, sorgenloses Leben zu führen. Ihre Mutter brauchte nicht mehr in einer kleinen, engen Vorstadtwohnung zu hausen, da Mr. Stedman das alte Stammhaus der Familie zurückgekauft hatte. Wie glücklich hatte sie doch in den letzten Jahren gelebt! Beinahe hatte sie die traurigen Erinnerungen von damals vergessen . . . Sie hatte viele Bekannte und Freunde in der Gegend und hatte ihre Zeit wohltätiger Arbeit gewidmet. Und morgen war der Tag, an dem man ihr auch offiziell dafür danken wollte.

Diesen günstigen Umschwung in ihrem Schicksal hatte nur das Eingreifen Onkel Alfreds gebracht. Als ihr das wieder klar zum Bewußtsein kam, wurde ihre Stimmung ihm gegenüber wieder ruhiger und versöhnlicher.

Sie setzte sich einen Augenblick und schaute wieder auf den Brief.

»Es hat lange gedauert, bis ich ihn dazu überredet habe«, las sie. Tränen traten in ihre Augen, denn diese Worte bedeuteten eine furchtbare Demütigung für sie.

Onkel Alfred schien überhaupt nicht mehr zu wissen, daß es ein Europa gab, in dem die Menschen über sich selbst bestimmten und keine Sklaven waren. Sie war für ihn nur ein Stück Ware, das verkauft werden sollte. Er kaufte sie mit seinem Geld, um sie dann wieder an seinen Partner zu verkaufen. Und dabei mußte dieser Partner noch ›überredet‹ werden, damit das Geschäft überhaupt zustande kam!

Wieder sprang sie erregt auf. Aber nachdem sie einige Male auf und ab gegangen war, ließ sie sich aufs neue in den großen Sessel fallen, bedeckte das Gesicht mit den Händen und weinte still in ihr Taschentuch.

Alle Träume von einer herrlichen Zukunft fielen nun in nichts zusammen. Es blieb ihr kein anderer Ausweg, als wieder eine Stellung anzunehmen und für kümmerlichen Wochenlohn zu arbeiten. Sie mußte wieder zurück zu den überfüllten Untergrundbahnen und Autobussen, mußte wieder früh aufstehen und im Nebel durch die häßlichen Straßen der Großstadt eilen, um zur rechten Zeit an ihrer Arbeitsstelle zu sein. Das alte, traurige Dasein würde wieder beginnen, und nach aufreibender Tätigkeit würde sie sich dann höchstens im Jahr vierzehn Tage Urlaub in einer großen Pension eines Badeortes gönnen können.

Ich bin nur neugierig, was Mutter dazu sagen wird, dachte sie, als sie ihre Augen wieder trocknete.

Müde schaute sie auf den gutgepflegten Rasen hinaus, der vor dem alten, grauen Steinhaus mit den schönen Giebeln und den efeubewachsenen Mauern lag. Sie sah auf die Blumenbeete, die jetzt in voller Farbenpracht standen, und auf den Teich, in dem die Enten schwammen. Die armen Tiere wußten noch nichts davon, daß sich nun bald niemand mehr um sie kümmern würde. Wie oft hatte sie dort auf dem bemoosten Stein an der Uferbefestigung gesessen und ihr Spiegelbild im Wasser betrachtet.

Mit einem Seufzer erhob sie sich. Klagen und Jammern half auch nichts. Die Laune dieses reichen, alten Mannes hatte sie plötzlich über Nacht in ein Paradies versetzt, und eine andere Laune vertrieb sie nun eben wieder daraus. Das schwerste war, ihrer Mutter diese Nachricht mitzuteilen. Sie kannte ja den Charakter und die Schwächen der alten Frau, aber sie hatte sie trotzdem gern.

Plötzlich kam wieder eine zuversichtliche Stimmung über sie. Dreieinhalb Jahre lang hatten sie doch zweitausend Pfund erhalten, und sie hatten hier ein verhältnismäßig einfaches Leben geführt. Sicher war ein großer Teil des Geldes gespart worden, und wenn sie diese Summe jetzt nur vernünftig einteilten, brauchten sie doch nicht mehr in ganz so traurige Verhältnisse wie früher zurückzukehren.

»Diesen Pretoria-Smith heirate ich auf keinen Fall!« sagte sie entschlossen vor sich hin, als sie die Wohnzimmertür öffnete.

Sie hatte so laut gesprochen, daß die beiden Damen ihre Worte gehört hatten und sie erstaunt ansahen.

Es war allerdings noch keine Besuchszeit, und als Marjorie entdeckte, wer bei ihrer Mutter saß, hätte sie sich am liebsten gleich wieder zurückgezogen. Aber dazu war es jetzt zu spät. Sie zwang sich also zu einem Lächeln und ging auf die hübsche junge Dame zu.

»Guten Morgen, Lady Tynewood«, sagte sie höflich.

Alma Tynewood hatte ihre Abneigung gegen Marjorie nie ganz verbergen können, aber heute morgen hatte sie besonderen Grund, gegen dieses Mädchen Widerwillen zu empfinden. Ein verächtliches Lächeln spielte um ihre hochrot gefärbten Lippen.

Mrs. Stedman war für ihr Alter noch eine ansehnliche Frau, aber ihr schwächlicher Charakter drückte sich in ihren weichen Zügen aus. Bei dem unerwarteten Eintreten ihrer Tochter kam sie in große Verlegenheit.

»Ach, ich dachte, du wärst ausgeritten, Liebling.«

»Ich reite erst am Nachmittag.«

»Lance sagte mir aber doch, du hättest dich für Vormittag mit ihm verabredet?«

»Ich war heute morgen zu sehr beschäftigt«, entgegnete Marjorie geduldig. »Wenn er am Nachmittag keine Zeit haben sollte, reite ich eben allein.«

Mrs. Stedman seufzte unzufrieden und sagte nichts mehr dazu.

»Ich kann mir auch schlecht vorstellen, daß Sie jetzt viel Zeit zum Reiten haben sollten«, sagte Lady Tynewood mit einem boshaften Lächeln. »Sie sitzen doch sicher seit Tagen an der Ausarbeitung der Tischrede, die Sie morgen halten werden.«

»Da täuschen Sie sich. Ich halte keine Rede«, erwiderte Marjorie kurz. »Ich bin auch sicher, daß mich niemand hören will. Das Komitee macht viel Lärm um nichts und übertreibt meine Arbeit, die ich in den Dienst des Provinzialhospitals gestellt habe. Es ist wohl wahr, daß ich als Sekretärin des Hilfskomitees fünfzigtausend Pfund gesammelt habe, aber andere Leute hätten in meiner Stellung genau dasselbe tun können.«

»Aber niemand hat ein so faszinierendes Äußeres wie Sie«, entgegnete Lady Tynewood spitz. »Wenn ich ein Mann wäre, und ein hübsches Mädchen wie Sie käme in mein Büro und bäte mich um eine Zeichnung für einen wohltätigen Zweck, so würde ich sofort mein Scheckbuch aufschlagen und um Angabe der Summe bitten, die ich Ihrer Meinung nach zeichnen sollte. Außerdem haben Sie ja wohl auch Küsse im Dienst der guten Sache verkauft, wie mir erzählt wurde.«

»Das ist eine infame Lüge!«

»Marjorie!« protestierte ihre Mutter leise.

»Aber meine Liebe, jeder Mensch hier weiß es doch und spricht darüber –«

»Sie selbst haben diese böswillige Verleumdung unter die Leute gebracht, Lady Tynewood, ich kenne Sie und Ihre Vergangenheit. Wahrscheinlich war es in Ihren früheren Kreisen üblich, Küsse zu verkaufen und weiter keinen Anstoß daran zu nehmen.«

Alma wurde dunkelrot vor Zorn, und ihre Augen funkelten böse. Aber sie beherrschte sich.

»Die Kreise, in denen ich mich bewegt habe, waren Ihnen natürlich nicht zugänglich«, sagte sie hochmütig. »Morgen werden Sie ja allerdings in allerhöchster Gesellschaft speisen.«

Marjorie biß sich auf die Lippen, um eine heftige Antwort zu unterdrücken. Sie machte sich mit den Papieren zu schaffen, die auf dem Tisch lagen, und ordnete sie, während Mrs. Stedman verzweifelt auf das Tischtuch starrte.

»War es eigentlich Ihre Idee, daß morgen abend an besonders kleinen Tischen gespeist werden soll?« fragte Lady Tynewood mit schlecht verhohlenem Ärger. »Warum wurde ich denn nicht auch an die Ehrentafel gesetzt, wo Seine Königliche Hoheit den Vorsitz führt? Sie thronen ja vermutlich an seiner rechten Seite!«

»Das ist möglich«, erwiderte Marjorie kühl. »Aber ich kann Ihnen die tröstliche Versicherung geben, daß nicht ich diesen Vorschlag machte, sondern Lord Wadham. Ich hatte mit der Platzverteilung nichts zu tun, und es geht mich nichts an, ob Sie an der Ehrentafel sitzen oder nicht.«

»Das sagen Sie jetzt«, entgegnete Lady Tynewood pikiert.

»Ich nehme nicht an, daß Sie sich von mir überzeugen lassen, aber ich pflege die Wahrheit zu sagen und lüge nicht. Eine einflußreichere Persönlichkeit als ich hat die Plätze verteilt, wie ich Ihnen schon erklärte, und wenn Sie von der Ehrentafel ausgeschlossen sind, kann ich nichts dafür.«

»Und wohin hat man mich denn gesetzt?« fragte Alma erregt. »Natürlich zwischen kleine Landbarone, Ärzte und so weiter!«

Marjorie zuckte die Schultern.

»Aber Liebling, du kennst doch verschiedene Mitglieder des Komitees so gut. Kannst du nicht mit ihnen sprechen, daß Lady Tynewood doch noch einen Platz an der Ehrentafel erhält? Bedenke doch, die Tynewoods sind die älteste und angesehenste Familie in Droitshire.«

Marjorie schwieg.

»Nun, wollen Sie Ihrer Mutter nicht eine Antwort geben?« fragte Alma scharf.

»Das werde ich tun, wenn ich mit ihr allein bin. Dann soll sie auch erfahren, aus welchen guten Gründen Sie unter die Landjunker gesetzt werden.«

Lady Tynewood preßte die Lippen aufeinander.

»Ich verstehe schon. Die ganze Geschichte ist eine gemeine Intrige gegen mich – weiter nichts!«

»Davon ist mir nicht das geringste bekannt«, erwiderte Marjorie zornig, die allmählich die Ruhe verlor. Ihr Gesicht hatte sich gerötet, und ihre Augen blitzten gefährlich. »Ich kann Ihnen nur das eine sagen, Lady Tynewood: Wenn man Sie an die Ehrentafel gesetzt hätte, dann wäre ich an dem Abend nicht erschienen und hätte überhaupt auf die Teilnahme verzichtet.«

Alma atmete hörbar. Sie nickte Mrs. Stedman kurz zu und ging kerzengerade zur Tür.

»Das soll Ihnen eines Tages noch leid tun. Dafür werde ich sorgen!« zischte sie zwischen den Zähnen und schlug die Tür heftig hinter sich zu.

9

Mrs. Stedman sah nervös zu ihrer Tochter hinüber.

»Aber Marjorie, du hast dir Lady Tynewood zur Feindin gemacht!« sagte sie vorwurfsvoll.

Die alte Frau besaß keinen starken Willen und war eigentlich nicht befähigt, ein Kind zu erziehen und ihre Mutterpflichten zu erfüllen. Aber es gibt viele Frauen, die ihrer Aufgabe in dieser Beziehung nicht gewachsen sind, ihre Kinder nicht verstehen und nur neben ihnen herleben.

»Das ist doch sehr gleichgültig«, erwiderte Marjorie hoffnungslos. »Die Feindschaft von Lady Tynewood ist die geringste meiner Sorgen.

»Sie war aber gut mit uns befreundet, und ich bin sicher, daß Onkel Alfred es nicht gern sehen würde, daß du eine Dame von Adel derartig beleidigst.«

»Ach, Mutter, ich kümmere mich nicht um solche Damen von Adel.« Marjorie war den Tränen nahe. »Sie hat ihren Titel doch nur durch Heirat erhalten, und ihr Mann hat ihn auch nur geerbt, weil sich seine Vorfahren Verdienste erworben haben. Adel hat doch nur dann Wert, wenn er durch persönliche Tüchtigkeit erlangt wird.«

»Das klingt ja wie Hochverrat«, erklärte Mrs. Stedman

streng. »Ich wünschte nur, du würdest nicht derartig sozialistische Ideen äußern.«

Marjorie mußte trotz ihrer unglücklichen Stimmung lachen.

»Wir wollen uns nicht über Adelstitel streiten, Mutter. Ich habe so viele andere Dinge mit dir zu besprechen, die weit wichtiger sind.« Sie wußte nicht, wie sie am besten beginnen sollte. »Wohnst du eigentlich gern in diesem Haus?« fragte sie schließlich nach einer Pause.

»Selbstverständlich!« Mrs. Stedman hielt diese Frage für einen ungeschickten Versuch Marjories, das Thema zu wechseln. »Aber ich sage dir, daß Lady Tynewood –«

»Wir wollen vorläufig einmal nicht über diese Dame reden«, entgegnete Marjorie geduldig. »Aber gibt es nicht wertvollere Dinge, die du mehr liebst als das Leben in diesem Hause, wo du von allem Komfort umgeben bist?«

»Ich glaube schon«, erwiderte die alte Frau unsicher. »Wenn man zum Beispiel daran denkt, daß man in nicht allzu langer Zeit sterben wird –«

»Nein, das meinte ich nicht«, sagte Marjorie ernst. »Ich wollte über sehr reale, lebenswichtige Dinge mit dir sprechen – über das Glück und die Ehre deiner Tochter.«

Mrs. Stedman sah plötzlich auf, und ihre Mundwinkel senkten sich.

»Was meinst du damit – die Ehre deiner Tochter?« fragte sie bestürzt. »Du hast doch nicht am Ende etwas von dem Geld für dich gebraucht, das du für das Hospital gesammelt hast?«

Marjorie erhob sich und trat zum Fenster.

»Ich weiß wirklich nicht mehr, ob ich lachen oder weinen soll.«

»Dann lache, bitte.« Mrs. Stedman rückte ihre Brille zurecht und griff nach einer illustrierten Zeitung. »Meine Stimmung ist schon trüb genug.«

»Mutter, nehmen wir einmal an, daß wir von hier fortziehen müßten.« Marjorie wandte sich wieder um. »Und daß wir vielleicht wieder so leben müßten wie früher.«

»Wie kommst du nur auf so absurde Ideen!« Mrs. Stedman schauderte zusammen. »Das würde ich keine Woche überleben!

Die Großzügigkeit und Güte deines lieben Onkels Alfred hat uns doch glücklicherweise diese Sorge abgenommen.«

»Aber nimm doch einmal an, daß wir trotzdem dazu gezwungen würden«, erwiderte Marjorie verzweifelt.

»Nicht einmal im Traum würde ich das annehmen«, entgegnete ihre Mutter ärgerlich. »Du regst mich in der letzten Zeit wirklich furchtbar auf, Kind. Mit keinem Gedanken denkst du daran, daß du eine herzleidende Frau vor dir hast. Willst du mich denn durchaus krank machen und mich unter die Erde bringen? Ich hoffte schon, daß du heute wenigstens etwas teilnehmend und rücksichtsvoll zu mir wärst. Ich muß dir nämlich etwas mitteilen.«

»Du mußt mir etwas mitteilen?« wiederholte Marjorie langsam. Eine ungewisse Furcht befiel sie. »Aber es ist vielleicht besser, daß ich zuerst erzähle, was ich dir zu sagen habe. Wieviel Geld haben wir eigentlich in den letzten Jahren gespart, Mutter?«

»Gespart?« rief Mrs. Stedman mit schriller Stimme. »Wovon hätten wir denn sparen sollen? Du bist wohl ganz von Sinnen?«

Marjorie sah sie verstört an.

»Was, du hast gar nichts gespart? Aber wir haben doch jährlich zweitausend Pfund von Onkel Alfred bekommen – das sind vierzigtausend Shilling! Und brauchten keine Miete zu zahlen und hatten Gemüse und Obst aus dem Garten! Es blieben doch nur die Löhne für die Dienstboten und die Rechnungen für den Haushalt übrig – da mußt du doch gespart haben!«

Mrs. Stedman schüttelte den Kopf, und zwei Tränen liefen über ihre Wagen.

»Nein, ich habe kein Geld sparen können«, entgegnete sie weinerlich. »Ich habe mein Konto auf der Bank sogar schon um fünfhundert Pfund überzogen – und – und –« Sie schluchzte heftig auf.

»Und?« fragte Marjorie mit schwerem Herzen. Sie war blaß geworden und strich mit zitternden Händen über ihr Haar. »Sage mir die volle Wahrheit, Mutter.«

»Ich habe auch noch über tausend Pfund Schulden«, stieß Mrs. Stedman hervor.

Marjorie sank in den nächsten Stuhl.

»Sieh mich doch nicht so schrecklich an! Ach, ich wünschte manchmal, ich hätte überhaupt kein Kind. Du hast mich niemals richtig getröstet, wenn ich es am meisten nötig hatte!«

Marjorie faßte sich nur mühsam, und es gelang ihr kaum, ein Wort über die Lippen zu bringen.

»Wem schuldest du denn das Geld?«

»Lady Tynewood«, erwiderte ihre Mutter jetzt gereizt und beleidigt. »Ich weiß gar nicht, was dir eigentlich einfällt, mich derartig auszufragen. Ich bin deine Mutter, und du solltest Achtung vor mir haben. Aber die modernen jungen Mädchen denken ja immer nur an sich selbst und niemals an ihre Eltern!«

Marjorie sah zum Fenster hinaus. Nun wurde ihr plötzlich klar, was die stundenlangen Besuche ihrer Mutter in der Villa der Lady Tynewood bedeuteten. Sie wunderte sich jetzt auch nicht mehr darüber, daß Alma Mrs. Stedman stets im Auto abholen ließ.

»Du hast das Geld wohl beim Bridgespiel verloren?« fragte sie leise. »Mr. Javot hat sicher auch mitgespielt?«

»Ja.« Mrs. Stedman war wieder kleinlaut geworden und schluchzte. »Marjorie, ich hatte in der ersten Zeit so fabelhaftes Glück! Ungefähr tausend Pfund habe ich gewonnen. Später habe ich dann dauernd verloren. Aber Alma war sehr liebenswürdig und nett zu mir. Du mußt sie nicht falsch beurteilen. Sie hat sich wirklich wie eine Freundin mir gegenüber benommen und niemals ihr Geld verlangt, obwohl ich weiß, daß ihr eigenes Einkommen ziemlich klein ist.«

Marjorie ging auf ihre Mutter zu und legte freundlich den Arm um ihre Schulter.

»Gib mir das Versprechen, daß du nie wieder spielst. Wir können uns das nicht leisten.«

»Nein, so darfst du nicht sprechen. In den nächsten Tagen werde ich alles wieder zurückgewinnen – und noch mehr dazu«, erklärte Mrs. Stedman eifrig. »Du hast keine Ahnung, was für entsetzliche Karten ich bekommen habe.«

»Das kann ich mir schon vorstellen, wenn du gegen Alma

Tynewood gespielt hast«, sagte Marjorie mit einem bitteren Auflachen.

Konnte sie ihrer Mutter unter diesen Umständen überhaupt von dem Brief erzählen, den sie erhalten hatte? Es hatte ja gar keinen Zweck, die Sache mit ihr zu besprechen. Welche Hilfe oder welchen Trost sollte sie in ihrer schweren Lage von dieser Frau erwarten, die jede Hilfe und jeden Trost für sich selbst in Anspruch nahm wie trockener Sand, der das Wasser aufsaugt und nicht zurückgibt? Ihre Mutter hatte mehr als tausend Pfund Schulden gemacht, und in der nächsten Woche hörten ihre Einnahmen auf. Dieser Schlag mußte die alte, selbstsüchtige Frau zu schwer treffen. Marjorie biß sich auf die Lippen und schaute auf ihre Mutter nieder, die gekrümmt in dem großen Sessel saß und hemmungslos weinte.

»Gräme dich nicht so sehr«, sagte sie tröstend. »Wir werden schon fertig werden und durchkommen. Das Haus ist ja schließlich auch noch etwas wert.«

»Was redest du da? Das Haus ist auch noch etwas wert?« fuhr Mrs. Stedman plötzlich auf. In ihrer Entrüstung vergaß sie, die Rolle der bekümmerten, alten Frau weiterzuspielen. »Du glaubst doch nicht etwa, daß wir das Haus verkaufen oder eine Hypothek aufnehmen sollten? – Außerdem habe ich bereits mehrere Hypotheken darauf genommen«, fügte sie halb trotzig hinzu.

Marjorie hatte geglaubt, daß sie nichts mehr aus der Fassung bringen könnte, aber bei dieser Mitteilung brach sie doch beinahe zusammen.

»Du hast Hypotheken auf das Haus eintragen lassen?« fragte sie mit schwacher Stimme. »Aber Mutter, es gehört dir doch gar nicht! Du kannst doch nicht ohne Einwilligung von Onkel Alfred Hypotheken aufnehmen! Darüber hat doch nur er zu bestimmen!«

»Er hat uns das Haus doch geschenkt«, erwiderte Mrs. Stedman gekränkt. »Er hat es mir direkt übergeben, und ich kann damit machen, was ich will. Marjorie, du regst mich ganz entsetzlich auf! Und gerade jetzt dachte ich, daß du an Onkel Alfred schreiben würdest. Er hat dich so gern, und du könntest ihn doch tatsächlich bitten, daß er uns mit Geld aushilft. Schreibe ihm, daß du heiraten möchtest, oder so etwas Ähnliches . . .«

»Daß ich heiraten möchte!« wiederholte Marjorie und lachte hysterisch auf.

Dann eilte sie plötzlich ohne ein weiteres Wort aus dem Zimmer.

Mrs. Stedman sah ihr verblüfft nach und hörte noch, daß ihre Tochter die Treppe hinaufstürmte, die Tür ihres Schlafzimmers hinter sich zuschlug und den Schlüssel umdrehte.

10

Lance Kelman wartete in tadellosem Reitdreß am Gartentor. Er sah außerordentlich gut aus, aber seine affektierten Bewegungen verrieten seine Eitelkeit und seinen wenig männlichen Charakter. Sein sorgfältig frisiertes und gebürstetes Haar duftete nach Brillantine, und er war sehr stolz auf seine schmalen, gepflegten Hände.

Als Marjorie im Straßenanzug an das Tor kam, grüßte er sie in überschwenglicher Weise.

»Aber ich dachte doch, du wolltest heute morgen mit mir ausreiten?«

Lance Kelman war mit sich selbst sehr zufrieden und trat auch dementsprechend auf. Er hatte gehofft, durch dieses Benehmen auch auf Mr. Stedman einen so großen Eindruck zu machen, daß dieser ihm einen Teil seines Vermögens überlassen oder ihm wenigstens eine Anstellung geben würde, bei der er mit geringster Anstrengung möglichst viel verdiente. Aber er war sehr enttäuscht aus Südafrika nach Hause gekommen und hatte sich wenig schmeichelhaft über Mr. Stedman ausgesprochen.

Marjorie hatte eigentlich nicht die Absicht, ihre schwierige Lage mit Lance Kelman zu besprechen, aber sie mußte sich in diesem Augenblick irgendeinem Menschen anvertrauen, wenn sie nicht den letzten Rest ihrer Selbstbeherrschung verlieren sollte.

Sie wünschte, daß sie nur etwas stärker wäre, um nicht gerade in dieser Krise zusammenzubrechen.

»Ja, du hast recht«, sagte sie hastig. »Aber ich reite erst heute nachmittag.«

»Ich hätte dir gern einmal das Schloß Tynewood und den großen Park gezeigt.«

Er sprach so anmaßend und herablassend, als ob ihm das ganze Land gehörte und er es aus lauter Gnade und Barmherzigkeit seinen Mitmenschen zeigte. Aber heute machte sein Wesen, über das sie sich sonst amüsierte, nicht den geringsten Eindruck auf sie. Sie sah ihn nur traurig an.

»Ich bin aber wirklich nicht in der Stimmung, mir Tynewood anzusehen oder etwas, was mit diesem Namen zusammenhängt. Du kommst doch morgen abend auch zum Essen?«

Er nickte und runzelte die Stirn.

»Ich wundere mich nur, daß es dir nicht gelungen ist, Marjorie, mir einen Platz an deinem Tisch zu verschaffen. Ich will mich nicht an die Rockschöße des Prinzen hängen, das liegt mir ganz fern, aber ich möchte doch gern in deiner Nähe sein. Und dann noch eins. Was hast du bloß mit Lady Tynewood gemacht? Hast du dich schon wieder einmal mit ihr gezankt?« fragte er schnell.

»Nein, ich habe mich nicht mit ihr gezankt. Sie hat Streit angefangen, und zwar wegen derselben Sache, über die du dich eben auch bei mir beschwert hast. Sie wollte absolut an der Ehrentafel sitzen. Ich wünschte nur, daß ich überhaupt nicht hinzugehen brauchte.«

»Sitzt sie denn nicht bei den Honoratioren?«

»Nein.« Marjorie verlor die Geduld. »Und ich freue mich darüber. Ich habe gar nichts mit der Platzverteilung zu tun, ob es sich nun um große oder um kleine Tische handelt.«

Lance fühlte sich ebenso beleidigt wie Alma und machte deren Sache zu seiner eigenen.

»Ich weiß nicht, was du immer gegen Lady Tynewood hast. Sie ist wirklich eine sehr nette Dame, das kannst du mir glauben. Und sie hat große Weltkenntnis. Ich muß sagen, daß ich sie in jeder Weise respektiere. Mein Verhältnis zu ihr läßt sich allerdings in keiner Beziehung mit meinen Gefühlen dir gegenüber vergleichen«, fügte er schnell hinzu.

Marjorie sah ein, daß es sinnlos war, mit diesem jungen Mann ihre Sorgen zu besprechen.

»Ich muß jetzt ins Dorf gehen, Lance«, erwiderte sie ungeduldig. »Holst du mich um zwei ab? Du siehst in deinem Reitdreß wirklich recht smart aus«, lenkte sie dann ein und lächelte ein wenig. »Eigentlich solltest du dich gar nicht umziehen bis heute nachmittag.

Er strahlte.

»Schön, um zwei bin ich wieder hier. Aber kann ich dich denn nicht ins Dorf begleiten?«

Sie schüttelte den Kopf.

»Nein, ich habe etwas Wichtiges auf der Post zu erledigen und möchte lieber allein gehen.«

Sie wartete nicht mehr auf seine Antwort, wandte sich mit einem kurzen Kopfnicken um und ging schnell den Hügel zu dem Dorf hinunter.

Tynewood! Wie sie den Namen haßte! Obwohl sie in der letzten Zeit zufrieden und glücklich in dieser Gegend gelebt hatte, empfand sie doch jetzt eine unsägliche Bitterkeit gegen ihre Umgebung. Sie hatte das Gefühl, daß die Nähe Alma Tynewoods die herrliche Natur ringsum vergiftete und ihr das Leben unerträglich machte. Und ihre Mutter war in den Klauen dieser entsetzlichen Frau! Allein diese Tatsache zwang Marjorie gegen ihren Willen zu dem Schritt, gegen den sich ihr ganzes Inneres aufbäumte. Glühender Haß gegen Alma Tynewood packte sie.

An diesem Morgen verschwor sich alles gegen das junge Mädchen. Das Postamt lag am äußersten Ende der Dorfstraße, so daß sie durch den ganzen Ort gehen mußte. Sie machte diesen Weg nur selten, denn der Bahnhof lag näher am Schloß.

Als sie an dem Laden des Fleischers Perkins vorüberkam, trat dieser aus seiner Tür und grüßte sie höflich.

»Es tut mir leid, daß ich Sie belästigen muß, Miss Stedman.

Aber schon seit vierzehn Tagen habe ich versucht, einmal mit Ihnen zu sprechen.«

»Warum denn?« fragte sie erstaunt.

»Nun, sehen Sie, ich dränge ja meine guten Kunden nicht«, entgegnete der Mann verlegen, »vor allem da Sie doch im ganzen Ort so geachtet sind. Aber ich wäre Ihnen doch sehr dankbar, wenn Ihre Mutter die Rechnung bezahlte, die noch bei mir steht.

Marjories Herz wurde schwer.

»Ist sie hoch?«

»Ach, es sind im ganzen hundertzwanzig Pfund. Die sind im Lauf der Zeit zusammengekommen. Für Sie bedeutet es ja nicht viel, aber für mich ist das schon eine andere Sache, denn ich muß auch meinen Verpflichtungen nachkommen. Sie wissen vielleicht auch, wie schwer es heutzutage ist, bares Geld hereinzubringen.«

Sie nahm sich zusammen und sah ihn freundlich an.

»Schon gut, Mr. Perkins, ich will sehen, daß Ihre Rechnung bald beglichen wird.«

Ein paar Minuten später wurde sie von dem kleinen Mr. Grain angehalten, der ein Baugeschäft hatte.

»Miss Stedman«, sagte er ebenso höflich wie der Fleischer, »würden Sie so liebenswürdig sein und Ihre Mutter daran erinnern, daß meine Rechnung immer noch nicht bezahlt ist? Ich habe sie schon vor zwölf Monaten geschickt. Sie wissen doch, daß ich umfangreiche Reparaturen an Ihrem Hause ausgeführt habe. Im vergangenen Frühjahr habe ich es innen und außen neu gestrichen.«

»Ist Ihre Rechnung hoch?« fragte Marjorie leise.

»Etwa hundertachtzig Pfund. Ich habe Ihrer Mutter schon mehrmals geschrieben, aber sie hat mir nie geantwortet.«

»Ich werde dafür sorgen, daß die Sache in Ordnung kommt, Mr. Grain. Meine Mutter war in der letzten Zeit sehr beschäftigt und hat es wahrscheinlich vergessen.«

Es bedrückte Marjorie tief, daß all diese armen, bescheidenen Leute, die selbst schwer kämpfen mußten, Geld von ihrer Mutter zu bekommen hatten. Wenn sie noch irgendeine Bestärkung für ihren Vorsatz brauchte, so hatte sie sie jetzt erhalten. Es blieb ihr kein Ausweg.

Mit hoch erhobenem Kopf ging sie in das Postamt und nahm ein Telegrammformular.

»Aber das ist ein Auslandstelegramm, Miss Stedman«, sagte die Beamtin freundlich.

»Ja, das weiß ich.«

Die Ausführung ihres Entschlusses fiel ihr aber doch sehr schwer. Mit größter Selbstüberwindung tauchte sie schließlich die Feder ein und schrieb die Adresse.

»Alfred Stedman, Stedman's Mine, Vrykloof, Südafrika.«

Dann hielt sie wieder inne und starrte ein paar Minuten verzweifelt auf das Blatt. Endlich riß sie sich gewaltsam zusammen.

»Nehme Vorschlag betreffend Pretoria-Smith an«, stand plötzlich auf dem Blatt, und mit fester Hand setzte sie ihren Namenszug darunter.

II

»Was ist nur mit Marjorie los?« fragte Lance Kelman nachlässig und zündete sich eine Zigarette an.

Mrs. Stedman saß mit ihrem Neffen im Empfangszimmer. Sie zuckte die Schultern, was andeuten sollte, daß sie darüber nichts wüßte.

»Ich kann das Mädchen überhaupt nicht verstehen. Je älter sie wird, desto mehr lebt sie für sich«, klagte sie. »Sie nimmt nicht mehr die geringste Rücksicht auf mich und weiß auch nicht, was sie mir schuldig ist.«

»Ach, sie ist noch sehr jung«, meinte Lance wohlwollend. »Wenn sie erst einmal etwas mehr reist und die Welt kennenlernt, bekommt sie auch einen weiteren Gesichtskreis und bessere Urteilsfähigkeit.«

Er tröstete seine Tante stets, und sie bewunderte dafür immer aufs neue seine elegante Erscheinung.

»Ich wünschte nur, Marjorie käme endlich einmal zur Vernunft. Das beste wäre doch wirklich, wenn sie sich verheiraten würde. Ich hoffte eigentlich damals, als du diese gefährliche Reise nach Südafrika machtest, daß mein Schwager dir irgendeine Lebensstellung verschaffte, damit du heiraten könntest.«

»Du meinst, damit ich Marjorie heiraten könnte?« fragte Lance ruhig, denn dieser Gedanke erschien ihm vollkommen selbstverständlich. »Ich dachte auch schon daran. Sie ist ein ganz nettes Mädel, nur leider etwas engherzig und einseitig, Tante.«

»Genau meine Meinung«, entgegnete sie und schaute nervös nach der Uhr. »Ich möchte nur wissen, wie lange sie wieder fortbleibt.«

»Gehst du heute nachmittag aus?«

»Ja«, erwiderte sie leise. »Aber bitte sage nichts davon zu Marjorie. Sie hat ein so unvernünftiges Vorurteil gegen Lady Tynewood.«

»Ach, willst du Lady Alma besuchen? Nun, da tust du ganz recht. Sie ist eine sehr liebenswürdige Dame. Ich habe ihr neulich einmal von meiner Reise nach Südafrika erzählt, und da fragte sie mich, ob ich nicht zufällig ihren Mann, Sir James, dort getroffen hätte. Du weißt doch, daß er sie verlassen hat. Ich bin aber nie ganz hinter die Geschichte gekommen.«

»Ja, die Leute haben viel darüber gesprochen«, begann Mrs. Stedman gerade, als sie durch das plötzliche Erscheinen Marjories gestört wurde. Das junge Mädchen trug Reitkleidung und sah in dem hellgrauen Anzug vorzüglich aus. Lance betrachtete sie mit aufrichtiger Bewunderung.

»Bei deinen sonst soliden Ansichten kleidest du dich manchmal etwas gewagt, Marje.«

»Darüber kannst du nicht urteilen. Und nenne mich doch vor allem nicht Marje. Das klingt so gewöhnlich, ich will es nicht hören.«

»Aber Marjorie, wie kannst du nur so schroff sein!« rief ihre Mutter entrüstet.

»Bist du fertig, Lance?« fragte Marjorie kurz und ging, ohne seine Antwort abzuwarten, nach draußen, wo die Pferde bereitstanden.

Er eilte ihr nach, um ihr behilflich zu sein, aber schon ehe er ankam, hatte sie den Fuß in den Steigbügel gesetzt und sich in den Sattel geschwungen.

»Du bist ja kolossal selbständig geworden«, beschwerte er sich, da er sich zurückgesetzt fühlte.

Sie ritten durch eine lange Allee, die von hohen Hecken eingefaßt war, und Marjorie blieb zunächst schweigsam. Sie hatte die Absicht, Lance kurz mitzuteilen, was sie telegrafiert hatte, und sie zweifelte natürlich nicht daran, daß er ihre Handlungsweise verurteilen würde.

»Deine Mutter hat von Schloß Tynewood gesprochen«, begann er schließlich, und sie ärgerte sich, daß dieser Name fiel.

»Ich hoffe nur, daß sie heute nachmittag nicht wieder zu Lady Tynewood geht«, sagte sie plötzlich, aber Lance schwieg über diesen Punkt.

»Hast du das Schloß eigentlich schon einmal gesehen?«

Sie erinnerte sich gut genug an den schrecklichen Abend, den sie dort zugebracht hatte, und schauderte leicht.

»Nein, ich kenne es nicht.«

»Es ist ein schönes, altes Gebäude aus der Tudorzeit, und der Park ist wirklich großartig. Ich verstehe nicht, daß Sir James es fertigbringt, seine hübsche Frau und eine solche Besitzung im Stich zu lassen und in der Wildnis umherzustreifen. Ich halte das direkt für Wahnsinn!«

»Du scheinst ja mit den Verhältnissen der Familie Tynewood ziemlich gut Bescheid zu wissen.«

»Ja, man erfährt so allerlei. Der Baron hat seine Frau verlassen, und zwar einige Tage nach der Hochzeit. Die wirklichen Zusammenhänge sind hier allerdings nicht bekannt. Er hat nämlich zwei große Güter und hält sich meistens auf dem anderen auf. Hier in Schloß Tynewood ist nur der alte Pförtner, der ihn schon seit seiner frühen Jugend kennt. Vor vier Jahren hat Sir James ganz plötzlich geheiratet. Lady Tynewood war früher Schauspielerin, das weißt du wohl auch.«

»Ja, ich habe davon gehört.«

»Er muß nicht ganz bei Verstand gewesen sein. Ohne daß er

ihr die geringste Mitteilung machte, hat er sie einfach verlassen. Die beiden haben in London geheiratet.«

»Wer hat dir denn das alles erzählt?«

»Nun, wenn ich offen sein soll – Lady Tynewood selbst. Sie hat mich in diese traurige Angelegenheit eingeweiht, als ich neulich zum Tee bei ihr war«, sagte Lance gleichgültig.

»Ach so, jetzt verstehe ich.« Marjorie lächelte ein wenig. »Aber sprich nur ruhig weiter. Ich interessiere mich sehr für Sir James Tynewood.«

»Also, der Mann ist unbegreiflicherweise auf und davon gegangen«, fuhr Lance fort. Er war sehr stolz darauf, daß er die Geschichte aus erster Hand hatte. »Soweit ich die Sache beurteilen kann, hatte er einen etwas aufbrausenden Charakter und war in mehrere unangenehme Affären verwickelt, bevor er Alma traf – ich meine Lady Tynewood. Man hat seinerzeit viel in den Zeitungen über ihn geschrieben. In einem Artikel wurde auch erwähnt, daß Lady Tynewood in den Besitz des berühmten Halsbandes kommen würde. Es ist ein herrliches Brillantkollier.«

»Ich weiß, daß es kein Hundehalsband ist«, erwiderte sie ironisch.

Er sah sie mißtrauisch von der Seite an.

»Lady Tynewood bestand darauf, daß James es ihr bringen sollte. Das war in ihrer Londoner Wohnung. Er kam bis hierher zum Schloß, und von dem Augenblick an« – er machte eine dramatische Pause – »hat man nie wieder etwas von ihm gesehen. Am nächsten Morgen erhielt sie einen Brief von seinem Rechtsanwalt, daß sie unter keinen Umständen den Versuch machen dürfte, das Schloß und den Park von Tynewood zu betreten. Und dabei war sie doch rechtmäßig verheiratet! Es wurde ihr ein jährliches Einkommen ausgesetzt, aber es ist viel zu gering für eine Frau von ihrer Stellung. Und dann las sie in der Zeitung, daß James Tynewood nach Südafrika gereist sei.«

»Nach Südafrika?« wiederholte sie mit besonderer Betonung. »Natürlich, das Schiff ›Carisbrooke Castle‹ fährt ja nach Kapstadt.«

»Den Namen des Schiffes habe ich doch gar nicht erwähnt«,

entgegnete Lance etwas verblüfft. Aber er war zufrieden mit der Wirkung seiner Worte und machte sich nicht die Mühe, Marjorie näher auszufragen. »Warum hast du denn eigentlich eben so merkwürdig ›Südafrika‹ gesagt?«

»Weil ich mich dafür interessiere«, erwiderte sie schroff.

Er sah sie erstaunt an.

»Ich heirate nämlich einen Pretoria-Smith«, fuhr sie fort.

»Pretoria-Smith?« rief er atemlos. »Aber was soll denn das heißen?«

»Hier – lies bitte.«

Sie nahm den Brief aus der Tasche und gab ihn Lance, der sein Pferd anhielt.

»Du wirst doch nicht einen derartigen Unsinn machen«, sagte er heftig, als er die Zeilen überflogen hatte. »Diesen Pretoria-Smith kenne ich sehr gut, er ist ein entsetzlicher Mensch! Furchtbar aufdringlich, spricht nur von sich selbst, verprügelt die Neger und ist ein roher, wüster Kerl. Ich habe mit meinen eigenen Augen gesehen, wie er einen Eingeborenen geschlagen hat. Es war so schlimm, daß ich dazwischentreten mußte. Einmal stand er auch vor Gericht, weil er einen Buschmann erschossen hatte. Den Namen habe ich vergessen, aber auf jeden Fall bleibt die Tatsache bestehen, daß er vor Gericht stand. Und dann trinkt der Mensch. Ich war mehrmals Zeuge, wie er stockbesoffen durch die Straßen wankte. Man sagt auch –«

»Ach, hör doch auf!« sagte sie schaudernd und fuhr mit der Hand über die Augen.

»Aber Marjorie, das kann doch nicht dein Ernst sein. Du wirst diesen Mann nicht heiraten! Ich selbst hoffe, dich in allernächster Zeit um deine Hand bitten zu können.«

»Dich könnte ich niemals heiraten, Lance«, erwiderte sie ruhig. »Bitte, mache die Sache nicht noch komplizierter, als sie schon ist.«

»Aber das ist doch Wahnsinn! Das erlaube ich nicht!«

Sie lächelte bitter.

»Du kannst doch gar nichts dagegen tun. Und es bleibt mir wirklich nichts anderes übrig.«

Sie erzählte ihm nichts von den Torheiten ihrer Mutter und

von ihrem eigenen Kummer, als sie weiterritten. Lance war wütend und fühlte sich persönlich gekränkt, während sich Marjorie hilflos dem unabwendbaren Schicksal gegenübersah.

Schließlich kamen sie an das Parktor von Tynewood.

»Ich möchte mir den Park heute nicht ansehen«, sagte sie abgespannt. »Aber wir wollen einen Augenblick hier ausruhen.«

Sie hatten einen schönen Blick auf die großen Wiesen, die alten, mächtigen Bäume mit den weitausladenden Ästen und das graue Haus, dessen Fenster in der Nachmittagssonne glänzten.

»Es ist wirklich herrlich hier«, sagte sie leise.

Während sie die wundervolle Aussicht genoß, vergaß sie für einen Augenblick ihre Sorgen.

Plötzlich kam ein Auto in Sicht und hielt gleich darauf vor dem Parktor. Eine Dame stieg aus.

»Lady Tynewood«, flüsterte Lance.

Marjorie wollte eigentlich davonreiten, ohne sich umzusehen, aber ihre Neugierde hielt sie doch zurück.

Der Pförtner öffnete, blieb aber mitten im Weg stehen.

»Kann ich etwas für Sie tun, Mylady?« fragte er und legte die Hand an die Mütze.

»Ich möchte mir den Park ansehen«, erwiderte Alma.

Der Mann rührte sich jedoch nicht von der Stelle.

»Es tut mir sehr leid, Mylady, aber ich habe strengen Befehl, Sie unter keinen Umständen einzulassen.«

»Und ich gebe Ihnen jetzt den strikten Auftrag, zur Seite zu treten und mir den Weg freizugeben«, entgegnete sie aufgeregt. »Ich habe mich allzu lange den Wünschen von Sir James gefügt, aber jetzt bestehe ich auf meinem Recht. Ich will den Schloßpark betreten, wann es mir paßt.«

Der Pförtner trat einen Schritt zurück und schloß das schwere Tor vor ihrer Nase.

»Es tut mir sehr leid, Mylady, aber meine Instruktionen sind eindeutig. Ich kann Ihnen nicht gestatten näherzutreten.«

Als sich Lady Tynewood wütend umdrehte, entdeckte sie Marjorie.

»Wie kommen Sie denn hierher?« fragte sie mit heiserer Stimme und legte die Hand an die Kehle, als ob ihr das Atmen schwerfiele. »Das ist eine neue Unverschämtheit von Ihnen, daß Sie mir hier nachspüren! Aber das soll Ihnen schlecht bekommen!«

Marjorie sagte zunächst nichts, und es entstand eine peinliche Pause.

»Ich spüre Ihnen nicht nach«, erwiderte das junge Mädchen schließlich gelassen. »Nicht einmal, wenn Sie meiner Mutter beim Bridgespiel das Geld abnehmen.«

Sie wandte ihr Pferd und ritt davon.

12

Mr. Vance, Chef der renommierten Rechtsanwaltfirma Vance and Vance, war gerade eifrig beschäftigt, als ihm ein Besuch gemeldet wurde. Er las die Karte und zog die Augenbrauen in die Höhe.

»Lassen Sie Miss Stedman näher treten.«

Er erhob sich und ging ihr halbwegs entgegen.

»Das ist ein unerwartetes Vergnügen«, begann er. »Aber Sie kommen doch hoffentlich nicht zu mir, um sich in Rechtsangelegenheiten beraten zu lassen?«

»Nein, das gerade nicht«, entgegnete sie lächelnd.

»Man erzählt sich ja große Dinge darüber, wie angesehen Sie in Ihrer Gegend sind. Aber nehmen Sie doch bitte Platz. Ich freue mich, Sie wiederzusehen. Ich muß sagen, daß ich Sie als Privatsekretärin sehr vermißt habe. Ja, der Ruf Ihrer Tüchtigkeit ist selbst bis zu meinem Büro nach London gedrungen. Wie ich hörte, haben Sie eine große Summe für das dortige Hospital zusammengebracht. Ich las auch in der Zeitung, daß Ihnen zu Ehren ein Essen stattfinden sollte. Haben Sie das schon hinter sich?«

»Nein, ich habe es noch vor mir, aber es wird nicht für mich allein abgehalten. Man will nur die Gelegenheit feiern, und alle Leute gratulieren sich, daß die Aufbringung des Fonds so gut gelungen ist. Und zu diesen Leuten gehöre ich auch.« Sie machte plötzlich ein ernstes Gesicht. »Mr. Vance, haben Sie eigentlich jemals meinen Onkel Alfred Stedman gesehen?«

»Soviel ich weiß, habe ich Ihnen diese Frage schon einmal beantwortet.« Er nickte. »Ich kann mich allerdings nur sehr dunkel auf ihn besinnen.«

»Sie wissen aber doch, daß er ein großes Vermögen erworben hat?«

»Gewiß. Das haben Sie mir ja damals geschrieben, und ich kann Ihnen dazu nur gratulieren. Aber was ist denn passiert?« fragte er schnell, als er den traurigen Ausdruck in ihren Zügen sah. »Hat er sein Geld etwa wieder verloren?«

Sie schüttelte den Kopf.

»Manchmal wünschte ich direkt, daß es so wäre. Nein, das ist es nicht. Aber denken Sie, er hat den Versuch gemacht, über meine Zukunft zu bestimmen«, sagte sie zögernd.

Mr. Vance sah sie etwas verwirrt an, aber dann verstand er plötzlich den Sinn ihrer Worte.

»Ach so, er hat einen Mann für Sie ausgesucht?« fragte er vergnügt und zwinkerte ihr mit den Augen zu.

»Sie haben es erraten.«

»Und wer ist denn der Glückliche?«

»Jemand, den Sie sehr gut kennen.«

Das Lächeln verschwand aus dem Gesicht des Rechtsanwalts.

»Wie soll ich das verstehen – jemand, den ich sehr gut kenne? Miss Stedman, das müssen Sie mir genauer erklären. Ist es einer meiner Freunde?«

»Ich weiß nicht, ob er ein Freund von Ihnen ist. Ich habe ihn allerdings früher einmal in Ihrem Büro hier getroffen – es ist Mr. Smith von Pretoria.«

Er erhob sich halb aus seinem Stuhl und sah sie ungläubig an.

»Mr. Smith von Pretoria – das ist doch ausgeschlossen!«

»Wenn es nur so wäre!«

Trotz ihres Kummers amüsierte sie sich einen Augenblick über seine Verwirrung.

Dann erzählte sie ihm kurz die näheren Umstände, erwähnte den Brief ihres Onkels, die Unterredung mit ihrer Mutter und deren törichte Handlungsweise. Sie hielt es nicht für angebracht, diese Dinge jetzt noch zu verschweigen.

»Ich bin tatsächlich aufs höchste erstaunt«, erwiderte Mr. Vance etwas betreten, als sie geendet hatte. »Vor allem hatte ich nicht die geringste Ahnung, daß Mr. Smith augenblicklich in England ist.«

Er dachte einige Zeit nach, und Marjorie beobachtete ihn scharf. Ihre Mitteilungen hatten den alten Herrn in ungewöhnliche Erregung versetzt.

»Ich möchte Sie noch etwas fragen, Mr. Vance. Aber bitte sagen Sie mir jetzt die volle Wahrheit. Das klingt zwar etwas unhöflich, aber es handelt sich um meine Zukunft, und da muß ich die Wahrheit erfahren.«

»Was wollen Sie denn wissen?« fragte er ruhig.

»Was bedeutete der Auftritt, den ich an einem gewissen Abend vor vier Jahren in Schloß Tynewood beobachtete?«

Er schwieg eine Weile.

»Darauf kann ich Ihnen nicht antworten, Miss Stedman«, sagte er schließlich. »Wenn ich es täte, würde ich das Vertrauen eines Freundes verletzen, und es würde dadurch ein alter, geachteter Name in den Staub getreten werden.«

»Sie meinen die Ehre des Hauses Tynewood?« fragte sie schnell.

Er nickte.

»Dann beantworten Sie mir bitte eine andere Frage. Wenn ich mich für Pretoria-Smith entscheide, heirate ich dann nicht den Mann, der die Veranlassung dazu war, daß Sir James Tynewood aus England verschwand? Ich sage ausdrücklich nicht, daß er ihn ermordete«, fügte sie hastig hinzu. »Das wäre zu schrecklich. Ich weiß allerdings, daß Sir James Tynewood tot ist. Aber ich habe das Versprechen gehalten, das ich Ihnen gab, und mit keinem Menschen über jene Ereignisse auf dem Schloß gesprochen.«

Er sah Marjorie mit aufrichtiger Bewunderung an.

»Dafür bin ich Ihnen auch zu größtem Dank verpflichtet, Miss Stedman. Und auch Sir James wird Ihnen das sicher hoch anrechnen, wenn er wieder nach England zurückkehrt.«

Marjorie schaute ihn durchdringend an.

»Sir James Tynewood ist tot«, sagte sie fest.

Seine Augen verengten sich.

»Ich wiederhole«, entgegnete er ruhig, »daß Sir James Tynewood Ihnen das hoch anrechnen wird, wenn er nach England zurückkehrt.«

Marjorie legte die Hand auf den Schreibtisch.

»Ich will ganz offen und ehrlich zu Ihnen sein. Ich weiß, daß Sir James Tynewood tot ist. Durch einen Zufall habe ich es erfahren. Ich kam damals in Ihr Zimmer, als Sie mit Doktor Fordham darüber sprachen.«

Er erhob sich und ging langsam im Zimmer auf und ab. Nachdenklich hatte er das Kinn auf die Brust gesenkt und die Hände auf dem Rücken gefaltet. Plötzlich blieb er vor ihr stehen.

»Sie haben also die Absicht, Pretoria-Smith zu heiraten?« fragte er.

Sie zuckte die Schultern. »Was bleibt mir denn sonst noch übrig?«

Er rieb sein Kinn.

»Sie könnten noch schlimmere Dinge tun. Pretoria-Smith ist ein sehr liebenswürdiger, charaktervoller Mann und stammt aus einer guten, alten Familie.«

»Heißt er wirklich Smith?«

»Sie wissen doch ganz genau, daß sich viele Leute Smith nennen«, erwiderte er gut gelaunt. »Miss Stedman –« er legte die Hand auf ihre Schulter, »wollen Sie einen guten Rat von Ihrem alten Freund annehmen?«

»Was raten Sie mir denn?«

»Pretoria-Smith zu heiraten«, lautete die erstaunliche Antwort.

»Was, ich soll einen Trunkenbold heiraten?« rief sie erregt und zornig.

»Wie kommen Sie denn auf eine solche Idee?« fragte er betroffen. »Pretoria-Smith ist doch kein Trinker!« sagte er dann ungläubig. »Das müssen Sie mir näher erklären.«

»Mein Vetter Lance Kelman hat eine Reise nach Südafrika

gemacht und kennt daher den Mann genauer – wahrscheinlich viel besser als Sie. Er hat mir noch heute erzählt, daß er mit eigenen Augen sah, wie Pretoria-Smith betrunken in den Straßen umherwankte.« Marjorie war ärgerlich auf ihren alten Chef, weil er ihr den Rat gegeben hatte, diesen Menschen zu heiraten, und sie beobachtete nun triumphierend seine offensichtliche Bestürzung.

»Mr. Vance, wollen Sie mir nicht wenigstens sagen, wie er wirklich heißt? Ich kann doch nicht einen Mann heiraten, dessen Namen ich nicht einmal kenne.«

Er zögerte und sah sie unentschlossen an.

»Wenn ich Ihnen das mitteile, müssen Sie mir aber versprechen, und zwar feierlich und unverbrüchlich, weder Pretoria-Smith noch sonst jemandem zu sagen, daß Sie es von mir erfahren haben.«

»Gut, das verspreche ich Ihnen«, erwiderte sie sofort.

»Also – er heißt in Wirklichkeit Norman Garrick«, entgegnete er langsam.

»Norman Garrick?« wiederholte sie. Plötzlich glaubte sie einen Zusammenhang zu erkennen. »War er irgendwie verwandt mit dem jungen Mann, der jetzt tot ist?«

Sie konnte den Namen Tynewood im Augenblick nicht aussprechen.

Mr. Vance suchte Zeit zu gewinnen und antwortete nicht gleich.

»Er ist sein Halbbruder«, sagte er dann leise. »Mehr kann ich Ihnen aber nicht erzählen.«

Er unterhielt sich noch eine Weile mit ihr über das Leben, das sie auf dem Lande führte, und über das große Festessen. Dann verabschiedete sie sich von ihm. Im äußeren Zimmer hielt sie kurz an, um den Bürovorsteher zu begrüßen, mit dem sie früher sehr gut gestanden hatte.

»Man wird wirklich an die guten, alten Zeiten erinnert, wenn man Sie wiedersieht, Miss Stedman«, meinte er vergnügt. »Ich muß schon sagen, es ist nach Ihnen kein Mensch mehr hier gewesen, mit dem ich so gern zusammengearbeitet habe wie mit Ihnen.«

»Ich soll wohl wiederkommen und Ihnen helfen? Sie haben sicher sehr viel zu tun und werden nicht mit der Arbeit fertig«, erwiderte sie lachend.

»Ach, das habe ich mir schon oft gewünscht. Auf meinem Platz sammeln sich die Aktenstöße und die Dokumente, und es ist niemand da, der alles so schön ordnen könnte, wie Sie es früher taten.«

Auf seinem Schreibtisch türmten sich tatsächlich die Schriftstücke in wildem Durcheinander.

»Sie haben es niemals verstanden, Ordnung zu halten, Mr. Herman«, sagte sie und begann rein mechanisch die Papiere zu sichten.

Als sie einen Stoß auf der einen Seite des Schreibtisches niedersetzte, fiel ihr Blick zufällig auf ein kleines Aktenstück, das mit einer roten Schnur zusammengebunden war. Sie nahm es auf, um es zu den anderen Schriftstücken zu legen, und las dabei die Aufschrift.

»In Sachen Norman Garrick.«

Mit einem Ausruf ließ sie den Aktendeckel fallen und starrte den Bürovorsteher an.

»Wer ist denn Norman Garrick?« fragte sie ängstlich.

Mr. Herman sah sie sonderbar an, nahm dann das Aktenstück und schob es in eine Schublade.

»Er ist einer unserer Klienten«, entgegnete er gleichgültig. »Das heißt, er gehörte früher dazu, denn vor einiger Zeit ist er gestorben.«

Zwei Minuten später ging Marjorie wie im Traum die Straße entlang, und ihre Gedanken wirbelten durcheinander.

Pretoria-Smith war Norman Garrick – und Norman Garrick war tot! Wer war denn nun Pretoria-Smith? Der Mann hatte ja überhaupt keine Existenzberechtigung!

13

Der Abend war gekommen, an dem die Direktion des Krankenhauses von Droitshire die Aufbringung des Fonds durch ein großes Galadiner feiern wollte. Die Gelder waren notwendig, um die Anstalt weiterführen zu können. Aber eigentlich wurde das Essen zu Ehren der energischen Sekretärin des Hilfskomitees gegeben, deren unermüdliche Tätigkeit den unerwartet großen Erfolg gebracht hatte.

Marjorie Stedman hatte das Wissen und die Geschäftserfahrungen, die sie in London gesammelt hatte, praktisch verwertet. Alle Vorteile hatte sie ausgenutzt, und da sie außerdem ein gutes Organisationstalent besaß, hatte sie diese hohe Summe zusammenbringen können.

Seine Königliche Hoheit der Herzog von Wight war der Protektor des Hospitals, und er war eigens von London gekommen, um den Vorsitz bei der Feier zu führen. Er war der Gast des Earl von Wadham, der seinen Landsitz in dieser Gegend hatte.

Marjorie sah in ihrem weißen Seidenkleid mit Silberbrokat entzückend aus. In der fröhlichen Umgebung und inmitten der glänzenden Gesellschaft vergaß sie für kurze Zeit ihre Sorgen und die unangenehmen Ereignisse des vergangenen Tages. Alle Leute gratulierten ihr. Von jeder hervorragenden Familie war mindestens ein Mitglied erschienen.

Lord Wadham war ein älterer Herr mit weißen Haaren und gesundem, gutmütigem Gesicht. Er trug ein Monokel und lächelte fast immer. Um zu Marjorie zu gelangen, mußte er sich einen Weg durch die Menge bahnen, denn sie wurde von allen Seiten umringt.

»Ach, hier sind Sie!« sagte er laut. Seine Stimme schrillte, und wenn er flüsterte, konnte man es noch im äußersten Winkel des großen Saales hören. »Kommen Sie doch bitte mit mir, Miss Stedman, ich möchte Sie Seiner Königlichen Hoheit vorstellen.«

Er führte sie zu dem Empfangsraum, wo sich der Herzog von Wight, eine jugendlich-schlanke Erscheinung, mit mehreren Herren unterhielt. Über der Frackweste trug der Prinz das blaue Band des Hosenbandordens.

»Königliche Hoheit, darf ich mir gestatten, Miss Marjorie Stedman vorzustellen, deren aufopferungsvoller Tätigkeit wir diesen großen Erfolg für das Droitshire-Hospital verdanken?«

Der Herzog lächelte und reichte ihr die Hand.

»Ich habe schon viel von Ihnen gehört, Miss Stedman, und ich bin hergekommen, um Ihnen meinen Dank persönlich auszusprechen. Wie Sie wissen, interessiere ich mich ganz besonders für das Hospital. Wenn Sie sich nicht mit solcher Tatkraft der Sache angenommen hätten, wären wahrscheinlich große Schwierigkeiten entstanden.«

Sie macht einen Hofknicks, als sie ihre Hand in die seine legte.

»Königliche Hoheit, die Arbeit für den wohltätigen Zweck war mir das größte Vergnügen.«

»Und es muß auch ein großes Vergnügen sein, mit Ihnen zusammenzuarbeiten«, erwiderte der Prinz liebenswürdig. Dann warf er Lord Wadham einen Blick zu und sah auf die große Uhr.

Gleich darauf meldete ein Diener, daß das Essen serviert sei, und die Anwesenden begaben sich in den Speisesaal.

Etwa fünfzig kleinere Tische waren aufgestellt worden. Nur am hinteren Ende des Raumes stand eine größere, überreich mit Blumen dekorierte Tafel, und dorthin führte der Herzog Marjorie Stedman.

»Heute sitzen Sie an meiner Rechten«, sagte er verbindlich, als sie neben ihm Platz nahm.

Die Mitglieder der alten Familien neideten ihr diese Ehre nicht, im Gegenteil, sie freuten sich darüber, daß die Verdienste dieses jungen Mädchens belohnt wurden. Aber die kleineren Leute, die Neureichen und Emporkömmlinge, gönnten ihr diese Auszeichnung nicht. Auch Lady Tynewood, die an einem der kleinen Tische mitten im Saal saß, gehörte zu ihnen.

»Nun, Mr. Kelman, was halten Sie jetzt von Ihrer Kusine?« wandte sie sich an ihren Tischherrn.

»Ach, sie sieht doch ganz nett aus«, entgegnete er vorsichtig, denn er wußte wohl, daß er in Almas Gegenwart Marjorie nicht zu sehr loben durfte. »Ich fürchte nur, sie wird hochmütig, wenn soviel Aufhebens von ihr gemacht wird. Wissen Sie, jungen Leuten steigt dergleichen gewöhnlich zu Kopf.«

Sie sah ihn belustigt an.

»Aber Sie sind doch selbst noch nicht so alt«, sagte sie ironisch. »Ist es wirklich wahr, daß sie einen Minenbesitzer heiratet? Ich habe gehört, daß sie sich mit einem gewissen Pretoria-Smith aus Südafrika verloben will.«

»Das ist ein ganz gemeiner Mensch«, erwiderte Lance heftig. »Wenn sie ihn gesehen hätte, wie ich ihn gesehen habe, würde sie überhaupt nicht daran denken, ihn zu heiraten. Es ist eine unverständliche Laune von ihr, und ich möchte ihr tatsächlich einmal eine Lektion erteilen.«

Marjorie dachte im Augenblick weder an Pretoria-Smith noch an sonst jemanden. Während der Herzog mit ihr über das Hospital sprach, ließ er den Blick über die Versammlung schweifen, und plötzlich entdeckte er Alma.

»Sitzt dort nicht Lady Tynewood?« fragte er.

»Ja, Königliche Hoheit. Ist sie Ihnen bekannt?«

»Ich kenne ihren Mann«, entgegnete er nachdenklich. »Wir waren zusammen in Eton auf der Schule. Später habe ich ihn in Südafrika wieder getroffen und war lange Zeit mit ihm dort unten auf der Jagd. Ein wirklich netter, lieber Kerl«, sagte er und schüttelte traurig den Kopf. »Ich habe diese merkwürdige Heirat niemals verstehen können.« Aber dann erinnerte er sich plötzlich daran, daß er sich nicht auf Gerede und Klatsch einlassen durfte, und änderte sofort das Gesprächsthema.

Lady Tynewood hatte seinen Blick aufgefangen und mit untrüglichem Instinkt sofort erkannt, daß der Herzog ihr nicht wohlgesinnt war.

»Lance, gehen Sie doch einmal zur Garderobe«, wandte sie sich an ihren Tischherrn. »Ich habe meine Handtasche dort gelassen, und darin liegt mein kleines Opernglas. Da ich hier für das Essen bezahlt habe, kann ich mir auch ruhig den Schnabel Seiner Königlichen Hoheit genauer ansehen.«

Mr. Kelman lachte über diesen rohen Scherz und erhob sich.

Die Eingangshalle des Hotels war leer, und die Garderobenfrau hatte schnell die Handtasche gefunden.

Lance Kelman wollte gerade wieder in den Speisesaal zurückkehren, als ein Herr mit unsicheren Schritten in das Vestibül trat. Er sah ihn genauer an und glaubte seinen Augen nicht trauen zu dürfen. Dann fuhr ihm plötzlich ein teuflischer Gedanke durch den Kopf. Es war eine häßliche, gemeine Intrige, die er inszenieren wollte und über deren Folgen er sich nicht klarwurde.

Der Fremde war groß und breitschultrig und hatte ein glattrasiertes Gesicht, aber seine Züge zeigten kein Leben und schienen zu einer Maske erstarrt zu sein. Er trug einen etwas schäbigen, grauen Anzug nach Art der Farmer in Südafrika und ein Oberhemd mit weichem, offenem Kragen.

Lance steckte das Opernglas der Lady Tynewood ein und trat auf ihn zu.

»Hallo!« rief er.

Der Fremde drehte sich langsam nach ihm um.

»Hallo!« entgegnete er ein wenig heiser.

»Sie sind doch Pretoria-Smith?«

Der Mann schwankte von einer Seite zur anderen.

»Ja, so heiße ich«, sagte er mit unsicherer Stimme. »Aber zum Kuckuck, wer sind Sie denn?«

»Können Sie sich nicht auf mich besinnen? Ich bin doch der Neffe von Mr. Stedman.«

»Ach so – ja – jetzt fällt es mir wieder ein.« Pretoria-Smith nickte. »Sagen Sie, wo ist denn der Eingang zum Hotel? Ich bin anscheinend auf einer falschen Seite hereingegangen. Hier ist doch ein Festessen oder etwas Ähnliches im Gang?«

Der Gedanke, der Lance Kelman wie ein Blitz durchzuckt hatte, nahm immer festere Gestalt an. Er vergaß alle Rücksicht, die er Marjorie schuldig war, und er dachte nicht an die Folgen, die seine unverantwortliche Handlungsweise haben mußte. Rasch packte er Pretoria-Smith am Arm.

»Kommen Sie mit«, sagte er eifrig, »ich bringe Sie auf einem Seitengang dorthin, wo Sie die Dame treffen können, die Sie suchen.«

»Warten Sie einen Augenblick. Was haben Sie denn eigentlich vor?«

»Sie sind doch hungrig?«

»Ja, das stimmt«, erwiderte Pretoria-Smith heiser, nachdem er Lance einige Zeit mit glasigen Blicken betrachtet hatte. »Aber ich möchte doch nichts essen. Ich habe eigentlich mehr Durst.«

Wieder schwankte er unsicher.

Total betrunken, dachte Kelman frohlockend. Marjorie, du wirst dich sicherlich wundern, was für einen Mann du heiraten willst!

»Ich bringe Sie zu einem Büfett, wo Sie etwas trinken können«, sagte er laut. »Dort bekommen Sie alles, was Sie nur wollen.«

Er führte ihn den Korridor entlang, der dem Speisesaal parallel lief.

Der große Raum hatte mehrere Türen, und an der letzten blieb Mr. Kelman stehen. Er vermutete, daß sie direkt der Ehrentafel gegenüberlag. Wenn er diesen Mann jetzt in den Saal brachte, mußte es eine Sensation geben, die nicht zu überbieten war! Die Tür zu öffnen machte einige Schwierigkeiten, aber schließlich gelang es ihm doch. Er zog Pretoria-Smith schnell hinein, und die Aufmerksamkeit der Gäste richtete sich auch sofort auf den Fremden.

Der Herzog sah sich bestürzt um und runzelte die Stirn. Marjorie starrte betroffen auf den Mann, dem sie seit vier Jahren nicht mehr begegnet war. Sie glaubte, daß er betrunken sei, und wurde bleich.

Im Saal herrschte plötzlich peinliche Stille. Lance Kelman war befriedigt und redete die Versammlung mit erhobener Stimme an.

»Königliche Hoheit, meine Damen und Herren – gestatten Sie, daß ich Ihnen den Verlobten von Miss Marjorie Stedman vorstelle – Mister Pretoria-Smith aus Südafrika«, rief Kelman langsam aus.

Der Mann an seiner Seite sah ihn mit halbgeschlossenen Augen an, als ob er nicht verstünde, was um ihn vorging. Er machte ein paar Schritte vorwärts und ging auf den Prinzen zu, der aufgesprungen war. Marjorie war einer Ohnmacht nahe und schrak in ihrem Stuhl entsetzt zurück.

»Donnerwetter, ist der Mensch betrunken!« sagte Lord Wadham leise, aber der ganze Saal hörte es.

Im gleichen Augenblick strauchelte Pretoria-Smith und fiel polternd gegen den Tisch den Prinzen.

14

Marjorie Stedman wäre vor Scham am liebsten in die Erde gesunken, als sie diese demütigende Szene erleben mußte. Wie durch einen Schleier sah sie den großen Saal, der taghell erleuchtet war, die mit den Landesflaggen dekorierten Wände, die weißen Tische und die prachtvollen Gedecke. Alle Gesichter wandten sich ihr zu, und vor ihr auf dem Boden lag Smith.

Er redete in einer fremden, ungewöhnlichen Sprache und mußte nur noch halb bei Bewußtsein sein. Der Prinz hatte beide Hände auf die Tischplatte gelegt und sich leicht vorgeneigt. Er war der erste, der sich rührte. Schnell ging er um den Tisch herum, und bevor die Kellner kommen konnten, hatte er Pretoria-Smith aufgehoben. Anderen Leuten, die nun zu Hilfe kommen wollten, winkte er ab, stützte Pretoria-Smith und führte ihn langsam in die Hotelhalle.

Sobald er den Saal verlassen hatte, setzte an allen Tischen lebhafte Unterhaltung ein. Alle sahen zu Marjorie hinüber, die noch starr vor Entsetzen und Furcht auf ihrem Platz saß.

Nach kurzer Zeit kam der Prinz ruhig und gelassen zurück, als ob nichts geschehen wäre, und setzte sich wieder an ihre Seite. Freundlich neigte er sich zu ihr und streichelte ihre Hand.

»Es tut mir so unendlich leid«, sagte er leise. »Wer ist denn eigentlich dieser junge Mann, der ihn hereingebracht hat?«

Er schaute sich um, und sein Blick traf Kelman. Lance fühlte sich nicht besonders wohl, als der Herzog ihn zu sich winkte. Nachdem er seinen niederträchtigen Plan ausgeführt hatte, packte ihn großer Schrecken. Mit zitternden Knien ging er zu dem Tisch und blieb an derselben Stelle stehen, an der Pretoria-Smith wenige Minuten vorher gelegen hatte.

»Ich kenne Ihren Namen nicht«, sagte der Prinz und sah ihn mit eisigem Blick an, »und ich wünsche ihn auch nicht zu erfahren. Aber ich möchte Ihnen erklären, daß Sie kein Gentleman sind und nicht in diese Gesellschaft gehören. Ich fordere Sie deshalb auf, den Saal zu verlassen.«

Lance Kelman ging hinaus, ohne sich umzusehen. Innerlich kochte er vor Wut, die jedoch zum größten Teil aus einer wahnsinnigen Angst vor den Folgen seiner Unbesonnenheit bestand. Ihn, Lance Kelman, einen vermögenden, angesehenen Mann, der wahrscheinlich später einmal im Parlament sitzen würde, hatte man aus dem Saal gewiesen! Diese öffentliche Schande war doch zu groß. Er hätte laut aufschreien mögen. Die Tränen waren ihm nahe, und er bemitleidete sich selbst, als er in den Wagen stieg und zu dem Haus zurückfuhr, das er für den Sommer gemietet hatte.

Nur wenige Leute hatten gesehen, daß er sich entfernte, oder den Grund für sein Verschwinden erkannt.

Marjorie hatte die Worte des Prinzen natürlich gehört. Der Herzog wandte sich jetzt wieder lächelnd an sie.

»Aber Miss Stedman, Sie essen und trinken ja gar nichts«, sagte er vergnügt. »Darf ich Sie bitten, sich durch dieses traurige Vorkommnis nicht weiter stören zu lassen?«

Sie hob das Weinglas, und er sah, daß ihre Hand zitterte.

»Es muß entsetzlich für Sie gewesen sein, und es tut mir aufrichtig leid, daß dieser Zwischenfall das schöne Fest gestört hat. Der junge Mann, den ich hinauswies, hat sich aber auch unglaublich betragen. Hat er denn irgendeinen Grund für seine Handlungsweise?«

»Ich verstehe nicht, was ihn dazu getrieben hat«, sagte sie und schüttelte den Kopf. »Lance Kelman und ich waren bisher ganz gute Freunde. Aber er scheint irgend etwas übelgenommen zu haben.«

Mit großem Takt verstand es der Herzog, ihr Vertrauen zu gewinnen, und schließlich erzählte sie ihm, was sie bedrückte. Er erfuhr von dem Brief ihres Onkels, von dem Heiratsbefehl, von ihrer Abneigung und dem Entsetzen, das sie vor diesem unbekannten Mann hatte. Sie erzählte ihm allerdings nicht, daß sie Pretoria schon von früher her kannte, und sie sprach auch nicht über den Leichtsinn ihrer Mutter. Aber er vermutete, daß nur ein äußerst wichtiger Grund sie bestimmt haben konnte, den Vorschlag Mr. Stedmans anzunehmen.

»Ich hatte keine Ahnung, daß er schon in England war. Aus dem Brief meines Onkels sah ich nur, daß er unterwegs sein mußte. Er ist wahrscheinlich mit demselben Schiff angekommen, der auch den Brief beförderte.«

Der Prinz nickte.

»Was soll ich nun tun?« fragte sie hilflos. »Wenn ich meiner eigenen Neigung folgen könnte, würde ich nach London zurückgehen und dort wieder eine Stellung annehmen, um mir mein Brot zu verdienen. Aber aus bestimmten Gründen geht das nicht. Ich muß deshalb den Wunsch meines Onkels erfüllen und mich mit – Pretoria-Smith abfinden.«

Der Herzog schwieg einen Augenblick. Alle Leute im Saal beobachteten, daß sich Marjorie anscheinend angeregt mit ihm unterhielt; nicht die geringste Bewegung der beiden interessanten Persönlichkeiten entging ihnen.

Plötzlich erhob sich der Prinz, und es herrschte sofort Stille. Würde er eine Erklärung für den sonderbaren Zwischenfall abgeben?

»Meine Damen und Herren«, begann der Herzog von Wight, »ich bringe einen Toast aus auf Seine Majestät den König.«

Die Sache wurde also mit Stillschweigen übergangen, und es blieb ihnen selbst überlassen, herauszubringen, was diese ungewöhnliche Szene bedeutet haben mochte.

Marjorie war mit niemandem verlobt, soweit ihnen bekannt war, und bestimmt würde dieses Mädchen nicht einen Vagabunden und Herumtreiber heiraten, der sich derartig benahm.

Es gab mindestens ein Dutzend junger Leute in der Umgebung, die Marjorie mit Freuden zum Altar geführt hätten. Sie hatte viele Freunde, denen der Auftritt so peinlich war wie ihr selbst. Sie nahmen sich alle vor, später über diese Angelegenheit noch ein ernstes Wort mit Mr. Lance Kelman zu sprechen. So leicht sollte er nicht davonkommen, nachdem er die junge Dame so schwer beleidigt hatte.

Schließlich vergaß man die unangenehme Sache, als die Tischreden begannen, und Marjorie hörte wie im Traum das große Lob, das ihr der Prinz in seiner Rede spendete. Nachdem er geendet hatte, wandte er sich zu ihr und heftete ihr die Insignien des Ordens vom Roten Kreuz an.

Die Versammlung brach in spontane und begeisterte Hochrufe aus. Nur Lady Tynewood blieb stumm auf ihrem Stuhl sitzen und rührte sich nicht. Sie beobachtete die Szene aber genau durch ihr brillantenbesetztes Opernglas, und ihre Wut und ihr Neid kannten keine Grenzen mehr.

»Der Mann muß sich tatsächlich selbst in das Mädchen verliebt haben«, sagte sie laut.

Ihr Tischnachbar, ein etwas altmodischer Herr, sah sie mit einem bösen Blick an.

»Solche Worte wünsche ich nicht wieder in diesem Saal zu hören«, erwiderte er und wandte ihr den Rücken zu.

Sie kümmerte sich aber nicht darum. Ihre Gedanken waren nur damit beschäftigt, wie sie sich an Marjorie rächen könnte. Dieser Pretoria-Smith mußte ihr dabei helfen. Sie hatte ihn an diesem Tag zum erstenmal gesehen, aber sie wollte ihn näher kennenlernen und ihn für ihre Zwecke ausnützen.

15

Lord Wadham brachte Marjorie spät in der Nacht in seinem Wagen nach Hause. Er war von dem Verlauf des Festes begeistert und daher in der fröhlichsten Stimmung. Dauernd schrie er ihr mit seiner lauten Stimme in die Ohren, so daß sie schon halb taub war.

»Das ist ein feiner, großartiger Vertreter, dieser Prinz. Einer von der alten, guten Art. Wenn wir solche Leute an der Spitze des Staates haben, brauchen wir uns nicht um Revolution und Anarchie zu kümmern. Und Sie haben sich auch glänzend gehalten, meine Liebe, wirklich glänzend! Ich habe noch nie eine Dame gesehen, die eine derartig schwierige Situation so fabelhaft gemeistert hätte wie Sie.«

Sie lächelte schwach und tastete mit der Hand nach dem Orden an ihrer Brust, denn sie war menschlich genug, sich über diese Auszeichnung und Ehrung zu freuen. Im Augenblick hatte sie vergessen, wie schwer man sie beleidigt hatte, und dachte nur an angenehme Dinge.

»Der junge Kelman ist ein alberner, nichtsnutziger Schlingel!« brüllte Lord Wadham. »Aber ich bin davon überzeugt, daß er von anderer Seite aus zu dieser Gemeinheit angestiftet worden ist. Diese Tynewood steckt dahinter! Ich sage Ihnen, das ist eine ganz gefährliche Frau.«

Er schimpfte noch eine Weile über Alma, und wenn seine Sprache auch nicht restlos salonfähig war, so nahm ihm Marjorie das im Moment nicht übel. Sie glaubte, daß er recht hatte, und sie war ihm dankbar, daß er sie verteidigte. Der Wagen hielt schließlich vor dem Haus, und Wadham begleitete sie noch bis zur Tür. Marjories gute Stimmung dauerte an, bis sie ins Wohnzimmer kam, aber als sie sich dann ganz allein fühlte, erschien ihr das Schicksal fast unerträglich. Sie sank in einen Sessel und war dem Zusammenbruch nahe.

Gerade in diesem Augenblick erschien Mrs. Stedman, die in ausgezeichneter Laune war.

»Nun, wie ist alles gegangen?« erkundigte sie sich eifrig. »Sicher hast du großen Erfolg in deinem Kleid gehabt. Ich hätte nur gewünscht, daß dein armer Vater dich noch so hätte sehen können. Persönlich finde ich allerdings die Zusammenstellung von Silber und Weiß nicht schön. Es ist ein wenig zu auffällig. Aber die jungen Mädchen sind ja heutzutage ganz anders als früher. Mein Gott, wenn ich an die Zeiten denke, als ich noch jung war! Ist der Prinz eigentlich nett zu dir gewesen?«

Marjorie erhob sich mühsam.

»Er hat mir diesen Orden überreicht«, sagte sie und zeigte ihrer Mutter die Dekoration.

Auf Mrs. Stedman machte diese Auszeichnung großen Eindruck.

»Das ist ja entzückend von dem Prinzen. Ist es Gold oder nur vergoldetes Messing? Dein armer Onkel John, der von dem Autobus überfahren wurde, besaß einen persischen Orden, den ihm der Schah verliehen hatte. Es war aber nur wertloses Zeug, einfach vergoldetes Blech.«

»Mutter«, sagte Marjorie und nahm den Orden ab, »ich werde mich verheiraten.«

Mrs. Stedman sah sie verblüfft an.

»Was sagst du da – du willst dich verheiraten?« erwiderte sie vorwurfsvoll. »Aber Liebling, davon hast du mir ja überhaupt noch nichts erzählt! Das mußt du doch schon gewußt haben! Ich habe dir doch immer gesagt, die beste Freundin eines jungen Mädchens ist seine Mutter, und deiner Mutter solltest du doch so wichtige Dinge zuallererst mitteilen.«

»Ich heirate Pretoria-Smith«, erklärte Marjorie rücksichtslos. »Er heißt aber nicht Smith, und ich weiß auch nicht, wer er eigentlich ist. Vielleicht war er früher in Südafrika ein Bankräuber oder ein Dieb oder etwas Ähnliches. Er ist sehr reich, und außerdem trinkt er.«

Mrs. Stedman sah ihre Tochter entsetzt an.

»Marjorie, du hast doch nicht etwa zuviel Alkohol getrunken? Mein armes Kind, das ist ja furchtbar. Das sollten junge Mädchen niemals tun. Als ich noch jung war, tranken wir zu dreien ein Glas Portwein, und ich muß sagen, das war eigentlich auch schon zuviel für mich, denn mein Kopf war nachher ganz benommen.«

Marjorie verließ das Zimmer rasch, kam aber gleich darauf mit dem Brief ihres Onkels zurück.

»Bitte, lies das einmal«, forderte sie ihre Mutter auf.

Mrs. Stedman sah ihre Tochter argwöhnisch an und nahm die Brille aus der Tasche.

»Willst du Lance heiraten?«

»Lance!« rief Marjorie so wütend, daß Mrs. Stedman entsetzt zurückfuhr.

»Ich begreife dich nicht. Er ist doch ein netter, lieber Junge«, erklärte die alte Frau.

»Lies erst den Brief, bevor du wieder sprichst. Ich werde noch verrückt, wenn du immer weiterredest.«

Mrs. Stedman hatte inzwischen die Brille aufgesetzt. Als sie zu Ende gelesen hatte, sah sie bleich aus.

»Aber natürlich wirst du doch den Wunsch deines Onkels erfüllen, mein Liebling. Du kennst diesen Herrn zwar nicht, aber ich bin fest davon überzeugt, daß dein Onkel nur eine sehr respektable Persönlichkeit für dich aussucht.«

»Meinst du?« entgegnete Marjorie bitter. »Diese Persönlichkeit ist so respektabel, daß sie heute abend während des Festessens in vollständig betrunkenem Zustand in den Saal kam und aussah wie ein Strauchdieb!

Ich weiß nicht, was der Prinz von allem gedacht haben muß. Denke dir, direkt vor unserem Tisch ist dieser Pretoria-Smith auf den Boden gefallen. Und kein anderer als der gemeine Lance Kelman hat ihn hereingebracht!«

»Der arme, gute Junge würde sich niemals derartig skandalös benehmen, davon bin ich überzeugt. Aber du wirst doch Pretoria-Smith heiraten, nicht wahr?«

»Vermutlich.«

»Nun, das ist lieb von dir«, sagte Mrs. Stedman befriedigt, nahm ihre Brille ab und steckte sie in die Hülle. »Es mag dein Glück sein. Diese romantischen Eheschließungen gehen meistens sehr glücklich aus.«

»Romantisch nennst du die Geschichte obendrein noch?« rief Marjorie verzweifelt. »Mutter, siehst du denn nicht, was eine solche Heirat für mich bedeutet? Ahnst du nicht, wie sehr ich darunter leide? Glaubst du vielleicht, ich habe diesen entsetzlichen Vorschlag meines Onkels mit leichtem Herzen angenommen, weil ich ihn für romantisch halte? Mein Leben lang werde ich unglücklich sein!«

»Warum tust du es dann?« fragte Mrs. Stedman mit weinerlicher Stimme. »Meinethalben kann man mich ja aus dem Hause weisen«, sagte sie und wischte sich eine Träne ab. »Mir soll es recht sein, wenn ich auf der Landstraße verhungern muß. Tue es nicht, wenn du dich so bitter darüber beschwerst. Ich will später keine Vorwürfe von dir hören, auf mich brauchst du keine

Rücksicht zu nehmen! Ich bin ja sowieso in deinen Augen nichts.«

Und nun begann sie regelrecht zu schluchzen und preßte das Taschentuch vors Gesicht.

Glücklicherweise klopfte es in diesem Augenblick an die Tür. Marjorie hörte es, ebenso Mrs. Stedman, die sofort ihren Kummer vergaß.

»Ich möchte nur wissen, wer uns jetzt noch besucht?« fragte sie. »Es ist doch schon entsetzlich spät.«

Marjorie fürchtete, daß Pretoria-Smith zur Tür hereintreten würde, und mußte sich zusammennehmen, um nicht umzusinken. Aber als das Dienstmädchen verschlafen hereinkam und meldete, daß Lance Kelman die Damen zu sprechen wünsche, wich der Alpdruck von ihr.

16

Lance kam verstört und aufgeregt ins Zimmer.

»Marjorie«, begann er, »dieser Herzog hat mich ganz schamlos behandelt. Ich habe zwar nie etwas von königlichen Hoheiten gehalten, aber er –«

Sie brachte ihn durch eine energische Handbewegung zum Schweigen.

»Lance, du hast dich heute abend abscheulich benommen«, erwiderte sie ruhig. »Was dich dazu gebracht haben könnte, weiß ich nicht. Aber vielleicht war deine Eitelkeit verletzt, als du erfuhrst, daß ich einen anderen Mann heiraten würde. Bitte, unterbrich mich nicht«, fuhr sie mit erhobener Stimme fort, als er etwas sagen wollte. »Du hast mich vor der ganzen Gesellschaft beleidigt und lächerlich gemacht. In deiner kleinlichen, selbstsüchtigen Art hast du dir eingebildet, du könntest Pretoria-Smith in meinen Augen so herabsetzen, daß ich ihn ablehnen und dich heiraten würde. Aber ich sage dir nur das eine, Lance«, ihre Augen blitzten so gefährlich, daß er vor ihr zurückschrak, »ich heirate noch eher Pretoria-Smith oder zwanzig

Leute wie ihn als einen Mann wie dich. Es ist ja möglich, daß er keine Erziehung genossen hat und es eben nicht besser versteht. Aber du hast auf der Universität studiert, und man hält dich im allgemeinen für einen Gentleman. Nur um deiner Eitelkeit zu frönen, hast du mich vor der ganzen Versammlung lächerlich gemacht. Du hast jedes Wort redlich verdient, das der Prinz zu dir sagte – und nun mach, daß du hinauskommst!«

Sie zeigte auf die Tür.

Lance Kelman machte noch den vergeblichen Versuch, etwas zu erwidern, aber dann entfernte er sich, und erst als er zu Hause angekommen war und im Bett lag, fiel ihm ein, was er eigentlich hätte sagen sollen.

Marjorie Stedman brachte eine schlaflose Nacht zu. Ruhelos warf sie sich von einer Seite auf die andere, und beim Morgengrauen saß sie in ihrem Kimono am Fenster, sah zum westlichen Himmel und beobachtete, wie die Sterne allmählich ihren Glanz verloren. Die Luft war wunderbar mild, und schwerer Blütenduft wurde vom Wind zu ihr hereingetragen. Sie fühlte sich nicht im mindesten müde. Die Stille der Morgenstunde stärkte und beruhigte sie, und allmählich zog wieder Friede in ihr zerrissenes Gemüt.

Von ihrem Zimmer aus konnte sie die Chaussee übersehen. Das eine Ende des Hauses lag nur zehn Meter von der hohen Hecke entfernt, die das Grundstück ihrer Mutter von der Landstraße trennte. Das Fenster gewährte Ausblick auf einen großen Teil des Weges, der von Tynewood zum Schloß führte, und plötzlich entdeckte Marjorie einen Wanderer, der mitten auf der Straße näher kam. Sie dachte, es wäre ein Landarbeiter, der frühzeitig aufs Feld ging. Aber an seinen elastischen, schwingenden Schritten und an der Leichtigkeit, mit der er sich bewegte, erkannte sie bald, daß sie sich getäuscht hatte. Sie saß still und beobachtete ihn, bis er ganz nahe herangekommen war. Er trug den Hut in der Hand, und nun wußte sie, daß dort unten Pretoria-Smith ging. Er schien jetzt vollkommen nüchtern zu sein. Vielleicht machte er diesen Spaziergang in der Morgenluft, um seine heiße Stirn zu kühlen.

Er sah weder nach rechts noch nach links, und erst als er dicht vor ihrem Hause stand, schaute er auf. Sie hatte vom Fenster zurücktreten wollen, damit er sie nicht sehen sollte, aber seine unerwartete Bewegung überraschte sie. Auch er schrak offenbar zusammen, blieb dann verlegen stehen und sagte etwas. Sie verstand nur die Worte »sehr leid«, dann sprang sie auf und schlug das Fenster geräuschvoll zu.

Pretoria-Smith zuckte die Schultern und ging weiter.

Unruhe und Angst hatten Marjorie wieder erfaßt. Sie warf sich aufs Bett und verbarg das Gesicht in den Armen. Aber sie war so traurig, daß sie nicht weinen konnte. Diesen Mann sollte sie doch heiraten! Es war töricht und schlecht von ihr gewesen, ihn so zu behandeln und sich ihm gegenüber so feindselig zu verhalten.

Mit diesem Mann sollte sie zusammenleben. Sie fuhr schaudernd zusammen und zog die Daunendecke höher.

Schließlich fiel sie doch in Schlaf und wachte an diesem Morgen erst um zehn Uhr auf. Sie badete, zog sich langsam an und ging dann die Treppe hinunter.

Mrs. Stedman saß im Wohnzimmer, hatte ein Buch in der Hand und rauchte eine Zigarette. Diese Gewohnheit hatte sie erst angenommen, nachdem sie die Bekanntschaft der Lady Tynewood gemacht hatte. Marjorie fühlte sich nicht wohl, aber sie mußte doch heimlich lächeln. Sie wußte, daß ihre Mutter nur rauchte, wenn sie etwas Unangenehmes erlebt hatte.

»Bist du schon auf, mein Liebling?« bemerkte Mrs. Stedman unnötigerweise. »Es sind einige Briefe für dich gekommen.«

Marjorie warf einen gleichgültigen Blick auf die Post.

»Hast du schon gefrühstückt?«

»Ja, ich habe mir Kaffee nach oben bringen lassen«, erwiderte Marjorie kurz und beschloß, der Sache sofort auf den Grund zu gehen. »Was ist denn los, Mutter?«

»Ach, es ist entsetzlich«, klagte die alte Frau nervös. »Ich habe einen Brief von Alma bekommen – sie schreibt sehr liebenswürdig – aber – sie – sie –«

»Sie will ihr Geld haben – das wolltest du doch sagen?«

Es hatte sich aber auch alles gegen sie verschworen – alles.

Selbst wenn sie nach dieser fürchterlichen Szene am vergangenen Abend ihre Meinung doch noch hätte ändern wollen, hätte die erneut verschärfte Lage sie gezwungen, davon abzusehen. Sie konnte ihrem grauenvollen Geschick nicht mehr entgehen.

»Ja, sie will das Geld haben«, sagte Mrs. Stedman unsicher. »Alma hat natürlich auch viele Ausgaben, und gerade im Augenblick ist ihr etwas Unerwartetes dazwischengekommen. Ich will dir den Brief vorlesen, wenn es dir recht ist.«

»Nein, mache dir weiter keine Mühe. Ich weiß doch schon im voraus, was diese Lady Tynewood zu sagen hat. Vergiß nicht, daß ich in der letzten Zeit an Tausende von Leuten um Geld geschrieben habe, als ich für den Unterstützungsfonds sammelte. Ich bin im Bilde darüber, was man in solchen Fällen zu schreiben pflegt.«

»Aber Alma hat doch eine große Summe für deinen Fonds gezeichnet«, entgegnete Mrs. Stedman vorwurfsvoll. »Sie war wirklich großzügig.«

»Ja, sie hat hundert Pfund gezeichnet und so getan, als ob sie tausend gegeben hätte«, erwiderte Marjorie bitter. »Und sie würde ihre hundert Pfund am liebsten wieder zurücknehmen, wenn sie könnte. Wann sollst du ihr denn das Geld zurückzahlen?«

»Nächsten Montag. Es ist ganz furchtbar, daß ich meine eigene Tochter bitten muß, mir in dieser Sache zu helfen«, jammerte Mrs. Stedman wieder unter Tränen. »Ich dachte schon, daß ich die ganze Sache arrangieren könnte, ohne dir etwas davon zu sagen, denn gestern nachmittag hatte ich beim Spiel wirklich Glück.«

»Was, gespielt hast du auch wieder? Aber Mutter, wie konntest du das nur tun!«

»Warum soll ich denn nicht spielen?« begehrte Mrs. Stedman auf. »Du lieber Himmel, man sollte fast glauben, ich wäre nicht mehr imstande, mich um mich selbst zu kümmern.«

Marjorie seufzte, trat ans Fenster und sah in den Garten hinaus, um ruhiger zu werden. Nach einer Weile wandte sie sich wieder um.

»Wie schnell kann man heiraten?«

»Wie schnell?« wiederholte Mrs. Stedman. »Ich weiß nicht, wie lange es dauert, bis die Schneiderin deine Kleider gemacht hat –«

»Ich denke jetzt nicht an die Schneiderin. Ich denke an eine Heirat. Wie lange vorher muß man das Aufgebot bestellen, bis die Zeremonie selbst stattfinden kann?«

»Wenn du natürlich eine besondere Erlaubnis bekommst – aber ich halte nichts von diesen überstürzten Trauungen –, kann man die Sache beschleunigen. In ein oder zwei Tagen läßt sich alles erledigen.«

Marjorie lachte verächtlich.

»Es bleibt doch gar nichts anderes übrig, als die Trauung zu beschleunigen. Telefoniere bitte an Rechtsanwalt Curtis, daß er diese Sondererlaubnis beschafft.«

Mrs. Stedman schaute ihre Tochter betroffen an.

»Du schuldest doch nicht am Ende Mr. Curtis auch Geld?« fragte Marjorie schnell.

»Mein Liebling, die letzten Hypothekenzinsen –«, stammelte die alte Frau. »Ich habe dir doch gestern gesagt, daß ich Hypotheken aufgenommen habe.«

»Sind vermutlich nicht bezahlt.« Marjorie schüttelte den Kopf.

»Aber ich kann die Sache natürlich arrangieren«, erklärte Mrs. Stedman plötzlich mit Würde. »Ich werde mit Mr. Curtis sprechen und ihm meine Wünsche auseinandersetzen.«

Sie ging zum Schreibtisch und griff nach einem Blatt Papier.

»Marjorie Mary Stedman«, sagte sie laut, während sie schrieb, »Tochter von Maud und John Francis Stedman.« Plötzlich drehte sie sich um. »Wie heißt dein Verlobter?« fragte sie so gleichgültig, als ob eine so phantastische Eheschließung etwas Alltägliches wäre.

»Wie mein Verlobter heißt?« wiederholte Marjorie und atmete schwer. »Das weiß ich nicht.«

17

Lady Tynewood kam die Treppe herunter und trat in das eichengetäfelte Speisezimmer, wo sie Mr. Javot bei der Lektüre der Sportberichte störte.

Er war der alte geblieben und sah so schlank und stattlich aus wie früher. Die Zeit schien keinen Einfluß auf ihn zu haben. Trotz seines französischen Namens stammte er aus einer altenglischen Familie. Seine Verwandten schwiegen ihn allerdings am liebsten tot, denn sie waren nicht besonders stolz auf ihn. Man nahm im allgemeinen an, daß er die Stelle eines Sekretärs und Rechtsbeistands bei Lady Tynewood versah, aber er benahm sich ihr gegenüber sehr frei und durchaus nicht wie ein Angestellter.

Lady Tynewood war eine schöne Frau, und nicht einmal das wenig schmeichelhafte Morgenlicht beeinträchtigte ihr Aussehen.

»Javot!« sagte sie nervös.

Er schaute nicht auf.

»Javot!!« rief sie jetzt scharf.

Resigniert wandte er sich zu ihr um.

»Warum unterbrichst du mich denn immer?« fragte er vorwurfsvoll. »Du weißt doch, daß ich es nicht leiden kann, wenn man mich beim Lesen stört.«

Sie hatte eine kleine Zigarette aus ihrem goldenen Etui genommen und zündete sie jetzt an.

»Erinnerst du dich noch an alles, was ich dir gestern abend erzählte?«

»Ja, ich weiß es noch ganz genau. Es hat einen Spektakel gegeben, weil der fremde Herr aus Südafrika in den Saal kam. Nachher hat ihn der Prinz hinausgewiesen.«

»Du hast überhaupt nicht zugehört«, erwiderte sie heftig. »Der Prinz hat ihn in der liebenswürdigsten Weise aus dem Saal gebracht. Du verwechselst wieder einmal alles. Dein Gedächtnis leidet anscheinend unter Altersschwäche! Lance Kelman ist vom Prinzen fortgeschickt worden.«

»Ein alberner Mensch.«

»Aber wir können ihn vorzüglich für unsere Zwecke brauchen«, entgegnete Alma etwas ruhiger. »Er ist halb in das Mädchen verliebt, und wenn wir ein wenig nachhelfen und ihn aufputschen, tut er, was wir wollen. Ich kann dir nicht sagen, Javot, wie ich dieses kleine Biest hasse!«

Er lehnte sich zurück, steckte die Hände in die Taschen seiner Breeches und lächelte.

»Die kleine Stedman ist ein entzückendes Ding«, sagte er nachdenklich. »Ich besinne mich noch –« Er sprach nicht weiter.

Mr. Javot gehörte nicht zu den mitteilsamen Naturen und sprach sich auch Alma gegenüber nicht aus. Er hatte Marjorie sofort erkannt, als er sie zum erstenmal in Tynewood wiedersah, obwohl sie sich anscheinend nicht mehr an ihn erinnern konnte.

»Und sie will tatsächlich diesen Südafrikaner heiraten? Am Ende ist er selbst ein roher Diamant, der nur noch ein wenig geschliffen werden muß.«

Alma setzte sich auf die Tischkante und baumelte mit den Beinen, während sie den Zigarettenrauch in die Luft blies.

»Gestern bin ich zum Schloß gegangen, aber dieser unverschämte Pförtner hat mich wieder nicht hineingelassen.«

»Wozu gehst du denn überhaupt noch hin? Du blamierst dich doch nur jedesmal aufs neue. Ein dutzendmal habe ich dir mindestens schon gesagt, daß du das unterlassen sollst. Warum bist du nicht mit dem zufrieden, was du hast? Warte doch deine Zeit ab. Früher oder später wird dieser Sir James einmal sterben, dann erbst du die ganze Besitzung und obendrein das berühmte Brillanthalsband der Familie.«

Sie antwortete nicht darauf, denn sie war mit ihren eigenen Gedanken beschäftigt.

»Ich möchte eigentlich zu gern diesen Pretoria-Smith näher kennenlernen«, meinte sie nach einer Weile. »Er ist ein Mann, der viel in Afrika herumgekommen ist. Vielleicht hat er James getroffen. Er sieht übrigens gut aus, hat interessante Züge und gefällt mir gar nicht übel –«

»Du hast aber auch jeden Augenblick eine andere Marotte«, sagte er argwöhnisch.

Sie warf den Kopf zurück.

»Es wäre doch sehr leicht möglich, daß wir Nachricht über James von ihm bekommen könnten.«

»Das glaube ich nicht. Laß diesen James Tynewood in Frieden, und verhalte dich ruhig. Du hast doch ein glänzendes Einkommen, bist noch jung und kannst ein paar Jahre warten. Oder willst du mir vielleicht weismachen, daß du dir seinetwegen Sorgen machst und dich nach ihm sehnst?« fügte er ironisch hinzu. »Es kann dir doch ganz egal sein, ob er lebendig oder tot ist. Spiele bloß nicht die verliebte und verlassene Frau. Du hast ihn doch nur kurze Zeit gekannt, und er war total betrunken, als er dich heiratete.«

»Sei doch nicht so gemein und roh, Javot!« Sie sprang vom Tisch hinunter und warf die Zigarette fort. »Er war allerdings betrunken, als er mich heiratete, sonst hätte er diese Dummheit wahrscheinlich nicht gemacht. Wenn wir ihn nicht die Nacht vorher mit Kartenspiel unterhalten und ihm das nötige Quantum Absinth und Kognak beigebracht hätten, wäre aus der Sache nichts geworden. Du hast ihn schließlich so weit gebracht, daß er mit mir zum Standesamt in Marylebone ging. Das rechne ich dir hoch an. Ohne deine Hilfe wäre diese Heirat wohl nie zustande gekommen, und ich säße jetzt nicht in aller Ruhe in einer so komfortablen Villa.«

Er strich sich über das Haar.

»Du hast vermutlich recht«, gab er zu. »Aber dasselbe sage ich doch auch. Laß diesen Sir James in Frieden.«

»Aber es ginge mir doch noch viel besser, wenn ich beweisen könnte, daß James Tynewood tot ist. Wir haben es beide früher nicht sehr glänzend gehabt und sind durch eine harte Schule gegangen. Wir wissen, wie schnell es mit Leuten zu Ende geht, die sich dem Trunk ergeben und derartig mit ihrer Gesundheit wüsten, wie es James machte. Ein heißes Klima mußte ihm eigentlich den Rest geben.«

»Wenn wir nur eine Fotografie von ihm hätten, die wir in Umlauf setzen könnten. Das wäre die einzige Möglichkeit,

Nachrichten über ihn zu erhalten«, erwiderte Javot. »Aber es scheint kein Bild von ihm zu existieren. Ich habe schon bei allen bedeutenden Fotografen Londons nachgefragt, ob sie eine Aufnahme von ihm gemacht haben, aber überall mit negativem Erfolg.«

»Und doch sollte es nicht zu schwer sein, ihn aufzufinden«, entgegnete sie hartnäckig. »Er hat den kleinen Finger der linken Hand verloren, und das ist ein sicheres Kennzeichen.«

Er nickte.

»Er hat ihn sich einmal im Leichtsinn selbst abgeschossen, als er noch ein Junge war«, fuhr sie fort.

Javot beschäftigte sich wieder mit seiner Sportzeitung und brummte nur undeutlich ein paar Worte vor sich hin.

»Ich gehe jetzt aus.«

»Wohin?«

»Ich besuche meine liebe Maud Stedman«, sagte sie spöttisch und ahmte die Stimme der alten Dame nach.

»Wie steht es denn mit dem Geld?«

»Ich habe ihr geschrieben, daß ich große Rechnungen zu bezahlen hätte.«

»Glaubst du, daß sie zahlen kann?« fragte er plötzlich lebhaft, denn für Finanzangelegenheiten interessierte er sich stets.

»Sie wird schon zahlen. Ihre Tochter heiratet doch einen reichen Mann. Lance hat mir gestern abend alles haargenau erzählt. Es war eigentlich sehr dumm von mir, daß ich sie unter diesen Umständen gemahnt habe. Aber ich hatte den Brief schon in den Kasten gesteckt, bevor mir Lance sein Herz ausschüttete. Vor allem darf ich jetzt keinen schlechten Eindruck bei der Alten machen. Deshalb will ich zu ihr gehen und ihr sagen, daß ich das Geld vorläufig nicht brauche und daß sie sich deswegen keine Sorgen machen soll.«

Sie lachte laut auf, und auch Mr. Javot grinste vergnügt.

Mrs. Stedman stand auf dem Rasen und fütterte die Vögel, als Lady Tynewood in einem eleganten Straßenkostüm durch das Gartentor trat und ihren kleinen Spazierstock in der Luft wirbelte. Alma küßte die alte Dame und begrüßte sie aufs herzlichste.

»Ach, meine Liebste, wir müssen noch wegen des Geldes miteinander sprechen«, begann Mrs. Stedman nervös.

»Nein, das ist schon erledigt«, entgegnete Alma mit ihrem süßesten Lächeln. »Ich habe es so eingerichtet, daß ich meine Rechnungen bezahlen kann, ohne meine Freunde zu beunruhigen. Betrachten Sie die Sache bitte so, als ob ich den Brief gar nicht geschrieben hätte. Aber geben Sie mir eine Tasse Tee, die tut mir auch am Vormittag sehr gut.«

Mrs. Stedman machte ihr ein geheimnisvolles Zeichen und schaute unsicher zum Haus hinüber. Dann dämpfte sie die Stimme, obwohl sie allein auf dem Rasen stand und in einem Umkreis von fünfzig Metern kein Mensch zu sehen war.

»Wir können leider nicht hineingehen. Er – er ist da.«

»Er?« fragte Alma verwundert. »Von wem sprechen Sie denn eigentlich?«

»Von dem Verlobten meiner Tochter«, erklärte Mrs. Stedman naiv. »Es ist ein gewisser Smith.«

»Aber diesen Mann möchte ich doch gerade so gern kennenlernen«, erwiderte Alma und ging quer über den Rasen auf das Haus zu.

18

Er war gekommen. Marjorie hatte nicht geglaubt, daß er sich nach der peinlichen Szene des vergangenen Abends so schnell sehen lassen würde, aber offenbar schämte er sich nicht im mindesten.

Sie hatte gerade ihrer Mutter nachgesehen und sich dann an den Schreibtisch gesetzt, um einen Dankbrief an Lord Wadham zu schreiben, als es klopfte.

Das Dienstmädchen trat aufgeregt herein, als ob auch sie etwas von den Geheimnissen der Familie wüßte.

»Mr. Smith«, meldete sie atemlos.

Er folgte ihr auf dem Fuße, und Marjorie erhob sich, um ihm entgegenzutreten.

Einige Sekunden lang standen sie sich schweigend gegenüber.

Er war erstaunt und betroffen über die ungewöhnliche Schönheit dieses Mädchens. Am vergangenen Abend hatte er sie nicht beachtet, und in den frühen Morgenstunden dieses Tages hatte er sie nur undeutlich am Fenster gesehen und auch nur vermuten können, wer sie war. Deshalb war seine Überraschung jetzt um so größer.

Auch Marjorie betrachtete den sonderbaren Mann nicht ohne Verwunderung. Er war nicht so breitschultrig, wie sie sich eingebildet hatte, und die Sonne Afrikas hatte sein Gesicht dunkelbraun gebrannt. Seine tiefblauen Augen waren etwas blutunterlaufen, und sie ahnte sofort den Grund dafür. Und doch hatte sie den Eindruck, als ob er eine Maske trüge, hinter der er seine wahre Persönlichkeit und seine Gefühle verbarg. In seinen Zügen lag eine gewisse Strenge, vielleicht sogar Unnahbarkeit. Er trug noch den einfachen, unansehnlichen, grauen Flanellanzug vom letzten Abend, der ihm schlecht paßte und für einen kleineren, korpulenten Mann gemacht zu sein schien.

Diese erste Begegnung war für beide peinlich.

»Ich bin der Mann, von dem Ihr Onkel geschrieben hat«, begann er schließlich nervös. »Man nennt mich allgemein Pretoria-Smith, aber das ist nicht mein eigentlicher Name.«

Das wußte sie bereits, aber sie machte keine Bemerkung darüber.

»Ich möchte aber unter diesem Namen heiraten«, fuhr er fort. »Die Rechtsgültigkeit der Ehe wird dadurch in keiner Weise beeinträchtigt. Ich könnte vielleicht in Schwierigkeiten kommen, aber die Ehe besteht zu Recht.«

Ihr erschien das Namensproblem unbedeutend im Vergleich zu der grauenvollen Tatsache, daß sie überhaupt heiraten mußte.

»Ich brauche mich ja nicht weiter vorzustellen«, erwiderte sie ruhig. »Sie wissen, daß ich Marjorie Stedman bin, die Nichte von Mr. Alfred Stedman. Ich habe Sie früher schon einmal gesehen

– und zwar im Büro von Mr. Vance. Ich war damals seine Privatsekretärin.«

Er starrte sie verwundert an.

»Ja, richtig – ich entsinne mich jetzt.«

Er legte die Stirn in Falten, als ob er versuchte, sich genauer an ihre damalige Begegnung zu erinnern. Sie hatte den sehnlichsten Wunsch, daß er sie nicht mit jener schrecklichen Nacht in Schloß Tynewood in Verbindung bringen möchte. Aber daran dachte er offenbar nicht.

»Wollen Sie nicht Platz nehmen?«

Er setzte sich verlegen auf die Kante eines großen Armsessels. Es kam ihr zum Bewußtsein, daß er sie unverwandt ansah. Aber wenn ihr das auch nicht angenehm war, so zog sie es doch einem unruhigen, unsteten Blick vor, wie sie ihn eigentlich bei diesem Mann vorausgesetzt hatte.

»Sie sind also ein Freund meines Onkels?« fragte sie, um wenigstens eine Unterhaltung in Gang zu bringen.

»Ja, wir stehen uns sehr nahe«, erwiderte er und räusperte sich. »Wir kennen uns seit vier Jahren. Ich habe ihm einmal das Leben gerettet«, fügte er etwas unbeholfen hinzu.

»Ach, das ist ja interessant.« Ihre Stimme verriet höfliches Interesse.

»Ihr Onkel durchzog damals die Kalahari-Wüste, um nach Gold zu suchen, und hatte die große Mine gefunden, die wir jetzt ausbeuten. Wir haben beide ein großes Vermögen daran verdient. Ich kam gerade dazu, als ihn seine Leute in der Nähe des Wasserlochs im Stich ließen. Es waren zwei gemeine Kerle, die ihn absichtlich in die Irre geführt hatten. Sie wollten ihn verdursten lassen, damit sie nachher sein Eigentum stehlen konnten. Aber ich kam noch zu rechter Zeit. Er war dem Tod schon ziemlich nahe. Dicht bei dem Wasserloch war er umgesunken und besaß nicht mehr die Kraft, dorthin zu gehen.«

»Haben Sie ihm dann Wasser zu trinken gegeben?« fragte sie und versuchte sich diese Szene in der Wüste vorzustellen.

»Ja, ich habe den beiden schon Beine gemacht, daß sie ihm Wasser gaben. Und dann habe ich ihn zur nächsten Stadt gebracht.«

»Und was wurde aus den Schwarzen?«

Sein Blick schweifte durch das Zimmer.

»Dem einen habe ich eine Kugel durch den Schädel jagen müssen. Der machte Schwierigkeiten«, sagte er leichthin.

Marjorie schauderte leicht.

»Vielleicht habe ich ihn getötet – genau weiß ich das nicht. Der andere war dann willig und trug das Gepäck Ihres Onkels. Dem ist weiter nichts passiert.«

Es folgte wieder ein verlegenes Schweigen, aber schließlich raffte sich Marjorie auf.

»Mr. Smith, mein Onkel wünscht, daß ich Sie heirate«, sagte sie mit erzwungener Ruhe. »Er schrieb mir, daß er Sie dazu – überredet hätte.« Es kostete sie große Anstrengung, die letzten Worte über die Lippen zu bringen, und sie errötete tief.

Er nickte.

»Ich wünschte es zu Anfang allerdings nicht, und jetzt wünsche ich es noch viel weniger. Aber ich bin Ihrem Onkel zu großem Dank verpflichtet, und er hat sich diese Sache nun einmal in den Kopf gesetzt. Er ist nämlich ein ganz verrückter, alter Teufel.« Er sagte das halb zu sich selbst, aber sie hörte an seinem Ton, daß er ihren Onkel sehr gern haben mußte. Beinahe hätte sie gelächelt.

»Warum mußte er Sie denn dazu überreden?«

»Weil – ja, weil – ich überhaupt nicht heiraten wollte. Vor allem nicht eine Frau, die ich gar nicht kannte. Das war der eine Grund. Und dann dachte ich doch auch an das junge Mädchen. Es ist eine ungeheuerliche Zumutung, einfach einen unbekannten Mann heiraten zu müssen.«

Sie sah ihn verwundert an. Er mißverstand ihren Blick und wurde wieder verlegen.

»Entschuldigen Sie bitte meine Kleidung. Ich mußte sie unten in Südafrika in aller Eile vor meiner Abreise kaufen und kam gerade noch mit Mühe und Not zu dem Schiff. Und vor allem muß ich wegen des Vorfalls von gestern abend um Verzeihung bitten, Miss Stedman.«

»Es ist besser, wenn wir nicht darüber sprechen«, sagte sie höflich, »aber ich hoffe, daß –«, sie wußte kaum, wie sie fortfahren sollte – »Sie sich nicht wieder betrinken, wenn wir erst verheiratet sind.«

Er antwortete nicht gleich, und im nächsten Augenblick kam Lady Tynewood vom Garten herein.

»Guten Tag, meine Liebe«, wandte sie sich vergnügt an Marjorie. »Stellen Sie mich doch bitte auch Ihrem Verlobten vor.« Wenn ihre Blicke hätten töten können, wäre das junge Mädchen auf der Stelle leblos umgesunken.

Pretoria-Smith drehte sich langsam um und streckte die Hand aus.

»Darf ich Ihnen Mr. Smith vorstellen – Lady Tynewood«, sagte Marjorie, die sich die größte Mühe gab, auf den leichten Ton der anderen einzugehen.

Alma betrachtete mit Bewunderung die große, stattliche Gestalt des Mannes, aber Marjorie bemerkte plötzlich zu ihrem Schrecken, daß Pretoria-Smith Lady Tynewood haßerfüllt und feindlich ansah. Er trat einen Schritt zurück und hob die Hand wie zur Abwehr.

»Sie – Sie!« stieß er heiser und erregt hervor. »Mein Gott, ich würde lieber einem Aussätzigen die Hand geben als Ihnen!«

19

Lady Tynewood schrak vor dem wütenden Blick des Mannes zurück. Er wandte sich um, nahm seinen Hut vom Stuhl auf und verließ schnell das Zimmer.

Alma faßte sich zuerst wieder, während Marjorie noch bleich und mit weitaufgerissenen Augen zur Tür starrte, durch die Pretoria-Smith eben verschwunden war.

»Das ist also der junge Mann, den Sie heiraten wollen?« fragte sie verächtlich. »Ein feiner Gentleman, das muß man wohl sagen. Da kann man Ihnen ja gratulieren.«

Marjorie schwieg.

Mrs. Stedman war inzwischen auch hereingekommen. Sie

hatte die Szene von weitem beobachtet und war in hellster Aufregung.

»Er war aber wirklich unhöflich und roh«, sagte sie atemlos.

»Sie haben ihn wahrscheinlich dazu aufgestachelt« wandte sich Lady Tynewood heftig an Marjorie. »Oder gehört es bei den Leuten aus den Kolonien zum guten Ton, sich derartig aufzuführen?«

Marjorie machte in dieser schwierigen Lage eine merkwürdige Erfahrung. Sie mußte nun obendrein noch den Mann verteidigen, gegen den sie die größte Abneigung fühlte.

»Mr. Smith wird wahrscheinlich aus guten Gründen so gehandelt haben«, erwiderte sie langsam. »Ich dachte schon im ersten Augenblick, Ihr lange vermißter Gatte wäre zurückgekehrt, Lady Tynewood.«

Sie war gehässig, niederträchtig, grausam. Aber es war ihr im Augenblick alles gleichgültig. Sie konnte sogar wegwerfend von dem Mann sprechen, der nicht mehr am Leben war.

»Was schwätzen Sie da?« ereiferte sich Alma. »Sir James war ein Gentleman vom Scheitel bis zur Sohle – vielmehr er ist ein Gentleman«, verbesserte sie sich schnell. »Wenn so ein junges, unerfahrenes Ding wie Sie über solche Sachen reden will, kommt natürlich nichts Gutes dabei heraus. – Aber er kam mir doch so bekannt vor – ich möchte nur wissen, ob ich ihn früher schon getroffen habe.«

Sie sah Marjorie von der Seite an.

»Sie werden ja nicht viel Freude in Ihrer Ehe haben«, sagte sie noch verächtlich und verließ dann das Zimmer.

Marjorie hatte es kaum gehört. Sie wartete nicht auf das Mittagessen, sondern ließ sofort ihr Pferd satteln und ritt zu Lord Wadham. Sie wußte, daß der Prinz schon am Morgen abgereist war, so daß sie dort ohne weiteres Besuch machen konnte. Sie fand den alten Herrn bei einem Spaziergang im Park.

»Hallo!« rief er laut. »Zum Kuckuck, was machen Sie denn schon am frühen Morgen hier?«

»Ich möchte mich trauen lassen«, sagte sie, »mit – mit einem entsetzlichen Menschen.«

»Teufel noch mal«, erwiderte er verhältnismäßig leise und

schlug dann plötzlich mit der flachen Hand auf den Oberschenkel. »Jetzt weiß ich, wer es ist. Der betrunkene Mann, der gestern ins Hotel kam!«

Sie wurde rot.

»Ja, er ist mein Verlobter.«

»Ach, irgend so ein Johannesburg-Jones oder ein Maritzburg-Mike?«

»Pretoria-Smith.«

»Donnerwetter – aber das ist doch nicht Ihr Ernst. Wie kommen Sie bloß auf die verrückte Idee, einen Menschen von solchem Kaliber heiraten zu wollen? Ich habe ihn mir ja nicht genauer angesehen, aber ich wette, daß er einen schlechten Charakter hat. Ein Mann, der einen fertigen Anzug kauft, ist zu allem fähig, auch zu einem Mord.«

Sie lachte.

»Sie müssen ihn nicht so streng beurteilen. Vielleicht klärt sich alles noch ganz harmlos auf.« Eine Weile schwieg sie, dann wandte sie sich plötzlich wieder an ihn. »Lord Wadham«, fragte sie atemlos, »würden Sie mir einen großen Gefallen tun?«

»Für Sie tue ich alles, was in meinen Kräften steht, liebes Kind«, sagte er begeistert. »Wenn ich nicht schon eine Frau und vier Kinder hätte, würde ich Sie vom Fleck weg heiraten. Aber meine Frau ist gesund und vergnügt. Sie ist eine Wingley aus Norfolk und wird sicher neunzig Jahre alt«, fügte er schmunzelnd hinzu.

»Ich hätte Sie gern wegen der Trauung um Rat gebeten.«

»Ach, Sie wollen sich wohl sofort trauen lassen?« fragte er nachdenklich. »Na, das kann ich schon arrangieren. Aber liebes Kind, ich würde mir die Sache an Ihrer Stelle doch noch einmal reiflich überlegen. Selbst wenn Sie es –« Er zögerte. Auch er hatte schon verschiedene Gerüchte über Mrs. Stedman gehört, und er wußte, daß die Frau Spielschulden hatte. »Selbst um meinen nächsten Verwandten zu helfen, würde ich das nicht tun«, fuhr er fort. »Aber ich will Ihnen nicht das Herz schwermachen. Sie sind wahrscheinlich in einer sehr schwierigen Situation, und ich will alles tun, um Ihnen zu helfen. Welchen Eindruck haben Sie denn von dem Mann? Haben Sie ihn schon einmal bei Tageslicht betrachtet?«

Sie lächelte ein wenig verlegen.

»Er ist eben – Pretoria-Smith«, sagte sie so gleichgültig wie möglich.

Lord Wadham rieb sich das Kinn.

»Na schön. Ich werde mich um die Heiratserlaubnis kümmern. Nennen Sie mir doch bitte die Namen.«

Sie konnte ihm auf keinen Fall sagen, daß sie den Namen ihres Verlobten nicht kannte.

»Ich werde Ihnen das alles schreiben.«

»Wenn Sie es heute noch tun, schicke ich Ihnen morgen mit der ersten Post die Lizenz zu«, sagte er freundlich.

»Wo können wir denn getraut werden?«

»Ach, in jeder Kirche. Mein Hauskaplan wird sich ein Vergnügen daraus machen, Sie zu trauen. Sie kennen doch den alten Stoneham? Ein guter Mensch. Nur schade, daß er halb blind und halb taub ist.«

Er lachte, als er an den Pfarrer dachte.

»Das ist der rechte Mann, der paßt für Sie. Er kennt Sie später überhaupt nicht wieder. Auch Ihren Mann nicht, und wenn sein Name mit großen Buchstaben auf der Stirn stände. Ja, aber wo könnte denn nun die Trauung stattfinden?« überlegte er. »Halt, das weiß ich jetzt auch«, sagte er nach einiger Zeit und klatschte vergnügt in die Hände. »Ich werde an meinen Freund Vance telegrafieren. Er ist der Rechtanwalt der Familie Tynewood. Den frage ich um Erlaubnis, daß Sie in der Schloßkapelle hier getraut werden dürfen.«

»Mr. Vance?« wiederholte sie erstaunt. »Den kenne ich auch sehr gut. Aber glauben Sie denn, daß er die Erlaubnis geben wird? Ich weiß, daß er in solchen Dingen recht eigentümlich ist.«

»Überlassen Sie das nur mir, ich bringe die Sache schon in Ordnung«, erklärte Lord Wadham. »Also, ich sorge dafür, daß die Kapelle zur Verfügung steht, und ich beschaffe den Pfarrer. Wie wäre es denn, wenn ich nun auch noch den Brautvater machte und Sie in die Ehe gäbe?«

Marjorie traten die Tränen in die Augen.

»Sie sind wirklich sehr lieb zu mir«, sagte sie mit bewegter Stimme.

Er klopfte ihr freundlich auf die Schulter.

»Es macht mir einen unheimlichen Spaß, junge Leute miteinander zu verheiraten, auch wenn ich mit dieser Trauung nicht ganz einverstanden bin. Also, sind Sie damit zufrieden, daß ich die Sache mit der Kirche und dem Pfarrer regele?«

Sie nickte.

»Und um wieviel Uhr soll die Trauung stattfinden?«

»Darüber muß ich erst noch mit – Mr. Smith sprechen.«

Zu Hause setzte sich Marjorie verzweifelt an den Schreibtisch und schrieb kurzerhand: John Smith, Sohn von Henry und Mary Smith. Dem Vater gab sie den Beruf eines Mineningenieurs, und das Alter von Pretoria-Smith setzte sie einfach auf zweiunddreißig Jahre fest.

Sie adressierte die Mitteilung an Lord Wadham und schickte dann noch einen Brief zu dem einzigen Gasthaus des Dorfes. Darin bat sie Smith, zu ihr zu kommen. Aber offenbar erreichte ihn diese Nachricht nicht.

Am Spätnachmittag machte sie einen Spaziergang, und bei einer Biegung des Weges sah sie plötzlich einen Mann im Gras sitzen. Er stützte den Kopf in die Hand und hatte sich weit vornüber gebeugt, so daß sein Kinn fast die Knie berührte. Als er ihre Schritte hörte, wandte er sich um. Es war Pretoria-Smith, und er sprang sofort auf.

»Es tut mir leid, daß ich mich heute so gehenließ«, sagte er etwas barsch. »Ich hätte dieser Dame gegenüber meine Fassung nicht verlieren dürfen.«

»Kennen Sie denn Lady Tynewood?«

»Ob ich sie kenne?« wiederholte er bitter. »Ja, die Frau kenne ich!«

»Sie ist doch die Gattin von Sir James Tynewood, der hier in der Gegend der größte Landbesitzer ist, obwohl er nie hier gelebt hat.«

Sie beobachtete ihn scharf, während sie sprach. Wie würde er sich verhalten, wenn er den Namen des Mannes wieder hörte, der vor Jahren auf so tragische Weise umgekommen war?

»Er wohnt nicht hier? Das ist aber seltsam. Ich halte die Gegend hier für eine der schönsten auf der ganzen Erde. Aber vielleicht kommt sie mir auch nur so herrlich vor, weil ich so lange in den traurigen Einöden von Südafrika lebte. Trotzdem ist Sir James töricht, wenn er sich diesen Genuß entgehen läßt.«

»Mr. Smith –«, es fiel ihr schwer, weiterzusprechen, »ich wollte Sie noch etwas fragen. Haben Sie etwas dagegen, daß unsere Trauung sehr bald stattfindet?«

»Nein, je eher, desto besser«, erwiderte er sofort. Er hatte das Gesicht von ihr abgewandt und schaute über das Tal hin.

»Sie müssen verstehen, daß alles so unerwartet für mich kam und daß mir der Gedanke an diese Heirat zuerst entsetzlich erschien.« Sie spielte mit dem Verschluß ihrer Handtasche und schaute ihn nicht an. »Wenn ich sage entsetzlich, so meine ich das natürlich nicht im gewöhnlichen Sinne des Wortes.«

»Das kann ich mir gut vorstellen, und Sie haben auch vollkommen recht. Mir selbst ging es ja nicht anders. Ich sagte Ihnen schon, daß ich ebensowenig daran dachte, mich zu verheiraten, wie der Mann im Mond. Am liebsten wollte ich ganz allein auf der Mine bleiben und in Ruhe gelassen werden. Ich war zufrieden, wenn ich meine Pfeife hatte und nachdenken konnte. Meine Gedanken waren nicht immer angenehm, aber immerhin war ich damals zufrieden im Vergleich zu jetzt.«

Sie warf ihm einen schnellen Blick zu.

»Das ist allerdings kein Kompliment für mich«, sagte sie und lachte. »Aber ich erwarte von Ihnen ja auch keine Komplimente. Sie haben also nichts dagegen, daß wir sofort heiraten?«

»Sie möchten die Sache möglichst schnell hinter sich haben«, entgegnete er und sah zu einer Kuh hinüber, die auf dem nahen Hügel weidete. »Und ich kann Ihnen wirklich keinen Vorwurf daraus machen. Ich sage Ihnen ja, mir geht es genauso. Meinetwegen kann die Trauung sofort abgehalten werden.«

»Lord Wadham hat mir den Vorschlag gemacht, uns von seinem Pfarrer trauen zu lassen. Sind Sie damit einverstanden?«

»Ach, meinen Sie den alten Stoneham? Der war ja schon früher hier im Amt – der arme Mann ist aber halb blind.«

»Kennen Sie ihn denn?« fragte sie schnell.

Er kam in Verlegenheit.

»Ich habe gehört, wie sich die Leute im Dorf über ihn unterhielten. Nein, ich kenne Lord Wadham und seinen Pfarrer nicht. Im Grunde genommen ist ja auch ein Pfarrer ebensogut wie der andere.«

»Ich habe Ihren Namen als John Smith angegeben – heißen Sie wirklich John?«

»So ähnlich. Darauf kommt es ja nicht an. Sie können mich ruhig John nennen. Dann haben Sie ja auch meine Eltern nennen müssen?«

»Ja, das habe ich auch getan. Ich habe geschrieben, daß Ihr Vater Mineningenieur ist.«

Er mußte lachen.

»Nun, das ist ganz gut. Er hat sich schließlich auch mit dem Erdboden beschäftigt – das heißt, gewöhnlich hat er nur Unkraut aus den Blumenbeeten ausgejätet. In diesem Punkt war er unerbittlich, und die Gärtner hatten große Angst vor ihm.«

»Noch eins. Es liegt doch weder Ihnen noch mir an einer großen Teilnahme der Öffentlichkeit, und es wäre besser, wenn die Hochzeit in aller Stille stattfände. Lord Wadham meinte, daß wir uns am besten in der Schloßkapelle von Tynewood trauen ließen.«

Er antwortete nicht gleich.

»Gibt es denn eine Schloßkapelle hier?« fragte er nach einer Weile.

Sie ärgerte sich, daß er sie täuschen wollte.

»Ja. Sie ist sehr hübsch. Ich hatte schon die Absicht, sie mir heute einmal anzusehen. Wollen Sie mich begleiten?«

Er schüttelte den Kopf.

»Nein, das möchte ich eigentlich nicht tun.«

Diese Antwort hatte sie auch erwartet.

»Dann ist also alles soweit in Ordnung?« fragte sie. »Und an welchem Tag wollen Sie sich trauen lassen?«

»Mir ist jede Zeit recht.«

»Wollen wir sagen: morgen um elf?«

»Ja, das paßt mir.«

»Und – und –«, sie konnte kaum weitersprechen, »wohin wollen wir nachher gehen?«

20

»Es tut mir so leid«, sagte er liebenswürdig. »Sie halten mich wahrscheinlich für einen rohen, ungebildeten Menschen, Miss Stedman. Aber ich war in Südafrika so lange allein mit meinen Gedanken, daß ich nicht mehr in die europäische Gesellschaft passe und auch nicht mehr weiß, wie ich mich mit den Leuten unterhalten soll. Es ist sehr gut, daß Sie wegen der Trauung schon alles verabredet haben.«

Er sah sie so freundlich an, wie sie es niemals von ihm erwartet hatte.

»Ich werde dafür sorgen, daß nach der Trauung ein Auto auf uns wartet.«

»Im Augenblick habe ich keinen besseren Anzug als diesen hier. Aber ich habe mir bereits einige in London bestellt. Sie heißen doch Marjorie?«

»Ja.«

Er wiederholte den Namen leise.

»In Zukunft muß ich Sie ja wohl Marjorie nennen. Sie haben doch nichts dagegen?«

Sie mußte lachen.

»Ich glaube, es ist Brauch, daß sich Eheleute beim Vornamen nennen.«

Sie hatte das Gefühl, daß er noch etwas sagen wollte, und zögerte. Aber er schwieg, bis sie ihm die Hand zum Abschied reichte.

»Ich werde Sie noch ein wenig begleiten. Gehen Sie nach Hause zurück?«

Sie nickte.

Als sie dann neben ihm herging, kam sie sich selbst sonderbar vor. Er war einen Kopf größer als sie, und große Leute waren ihr immer sympathisch gewesen. Aber sie wollte diese Sympathie nicht auf Pretoria-Smith ausdehnen.

»Es klang unhöflich, als ich Ihnen sagte, daß ich eigentlich gegen meinen Willen nach England reiste, um mich mit Ihnen trauen zu lassen«, sagte er plötzlich, »aber es war die reine Wahrheit. Ich verdanke Ihrem Onkel so viel, daß ich seinen Wunsch schließlich erfüllen mußte. Und wenn ich Ihnen jetzt ein Angebot mache und sage, was ich eigentlich denke, betrüge und hintergehe ich ihn.«

»Welches Angebot wollen Sie mir denn machen?« fragte sie überrascht.

»Ein sehr einfaches«, erklärte er ruhig. »Es ist mir klar, daß Sie mich heiraten, weil Sie die jährliche Unterstützung Ihres Onkels nicht entbehren können. Ich erfuhr von seiner häßlichen Drohung erst in dem Augenblick, als ich von Afrika abreiste. Er hat sich diese Heirat nun einmal in den Kopf gesetzt, weil er fürchtet, sein Geld könnte in die Hände eines Mannes fallen, der Sie nur wegen Ihres Reichtums heiratet. Miss Stedman, ich kann Ihnen versichern, daß Ihr Onkel zuerst nur Ihr Glück im Auge hatte. Er hat mir so oft von Ihnen erzählt, und er freute sich immer so sehr, wenn er Briefe von Ihnen erhielt. Er hat sie noch alle aufbewahrt.«

Marjorie war gerührt.

»Der arme Onkel«, sagte sie leise. »Ich bin davon überzeugt, daß er seiner Meinung nach das Beste für mich tut.«

»Denken Sie immer daran«, fuhr er fort, »dann werden Sie auch verstehen, in welchem Dilemma ich mich befinde. Ich würde Ihnen ja gern eine Viertelmillion Pfund geben, um es Ihnen zu ermöglichen, diese Heirat abzulehnen – mit oder ohne Ihren Dank.« Er lächelte ein wenig und sah plötzlich viel hübscher und jünger aus.

Sie war stehengeblieben und schaute ihn erstaunt an.

»Nein, das geht nicht, das dürfte ich doch nicht tun. Ich habe meinem Onkel schon mein Wort gegeben. An dem Tag, an dem ich seinen Brief erhielt, ist mein Telegramm an ihn abgegangen.«

»Das fürchtete ich«, erwiderte er düster, »aber ich fürchtete auch, daß Sie mein Angebot annehmen würden, und das wäre dem alten Stedman gegenüber sehr unfair gewesen. Er war nicht um das Geld besorgt, sondern er wollte Sie vor gewissenlosen Menschen schützen, die nur Ihrem Vermögen nachjagten. Und wenn ich Sie nun reich machte – ich kann es, denn ich besitze ebensoviel, wenn nicht mehr als Ihr Onkel –, dann wären Sie derselben Gefahr ausgesetzt wie vorher.«

Sie ging wieder langsam neben ihm her. Plötzlich hörten sie Pferdegetrappel und traten zur Seite, um die Reiter vorüberzulassen.

Es waren Lance Kelman und Lady Tynewood. Kelman wurde dunkelrot vor Zorn, als er Marjorie und Pretoria-Smith zusammen sah. Er hatte sich schon vorher für seine Kusine stark interessiert, aber jetzt glaubte er, daß sie die große Liebe seines Lebens sei. Almas Reden und Bemerkungen hatten ihn aufgestachelt.

Er ritt nicht vorbei, sondern hielt mitten im Weg an. Lady Tynewood beobachtete die Szene belustigt.

»So, da hast du nun endlich deinen Pretoria-Smith!« schrie Kelman laut. Er hatte bei Alma zu Mittag gegessen und viel Wein getrunken.

Marjorie war blaß geworden. Sie sah ihn fest an, aber sie schwieg.

»Jetzt muß ich allerdings wirklich annehmen, daß du in diesen Menschen verliebt bist«, fuhr Lance fort und lachte pöbelhaft. »Er hat ja wohl das nötige Kleingeld, und deine Mutter kennt sich nicht mehr aus vor Schulden. Da kommt es ja schließlich auch nicht darauf an, daß du einen alten Trinker heiratest. Hast du nicht gesehen, was für ein Kerl das ist, als ich ihn gestern abend in den Saal brachte?«

Pretoria-Smith stand plötzlich an seiner Seite. Er hatte die Hand auf das Knie des Reiters gelegt.

»Sie haben mich in den Saal gebracht?« fragte er ruhig. »Ich habe heute morgen etwas davon gehört, welche Szene sich dort abgespielt hat. Ich selbst kann mich nicht darauf besinnen. Sie haben mich also hineingeführt?«

»Nehmen Sie Ihre Hand weg, Sie Schwein!«

Marjorie schrie auf, aber die Peitsche traf nicht. Pretoria-Smith hatte Kelman am Handgelenk gepackt und hielt ihn mit eisernem Griff fest.

»Es gibt gewisse Dinge, die Sie nicht tun dürfen«, sagte er ruhig. »Können Sie schwimmen?«

»Lassen Sie mich los!« schrie Lance und versuchte, sich freizumachen.

»Können Sie schwimmen?« wiederholte Pretoria-Smith. Aber er zog ihn schon vom Pferd, bevor der junge Mann etwas antworten konnte.

Einen Augenblick zappelte Lance in der Luft, dann warf ihn Pretoria-Smith wie einen Stein in einen großen, grünen Teich, der dicht neben der Straße lag. Das Wasser spritzte hoch auf, und die beiden Frauen sahen entsetzt hinüber, als ein angstvoller Schrei ertönte. Aber nach wenigen Sekunden tauchte Kelman in etwas sonderbarer Verfassung wieder auf und kam ans Ufer. »Das werde ich Ihnen heimzahlen, Sie verdammter Hund – Sie Negermörder! Erzählen Sie doch Marjorie, wie viele Leute Sie schon zu Tode gepeitscht haben!«

Pretoria-Smith war bleich geworden, und seine Stimme zitterte.

»Es tut mir leid, daß ich meine Fassung verloren habe«, sagte er leise, als Kelman näher kam. Er sah nicht zu Lady Tynewood auf. »Sie sind in schlechter Gesellschaft, junger Mann.«

»Ich glaube allerdings, daß Sie auf der Höhe sind, wenn es gilt, schlechte Gesellschaft zu beurteilen«, mischte sich Alma nun ein.

Langsam schaute er zu ihr auf.

»Ich freue mich wenigstens, daß ich früher niemals auf Ihren Gesellschaften war, Miss Trebizond«, erwiderte er gelassen.

Sie versuchte zu lächeln, aber dann sah sie Marjorie an und schrak zusammen. In diesem Augenblick erst erkannte sie in ihr die Stenotypistin, die an dem Abend ihrer Hochzeit in ihre Wohnung gekommen war.

21

Es ist alles so verworren und seltsam – einfach entsetzlich, dachte Marjorie, als sie in der kleinen, alten Normannenkapelle des Schlosses Tynewood saß. Sie wartete auf die Ankunft ihres zukünftigen Mannes. Ihre Gedanken beschäftigten sich mit Alma, mit Sir James Tynewood und hauptsächlich mit Pretoria-Smith.

Der Geistliche war schon gekommen und saß mit Lord Wadham in der kleinen Sakristei.

Pretoria-Smith erschien Marjorie nach ihren gestrigen Erlebnissen nicht mehr so abstoßend wie früher. Nach dem Zwischenfall mit Lance Kelman hatte er sie zu ihrer Wohnung begleitet, und seitdem hatte sie ihn nicht mehr gesehen.

Und heute war nun also ihr Hochzeitstag. Sie konnte es selbst kaum glauben. Es erschien ihr alles unwirklich und grotesk. Sie hätte eigentlich lachen können, wenn es nicht so furchtbar gewesen wäre. Ihre Mutter hatte sie begleiten wollen, aber die Gegenwart dieser Frau hätte sie um den letzten Rest ihrer Fassung gebracht. Glücklicherweise war es ihr gelungen, Mrs. Stedman zu Hause zu halten.

Der Pförtner führte sie in der Kapelle umher. Die Wände waren mit Grabsteinen bedeckt, und in den sechs Nischen unter den schönen Fenstern lagen die Tynewoods begraben. Die kleine Kirche machte großen Eindruck auf Marjorie, obwohl es ihr sonderbar genug vorkam, daß sie an ihrem Hochzeitstag Grabsteine betrachten sollte.

Plötzlich blieb sie stehen und wäre beinahe umgesunken, als sie einen Namen las.

NORMAN GARRICK

stand auf der schlichten Platte. Kein Datum, keine weiteren Einzelheiten.

Norman Garrick! Mr. Vance hatte ihr gesagt, daß das der eigentliche Name von Pretoria-Smith sein sollte. Schon damals ahnte sie, daß der Rechtsanwalt sie belog, aber jetzt erst hatte sie den vollen Beweis dafür. Warum hatte Mr. Vance sie getäuscht? Er war doch sonst so freundlich und aufrichtig zu ihr gewesen.

Ihr Führer schien ihre Aufregung nicht zu bemerken, und sie machte wieder ein interessiertes Gesicht, als ob sie seinen Worten lauschte. Er zeigte ihr das Familienwappen, das in einen Pfeiler eingraviert war. Ein Tynewood hatte es in den Tagen König Karls eingekratzt, als er in dieser Kapelle gefangensaß.

Lord Wadham kam aus der Sakristei, und der Geistliche folgte ihm in seiner Amtstracht. Marjorie war froh, als sie den Lord sah, denn er gehörte der Wirklichkeit an.

»Jetzt müßte er doch eigentlich kommen«, sagte er und sah auf seine Uhr. »Sie haben einen unpünktlichen Bräutigam, mein liebes Kind. Es ist schon zehn Minuten nach elf.«

Fünfzehn – zwanzig – dreißig Minuten vergingen, und noch immer erschien Pretoria-Smith nicht. Lord Wadham war schon reichlich ungeduldig geworden, als sie schließlich unsichere Schritte in der Vorhalle hörten. Pretoria-Smith wankte herein, blieb einen Augenblick stehen und hielt sich an einem Pfeiler fest. Er war nicht rasiert, und die Haare hingen ihm wirr ins Gesicht. Seine Augen brannten, und Marjorie sah, daß er sich nur mit Mühe aufrecht halten konnte. Langsam kam er das Hauptschiff entlang und trat neben sie. Vor Entsetzen wagte sie kaum zu atmen.

»Der ist schon wieder betrunken«, sagte Lord Wadham und warf dem Geistlichen einen Blick zu. Aber der Pfarrer sah und hörte nur sehr wenig. Er hatte sein Buch aufgeschlagen, und die Trauung begann.

Smith wankte dauernd von einer Seite zur anderen, und Marjorie erschien diese kirchliche Feier wie ein böser Traum. Endlich war die Zeremonie vorüber, und Marjorie wußte, daß sie nun Mrs. Pretoria-Smith war, die Frau eines Mannes, der sich den Namen eines Toten zugelegt hatte. Mit Grauen dachte sie daran, daß die Gebeine Norman Garricks unter ihren Füßen moderten.

Nachdem der Pfarrer den Segen gesprochen hatte, berührte Wadham Pretoria-Smith an der Schulter.

»Stehen Sie auf«, sagte er.

Aber Pretoria-Smith war auf die Seite gefallen, und als sich der Lord über ihn neigte, war er eingeschlafen.

Ein langes, peinliches Schweigen folgte. Schließlich fand Wadham seine Fassung wieder.

»Ich werde das Auto holen«, sagte er so leise wie möglich zu Marjorie.

Sie sah, wie traurig er war, und drückte ihm die Hand.

»Es wartet schon draußen. Vielleicht hilft die Fahrt an der frischen Luft –« Sie unterdrückte ein Schluchzen.

»Wohin fahren Sie?«

»Nach Brightsea, zu einem Landhaus, das ziemlich weit von der Stadt entfernt liegt. Ich bin froh, daß uns dort niemand beobachten kann. Glauben Sie, daß wir ihn in den Wagen schaffen können?«

Mit Hilfe des Chauffeurs und des Pförtners gelang es dem Lord, Pretoria-Smith in die Limousine zu schaffen.

Marjorie sah elend und unglücklich aus, als sie Wadham zum Abschied die Hand reichte.

»Leben Sie wohl, und viel Glück! Es tut mir leid, daß Sie so abfahren müssen – aber ich kann Sie ja nicht aufhalten.«

Sie sagte nichts, als sie in den Wagen stieg, und der Chauffeur schlug die Tür zu.

So fuhr Marjorie Smith in ihre Flitterwochen.

22

Lord Wadham sah dem Auto betrübt nach. Dann gab er dem Pförtner ein reichliches Trinkgeld und ging langsam den Fahrweg hinunter, bis er zu den großen Toren kam. Der Pförtner war ihm gefolgt, und da Wadham das Bedürfnis hatte, mit einem Menschen zu reden, drehte er sich noch einmal um.

»Haben Sie eigentlich etwas Neues von Ihrem Herrn gehört, Hill?«

»Nein, Mylord. Aber eines Tages wird er zurückkommen.«

»Es ist alles so traurig, Hill«, sagte der Lord laut.

»Ja, Mylord, es war eine schreckliche Sache. Und nur die Leute, die die Wahrheit wirklich wissen, können beurteilen, wie traurig es ist.«

»Sind Sie denn eingeweiht, Hill?«

»Nein, Mylord«, erwiderte der Mann und starrte ins Leere.

»Ich glaube, Sie sind ein verdammter Lügner«, entgegnete der Lord gutmütig. »Aber wenn Sie die Geheimnisse Ihres Herrn hüten, wird es Ihnen gut gehen. Ich wünschte nur, ich hätte solche Leute wie Sie. Was ist eigentlich aus dem Bruder von Sir James geworden?«

»Sie meinen den Halbbruder, Mylord?«

»Ja, ja, natürlich, den meine ich. Er war doch auch ein hübscher Junge.«

»Er ist vor einigen Jahren an Typhus gestorben.«

»Wie lange ist das denn her?«

»Ich weiß es nicht genau. Es muß aber um die Zeit gewesen sein, als sich Sir James in London verheiratete. Ob es vorher oder nachher war, weiß ich wirklich nicht mehr genau. Doktor Fordham hat ihn gepflegt. Das war ein guter Freund von Sir James, der ihn gewöhnlich auf seinen Auslandsreisen begleitete.«

»Fordham?« Der Lord runzelte die Stirne. »Ich kann mich gar nicht auf ihn besinnen.«

»Er stammt nicht aus der Gegend hier. Ich glaube, er war aus Irland. Und soviel ich gehört habe, ist er auch schon tot.«

Lord Wadham schaute vor sich hin.

»Kommt Lady Tynewood oft hierher?«

Hill unterdrückte ein Lachen.

»Ja, Mylady kommt manchmal hierher, aber ich lasse sie nicht in den Park.«

»Den Auftrag haben Sie also immer noch?«

»Sehen Sie, Mylady ist dort drüben.« Der Pförtner deutete mit dem Kopf nach der anderen Seite der Straße. »Sie wartet schon, seitdem die Hochzeit in Gang ist.«

Aus einer Seitenstraße schaute tatsächlich ein Teil ihre eleganten, schwarzen Autos hervor.

Alma war eine kluge Frau, die manche Dinge intuitiv vorausahnte. Lord Wadham glaubte, daß sie nur als neugierige Zuschauerin erschienen sei, aber er täuschte sich. Er selbst stand im Mittelpunkt ihres Interesses, da sie seine ungewöhnlich laute und weittragende Stimme kannte. Ebenso wußte sie, daß er sich gern mit dem alten Pförtner unterhielt. Sollte er also mit dem Mann sprechen, so konnte sie von ihrem Wagen aus die Unterhaltung belauschen. Und sie machte an diesem Tag eine sehr wichtige Entdeckung, wichtiger, als sich Lord Wadham jemals träumen ließ. Zum erstenmal hörte sie davon, daß Sir James einen Bruder gehabt hatte, der gestorben war. Der Name Dr. Fordham gab ihr einen anderen Anhaltspunkt. Er war ein Freund von Sir James, also wahrscheinlich auch der ganzen Familie.

Lord Wadham mußte noch ein Stück gehen, bis er zu seinem eigenen Auto kam, das etwas weiter unten auf der Straße hielt. Er war ängstlich bemüht, eine Begegnung mit Lady Tynewood zu vermeiden, aber sie war anderer Ansicht und stellte sich ihm direkt in den Weg.

»Guten Morgen, Lord Wadham«, sagte sie liebenswürdig, als er den Hut abnahm.

»Guten Morgen. Waren Sie auch bei der Trauung?« fragte er nicht ohne Schadenfreude.

Sie lächelte.

»Leider läßt man mich nicht in mein eigenes Haus ein. Aber ich habe die Hochzeitsgesellschaft gesehen. Mr. Pretoria-Smith schien nicht – ganz wohl gewesen zu sein. Hatten Sie nicht auch den Eindruck?«

»Ja, er ist wirklich sehr krank. Aber sonst ist mir nichts Besonderes an ihm aufgefallen.«

Ihr zynisches Lächeln ärgerte ihn, und er wandte sich zum Gehen. Aber sie hielt ihn zurück.

»Sind Sie ein Freund von Miss Stedman?«

»Gewiß, ich bin ein Freund von Mrs. Smith«, erwiderte er mit Nachdruck.

»Nennen Sie sie, wie Sie wollen. Ich kann mich noch ganz gut auf sie besinnen, wie sie noch ein Botenmädchen bei einem Rechtsanwalt in London war. Aber da Sie ihr Freund sind, werden Sie ja froh sein, wenn sie sich möglichst bald wieder von diesem schrecklichen Menschen scheiden läßt. Wenn sich der Dienstbotenklatsch bewahrheiten sollte –«

Er schaute sie an und lächelte sonderbar.

»Ehen lassen sich nicht so leicht scheiden, wie Sie vielleicht auch schon erfahren haben, Lady Tynewood.«

Sie sah ihm verblüfft nach und ging schließlich zu ihrem Wagen zurück. Mr. Javot saß gelangweilt am Steuer.

»Ich möchte nur wissen, was er damit sagen wollte.«

»Zerbrich dir doch nicht den Kopf darüber. Das ist doch alles so gleichgültig«, entgegnete Javot ärgerlich. »Willst du mich vielleicht den ganzen Tag hier auf der Straße warten lassen?«

»Ehen lassen sich nicht so leicht scheiden«, wiederholte sie nachdenklich.

»Bist du etwa anderer Meinung?« fragte Javot und lachte laut.

23

Marjorie sank in eine Ecke des Wagens und wagte nicht, den Mann anzusehen, den sie unter so merkwürdigen Umständen geheiratet hatte. Erst als sie die Parktore passiert hatten und ins freie Land kamen, sah sie sich um. Pretoria-Smith schlief und atmete schwer. Seine Hände, die in seinem Schoß lagen, zuckten nervös.

»Womöglich erstickt er noch«, dachte sie und löste den weichen Kragen seines Oberhemdes, den er nicht wie gewöhnlich offen, sondern geschlossen trug. Dabei streifte sein Atem ihre Wange, und sie schaute Smith erstaunt an. Auf jener fürchterlichen Gesellschaft bei Lady Tynewood war sie von einem betrunkenen Mann geküßt worden, und der entsetzliche Alkoholgeruch war ihr noch verhaßt. Aber sie konnte ihn hier nicht feststellen. Sie überlegte, was sie tun konnte. Vielleicht hatte er irgendein Mittel bei sich, das ihn wieder nüchtern machte. Sie hatte schon von solchen Dingen gehört. Zuerst zögerte sie, aber dann faßte sie Mut und durchsuchte seine Westentaschen. Sie fand eine Taschenuhr, die anscheinend in der vergangenen Nacht stehengeblieben war, und ein flaches, schwarzes Kästchen. Sie nahm es heraus und öffnete den Deckel. Aber sie erschrak heftig, als sie eine Spritze darin liegen sah, wie sie Morphiumsüchtige gebrauchen. Das war also die Ursache! Sie betrachtete das Instrument genauer. Es war vollständig neu, und zu ihrem größten Erstaunen entdeckte Marjorie den Namen des Apothekers aus Tynewood darauf.

Eine Anzahl Tabletten in einer kleinen Glasröhre waren beigefügt.

»Chinin«, las sie und schüttelte den Kopf. Man verwendete doch Chinin weder als Beruhigungs- noch als Betäubungsmittel.

Sie steckte die Schachtel in ihre Handtasche und betrachtete ihn einige Zeit. Schließlich war es ja gleichgültig, ob sie mit einem Trinker oder mit einem Morphiumsüchtigen verheiratet war. Verzweifelt dachte sie an die Zukunft.

Der Wagen fuhr mit großer Geschwindigkeit. Die Fahrt ging über Hügel und durch Täler, an Waldungen vorbei und durch landwirtschaftliche Gegenden, aber Marjorie hatte keinen Sinn für die Schönheit der Natur. Der Sonnenschein lockte sie nicht, und sie schaute nicht zum blauen Himmel empor. Nur der Wind streifte ihre heißen Wangen durch die offenen Fenster.

Endlich hielt der Chauffeur am Rand einer großen Wiese und stieg aus.

»Haben Sie etwas zu essen mitgenommen, Madam?« fragte er. »Oder soll ich bei einem Gasthaus halten? Wir kommen gleich durch eine Stadt.« Bei diesen Worten warf er einen vielsagenden Blick auf den schlafenden Mann.

»Danke, wir wollen nicht bei einem Gasthaus halten. Aber vielleicht nehmen Sie den Proviantkoffer herunter. Er ist hinten festgeschnallt.«

»Entschuldigen Sie noch eine Frage. Hat der Herr nicht seine Kleider vergessen? Ich habe keinen Koffer von ihm bekommen.«

Sie sah sich bestürzt um. Pretoria-Smith hatte tatsächlich kein Gepäck bei sich.

»Die Koffer kommen mit dem Zug nach«, erwiderte sie

schnell. Sie hatte sich jetzt schon daran gewöhnt, für ihn zu lügen und zu schwindeln. »Ach, öffnen Sie doch die Tasche und reichen Sie mir ein paar belegte Brötchen – auch die Thermosflasche mit Kaffee.« Sie schaute wieder zweifelnd zu ihrem Mann hinüber. »Glauben Sie, daß ich ihn aufwecken könnte?«

»Ich werde es versuchen, wenn es Ihnen recht ist«, sagte er und rüttelte Pretoria-Smith wach.

Smith sah zuerst auf den Chauffeur, dann auf Marjorie und faßte mechanisch nach seiner Westentasche.

»Hallo, was ist denn geschehen?« fragte er.

Er betrachtete Marjorie lange Zeit, und plötzlich schien er sich seiner Lage bewußt zu werden.

»Ach so, wir haben uns trauen lassen! Es fällt mit wieder ein. Wo sind wir denn jetzt?«

»Möchtest du Kaffee haben?« fragte sie. »Ich glaube, du fühlst dich – nicht ganz wohl.«

»Kaffee? Das ist ausgezeichnet. Ich fürchte, du hast mich heute morgen wieder für einen unausstehlichen Menschen gehalten, aber –«, er tastete wieder mit der Hand nach seiner Tasche – »ich konnte mein Mittel nicht nehmen, und da ist mir schwach geworden.«

Er trank den Kaffee begierig und schien sich zu erholen. Dann fuhr er mit der Hand über sein unrasiertes Gesicht.

»Ich möchte ein wenig auf und ab gehen, ich bin ganz steif geworden durch das lange Sitzen im Wagen.«

Er ging die Straße entlang, und als er zurückkam, machte er einen fast normalen Eindruck.

»Ich weiß kaum, was ich sagen soll, damit du mir verzeihst«, begann er. »Aber gestern abend –«

»Bitte sprich nicht darüber«, unterbrach sie ihn. »Es ist wirklich nicht nötig, daß ich es erfahre.«

Er sah sie merkwürdig an und lachte.

»Nun gut, dann wollen wir die Sache vorläufig auf sich beruhen lassen.«

Er gefiel ihr eigentlich, wenn er lachte. Seine Züge veränderten sich dann und wurden ihr sympathisch. Sie reichte ihm einige Brote, aber er dankte.

»Ich kann nicht essen«, sagte er und schauderte zusammen. »Vielleicht später. Wann kommen wir in Brightsea an? Wir sind doch auf dem Weg dorthin?«

»Wir haben noch etwas über eine Stunde Fahrt«, sagte der Chauffeur.

Smith sah auf die Uhr.

»Sie ist stehengeblieben«, meinte er, als er sie ans Ohr hielt. »Wie spät ist es jetzt?«

»Zwei«, erwiderte der Mann, und Pretoria-Smith schien zufrieden zu sein.

Bald darauf setzte sich der Wagen wieder in Bewegung, und nun unterhielt sich Smith mit Marjorie, obwohl er immer wieder wegen seines ungepflegten Aussehens in Verlegenheit kam.

»Wenn wir in das Haus kommen, sind wahrscheinlich auch meine Anzüge da. Ich habe der Schneiderfirma in London geschrieben, daß meine Sachen direkt nach Brightsea geschickt werden sollen. Du hast doch nichts dagegen?«

»Durchaus nicht. Wir sind doch jetzt verheiratet, und du hast ein Recht, deine Kleider in mein Haus zu schicken«, versuchte sie zu scherzen.

»Wir sind also richtig verheiratet?«

»Aber selbstverständlich.«

Er hörte den bitteren Unterton in ihrer Stimme. Eine Viertelstunde lang schaute er schweigend in die Landschaft hinaus.

»Mir gefällt die Gegend hier sehr gut«, sagte er dann. »Manchmal fällt es mir schwer, daran zu denken, daß ich wieder nach Südafrika gehe.«

»Fährst du dahin zurück?« fragte sie ein wenig enttäuscht. »Ich meine – fahren wir dorthin?«

»Ich gehe nach einer angemessenen Zeit zurück«, sagte er freundlich und doch nachdenklich, als ob er überlegte, wie lange eine angemessene Zeit wohl dauern könnte.

»Liebst du eigentlich Südafrika?«

»In gewisser Weise – ja.«

»Wann – wann kommst du denn von dieser Reise wieder zurück?«

Er lächelte. »Ach, das kann Jahre dauern.«

»Ist das dein Ernst?«

»Natürlich. Südafrika gefällt mir, und ich habe deinen Onkel gern. Er bildet sich natürlich ein, daß er nur noch kurze Zeit zu leben hat, aber das ist Unsinn. Er sieht so gesund und frisch aus wie nur irgend jemand. Übrigens«, sagte er plötzlich, »läßt er dich nicht warten, bis er stirbt. Du hast sofort Anspruch auf Geld, wenn du geheiratet hast.«

»Wie soll ich das verstehen?« fragte sie überrascht.

»Seine Rechtsanwälte in London haben den Auftrag, zweihunderttausend Pfund auf dein Konto einzuzahlen, und zwar an deinem Hochzeitstag. Und ich habe heute morgen in aller Frühe jemanden beauftragt, deinem Onkel ein Telegramm zu schicken, sobald die Trauung vorüber ist.«

»Zweihunderttausend Pfund hat er für mich bestimmt?« fragte sie atemlos.

Er nickte.

»Du hast doch ein Konto bei der Bankfiliale in Tynewood? Dort wird das Geld eingezahlt.«

Marjorie atmete erleichtert auf. Nun konnte ihre Mutter wenigstens die Schulden an Lady Tynewood bezahlen. Sie erzählte ihm jetzt von der Torheit ihrer Mutter.

»Du bist ja nun mit mir verheiratet und mußt schließlich auch diese Dinge wissen. Meine Mutter hat leider viele Schulden, aber erst in der letzten Zeit hat sie gespielt. Es tut mir so leid, denn sie hat wirklich noch nicht viel von ihrem Leben gehabt.«

»Mit wem spielt sie denn? Doch nicht etwa mit Lady Tynewood?«

Sie nickte.

»So?« Er lächelte grimmig.

»Du scheinst Lady Tynewood zu hassen? Du kannst es mir ruhig sagen, denn mir ist sie auch unausstehlich.«

»Was hat sie dir denn getan? In meinem Leben hat sie schon viel Unheil angerichtet, ja sie hat sogar –« Er brach ab, sprach aber nach einer kurzen Pause weiter. »Wenn du mir vertraust, muß ich auch dir vertrauen. Sie hat einen guten Freund von mir ruiniert.«

Sie sah schnell zu ihm auf.

»War sie mit ihm verheiratet?«

»Ja, er war ihr Mann. Kennst du die Geschichte von Sir James Tynewood?«

»Sie ist doch sehr traurig?«

»Ich weiß nicht, ob man sie traurig oder wahnsinnig nennen soll. Ich kenne alle Einzelheiten, und an einem der nächsten Tage will ich sie dir erzählen. Lady Tynewood wird ihre Handlungsweise noch einmal sehr bereuen.«

Sein Ton klang so drohend, daß Marjorie ihn befremdet betrachtete.

24

Das kleine Haus lag am Abhang eines Hügels, und der Garten war von einem neuen, hübschen Zaun eingefaßt. Überall blühten die Kletterrosen.

Als die beiden ankamen, fanden sie den Teetisch gedeckt. Die alte Haushälterin bediente sie.

Der Nachmittag verging erträglich. Marjorie hatte viel Zeit nachzudenken, denn Pretoria-Smith sprach nur wenig und schien in Gedanken versunken zu sein. Eine Weile wanderte er ruhelos im Garten umher. Man hatte von dort aus einen schönen Blick auf das Meer. Später aßen sie zusammen Abendbrot, aber er blieb immer noch einsilbig. Marjorie wurde die Situation mit der Zeit unangenehm, und als die alte Haushälterin fragte, ob sie fortgehen dürfte, lehnte sie entsetzt ab. Die Frau wollte den Abend zu Hause mit ihrem Sohn verbringen, der bei der Marine diente und auf Urlaub war.

»Nein, nein, Sie können nicht gehen, Mrs. Parr. Sie müssen hier bleiben«, sagte sie verstört.

Pretoria-Smith sah erstaunt auf.

»Aber Marjorie, warum soll sie denn nicht gehen? Wenn ihr Sohn auf Urlaub ist, möchte sie doch gern mit ihm zusammen sein. Die Leute bekommen wenig Urlaub in letzter Zeit.«

»Aber ich kann doch nicht allein hier im Haus bleiben«, erwiderte die junge Frau, die dem Weinen nahe war. »Ich kann kein Feuer anmachen und weiß auch sonst nicht Bescheid.«

»Du brauchst doch auch kein Feuer anzumachen, höchstens in der Küche. Und wenn du es nicht kannst, koche ich morgen früh selbst den Tee.«

»Nein, Sie können nicht gehen, Mrs. Parr. Ich brauche Sie. Ich fühle mich nicht recht wohl, und mein Mann war heute auch krank.«

Die Frau sah ratlos und enttäuscht von einem zum andern. Als sie wieder in die Küche ging, folgte ihr Pretoria-Smith.

Fünf Minuten später kam er wieder, und gleich darauf brachte Mrs. Parr den Kaffee, servierte ihn und verschwand.

Sie sprachen noch über gleichgültige Dinge, dann hörte Marjorie plötzlich, daß die Hintertür zugemacht wurde.

»Was hat denn das zu bedeuten?«

»Mrs. Parr ist nach Hause gegangen, um ihren Sohn zu sehen«, entgegnete er kühl. »Es ist doch kindisch, daß du dich so fürchtest, Marjorie. Die arme Frau hat wirklich Sehnsucht nach ihrem Jungen.«

Sie wußte nicht, was sie darauf antworten sollte.

»Schon gut«, sagte sie endlich und versuchte, ihre Angst zu meistern. Sie hatte sowieso noch etwas mit ihm zu besprechen, und plötzlich fühlte sie sich sicherer.

»Ich hörte, daß du Mrs. Parr heute nachmittag den Auftrag gabst, eine Flasche Whisky in dein Zimmer zu stellen.«

Er nickte und sah sie ernst an.

»Ich wünschte aber – ich möchte, daß du das nicht tust«, entgegnete sie ebenso ernst.

Er runzelte die Stirn.

»Es tut mir sehr leid, daß du das nicht haben willst. Und wenn es dir lieber ist, kannst du die Flasche ruhig in dein Zimmer mitnehmen.«

»Ich wäre dann viel ruhiger. Du hältst mich wohl für pedantisch?«

Er lachte.

Zwei Stunden blieben sie noch zusammen, und sie versuchte krampfhaft, sich mit ihm zu unterhalten. Sie sprach über alle möglichen Dinge, um nicht an die eine große Tatsache denken zu müssen, die alles andere in den Schatten stellte. Seit zehn Stunden war sie nun mit diesem Mann verheiratet!

Um halb elf erhob sie sich.

»Ich gehe jetzt zu Bett«, sagte sie, wandte sich ohne ein weiteres Wort um und verließ den Raum.

Als sie in ihrem Schlafzimmer war, machte sie die Tür zu und fühlte nach dem Schlüssel, aber es war keiner vorhanden. Dann erinnerte sie sich, daß ihre Mutter aus Angst vor Feuersgefahr niemals einen Schlüssel in einer Tür duldete. Sie suchte erregt in ihrem Gepäck nach ihrem Schlüsselring, aber keiner paßte. Verzweifelt sank sie auf das Bett und starrte vor sich hin.

Sie war sehr müde. Die Ereignisse des Tages hatten sie doch mehr angegriffen, als sie gedacht hatte. Aber sie konnte nicht schlafen. Sie lag auf der Seite und lauschte angestrengt. Plötzlich hörte sie Schritte auf der Treppe und hielt den Atem an. Pretoria-Smith ging vorüber und schloß seine Tür leise.

Sie wartete eine halbe Stunde, eine ganze Stunde, aber sie hörte keinen Laut mehr. Als die Uhr auf dem Kirchturm in Brightsea eins schlug, schlief Marjorie endlich ein.

Aber plötzlich fuhr sie entsetzt auf, strich sich das Haar aus Stirn und Gesicht und richtete sich auf. Sie hatte ein Geräusch gehört und wußte nicht, was es zu bedeuten hatte. Ihr Herz klopfte zum Zerspringen. Jetzt vernahm sie es ganz deutlich – auf dem Gang draußen krachte eine Diele. Sie konnte hören, wie schwer Pretoria-Smith atmete, und verstört beobachtete sie, wie sich die Klinke langsam nach unten senkte. Das Licht in ihrem Zimmer brannte noch. Die Tür öffnete sich leise und vorsichtig, als ob der Eindringling fürchtete, sie aufzuwecken. Pretoria-Smith kam herein. Er trug einen Schlafanzug und schwankte von einer Seite auf die andere.

Er sah zu dem Bett hinüber und hob den Blick langsam, bis er in Marjories bleiches Gesicht schaute.

»Was willst du denn?« brachte sie mühsam hervor.

»Ich möchte den Whisky haben«, erwiderte er mit belegter Stimme.

»Nein, nein, das gibt es nicht«, sagte sie und versuchte, einen scherzenden Ton anzuschlagen. »Du darfst nicht mehr trinken, wirklich, das mußt du nicht tun. Du hast gestern schon soviel getrunken, und wir haben doch abgemacht, daß die Flasche in meinem Zimmer bleiben soll.«

»Aber ich muß den Whisky haben«, entgegnete er müde. »Die Flasche ist hier – ich habe sie selbst hergebracht.«

Sie sah nach dem Waschtisch hinüber und entdeckte tatsächlich die Flasche.

»Es ist das einzige Mittel, das mir helfen kann«, sagte er halblaut.

Er schwankte und wäre gefallen, wenn er sich nicht an der Ecke des Bettes festgehalten hätte. Im gleichen Augenblick schlüpfte sie auf der anderen Seite hinaus und warf ihren Morgenrock um.

»Ich will dir die Flasche bringen. Aber bitte geh jetzt, ich komme dann in dein Zimmer.«

»Es ist das einzige, was mir hilft«, wiederholte er leise und zog sich höher, bis er ausgestreckt auf dem Bett lag. »Ach, mein Kopf – diese entsetzlichen Schmerzen!«

Sie sah ihn bestürzt an.

»Bist du krank?« fragte sie besorgt.

Er nickte.

»Mutter hat hier in der Hausapotheke verschiedene Medikamente.«

Sie ging rasch durchs Zimmer zu dem kleinen Wandschrank und öffnete ihn mit zitternden Fingern.

»Trinken darfst du nichts mehr. Was willst du denn haben?«

»Hast du etwas Chinin?« fragte er schwach.

Sie nahm ein Glas mit weißlichen Tabletten heraus und brachte sie ihm.

»Hier, bitte.«

»Gott sei Dank«, sagte er und griff hastig danach.

»Aber du darfst nicht trinken«, erklärte sie wieder.

»Trinken?« fragte er müde. »Ich habe seit acht Jahren nichts getrunken.«

Sie konnte ihren Ohren kaum trauen.

»Aber du warst doch betrunken, als du damals in den Saal kamst.«

»Betrunken?« wiederholte er und lächelte leicht. Dann schüttete er drei Tabletten in die Hand, legte den Kopf zurück und schluckte sie hinunter. »Bringe mir doch bitte etwas Wasser.«

Sie reichte ihm das Glas vom Nachttisch. Er trank begierig.

»Glaube mir, ich habe seit acht Jahren nichts getrunken. Denkst du wirklich, daß ich an dem Abend betrunken war, Marjorie? Frage doch den Prinzen selbst. Hast du nicht gehört, wie wir beide uns in Suaheli unterhielten? Wir sind alte Kameraden von den Jagdzügen in Südafrika her. Deshalb war er auch so nett zu mir. Ich hatte einen schweren Anfall von Malaria damals. Ich bin fieberkrank, seitdem ich nach England zurückkehrte. Zu dieser Jahreszeit leide ich immer darunter.«

»Malaria!« flüsterte sie, als sie den Zusammenhang plötzlich verstand. »Dann warst du auch während der Trauung nicht betrunken?«

Er lächelte wieder.

»Das hat mir gutgetan.« Er fuhr mit der Hand über die Stirne. »Die Kopfschmerzen sind schon fast weg. Du glaubst, ich wäre an unserem Hochzeitstag betrunken gewesen? Mein Gott, ich habe eine gefährliche Dosis Chinin genommen, um überhaupt für die Feier auf die Beine zu kommen. Fühle doch einmal meine Hand.«

Sie nahm sie in die ihre und hätte beinahe aufgeschrien, denn sie brannte wie Feuer.

»Ich habe beinahe vierzig Grad Fieber. Wenn du es messen willst, kannst du dich davon überzeugen«, sagte er schwach. »Könntest du mir nicht etwas heißen Kaffee geben?«

Sie eilte die Treppe hinunter und hatte im Nu ein Feuer in der Küche angemacht. Mit keinem Gedanken dachte sie daran, daß sie am vergangenen Abend erklärt hatte, nichts davon zu verstehen. Gleich darauf brachte sie ihm eine Tasse Kaffee. Er lag noch auf dem Bett, und sie deckte ihn zu.

»Du bleibst hier bis morgen früh«, erklärte sie entschieden. »Das Fieber steckt hoffentlich nicht an?«

»Ebensowenig wie das Trinken.«

Er lächelte sie noch einmal an und schlief dann ein.

Marjorie setzte sich neben das Bett und beobachtete ihn. Allmählich dämmerte der Morgen im Osten. All ihre Zweifel waren nun beseitigt, und ihr letzter Argwohn war verschwunden. In ihrem Innersten hatte sie bisher fest geglaubt, daß Pretoria-Smith der Mörder von Sir James Tynewood war, der unter anderem Namen in der Schloßkapelle begraben lag.

25

»Mein Mann hat sich nun wieder vollständig von dem Anfall erholt. Er hat schwer an Malaria gelitten, seitdem er nach Europa kam, und leider war wohl hauptsächlich mein Verhalten dran schuld, daß man seinen Zustand ganz anders beurteilte und ihn für einen Trinker ansah. Ich habe selbstverständlich an Lord Wadham und auch an den Prinzen geschrieben, um sie über den wahren Grund jenes Vorfalls aufzuklären. Mein Mann möchte im Gasthaus von Tynewood logieren, aber das ist natürlich unmöglich . . .« Hier unterbrach sich Mrs. Stedman mit der Entschuldigung, daß sich der weitere Inhalt des Briefes nicht zum Vorlesen eigne.

Alma Tynewood konnte jedoch sehr gut sehen und entdeckte weiter unten ihren eigenen Namen.

»Ja, das ist alles, meine Liebe«, sagte Mrs. Stedman, faltete das Blatt hastig zusammen und legte es in ihre Schreibmappe.

»Dann kommt das glückliche junge Paar also nach Hause zurück, und er ist kein Trinker? Wenigstens sagt seine liebe Frau so«, erwiderte Alma nachdenklich. »Es ist wirklich rührend.«

»Ich hoffe, mein Kind wird glücklich«, seufzte Mrs. Stedman.

»Glücklich?« fragte Lady Tynewood belustigt und lachte ironisch. »Diese Art Leute kann doch eine Frau nicht glücklich machen! Und ich bin noch gar nicht davon überzeugt, daß Marjorie –« Sie vollendete den Satz nicht. »Nun, das werden wir ja noch alles sehen. Ich möchte gern freundschaftlich mit Ihrer Tochter verkehren, wenn sie mir nur halbwegs entgegenkommt.«

Alma legte jetzt tatsächlich Wert darauf, mit Marjorie gut zu stehen, denn der Reichtum dieser jungen Frau war ein unerschöpfliches Reservoir für sie, wenn Mrs. Stedmans Spielleidenschaft nicht nachließ.

»Marjorie ist ein gutes Mädchen«, sagte die alte Frau.

Lady Tynewood schaute interessiert in ihre Teetasse.

»Ist sie nicht früher einmal in Stellung gewesen?« fragte sie.

Mrs. Stedman erschrak. »O ja«, erwiderte sie zögernd. »Es ging uns nicht immer so gut wie jetzt. Bevor mein Schwager das Geld zurückzahlte, das er früher einmal von meinem Mann geborgt hatte, mußten wir uns sehr einschränken.«

Sie erzählte anderen Leuten mit Vorliebe, daß Mr. Alfred Stedman ihr das Geld nicht schenkte, sondern eine alte Schuld beglich, und daß ihr Mann in vergangenen Zeiten seinem Bruder viel Geld geliehen hatte.

»Ja, Lady Tynewood, wir haben schlechte Zeiten durchgemacht, weil Mr. Stedman das Geld nicht zurückzahlte. Marjorie war eine Zeitlang bei Rechtsanwalt Vance beschäftigt – eine sehr alte, angesehene Firma. Mr. Vance war früher auch der Anwalt meines Mannes, und er kümmerte sich sehr um Marjorie. Natürlich hatte sie eine Sonderstellung und war von der gewöhnlichen Tätigkeit einer Stenotypistin befreit.«

»Zum Beispiel mußte sie keine Botengänge machen«, warf Lady Tynewood dazwischen.

»Um Himmels willen, nein!« sagte Mrs. Stedman entrüstet. »Mr. Vance war sehr traurig, als sie ihm kündigte, aber ich freute mich, daß sie gehen konnte. Denken Sie, zwei Nächte hintereinander kam sie einmal sehr spät nach Hause, war bleich und zitterte am ganzen Körper. Ich glaubte schon, daß ich den Arzt holen müßte. Ganz zuletzt noch wurde sie in einer wichtigen Angelegenheit von Mr. Vance auf das Land geschickt, und als sie heimkam, brach sie vollständig zusammen. Ich kann mich noch gut auf den Abend besinnen. Am selben Tag erhielt ich einen großen Scheck von meinem Schwager.«

»Ach, hat er damals die große Goldmine entdeckt?«

»O nein, meine Liebe, die hat er erst viele Monate später gefunden«, erklärte Mrs. Stedman. »Er hatte erst eine kleine Ader entdeckt, die aber schließlich zu der großen Mine führte.«

Die alte Frau hatte keine Ahnung von Goldminen, aber sie wußte doch so viel, daß sie Lady Tynewood wenigstens das auseinandersetzen konnte.

»Hat Ihnen Ihre Tochter später einmal erzählt, was sie an jenem Abend gesehen hat oder was sie an den beiden Tagen überhaupt erfuhr?« fragte Alma gleichgültig.

»Marjorie sagt mir niemals, was sie erlebt. Sie ist in der Beziehung furchtbar schweigsam.«

Alma dachte schnell nach.

»War Mr. Vance sehr gut mit ihr befreundet?«

»Das kann ich wohl sagen. Sie müssen bedenken, daß sie doch die Tochter eines alten Klienten war.«

»Hat er noch Briefe mit ihr gewechselt, nachdem sie nicht mehr bei ihm tätig war?«

Die alte Frau schaute erstaunt auf.

»Das ist aber eine sonderbare Frage. Warum interessieren Sie sich denn so sehr für diese Einzelheiten?«

Lady Tynewood lachte.

»Ich möchte eben gern wissen, welche Beziehungen zwischen einem Chef und seiner früheren Privatsekretärin bestanden, nachdem sie nicht mehr zusammenarbeiteten.«

»Es ist merkwürdig, daß Sie gerade diese Frage stellen«, sagte Mrs. Stedman langsam. »Ich hatte nämlich immer den Eindruck, daß Mr. Vance und Marjorie ein Geheimnis miteinander haben. Natürlich kam es überhaupt nicht in Frage«, sagte sie mit ehrbarer Miene, »daß sich Mr. Vance in Marjorie verliebt hätte, denn er hat eine Frau und sechs Kinder. Nein, diese Möglichkeit war vollkommen ausgeschlossen.«

Alma hatte eine größere Lebenserfahrung und hielt das durchaus nicht für vollkommen ausgeschlossen. Sie war aber bereit, Mrs. Stedman in diesem besonderen Fall zu glauben.

»Ich weiß, daß Marjorie manchmal sehr bekümmert und aufgeregt war«, erzählte die alte Frau weiter. »Als ich einmal eine ganz harmlose Bemerkung machte, wurde sie plötzlich kreidebleich.«

»Was für eine harmlose Bemerkung war denn das?«

»Lassen Sie mich einmal nachdenken.« Mrs. Stedman runzelte die Stirn. »Ja, jetzt fällt es mir wieder ein. Ich erwähnte nur, daß die frühere Wirtschafterin von Doktor Fordham am anderen Ende des Dorfes ein Haus gemietet hat.«

»Wer ist Doktor Fordham?«

»Ich kenne ihn überhaupt nicht, aber er muß vor einiger Zeit hier im Ort gewohnt haben. Nach seinem Tod ist seine Haushälterin hier geblieben. Ich glaube, Sir James hat ihr das Haus überlassen. Aber Sie müßten doch eigentlich etwas von der Sache wissen.«

»Ich weiß nicht das geringste davon. Aber wo liegt denn dieses Haus? Wohnt die Frau jetzt auch noch dort?«

Mrs. Stedman nickte.

»Ich fragte Marjorie, warum sie sich so sehr für Doktor Fordham interessierte, aber sie ging überhaupt nicht darauf ein, sondern sprach sofort von anderen Dingen.«

»Wie heißt die Haushälterin von Doktor Fordham?«

»Es ist eine gewisse Mrs. Smith«, sagte die alte Frau ungeduldig. »Aber heute sind Sie furchtbar neugierig. Diese Wirtschafterin kann Sie doch unmöglich interessieren. Ach so«, entschuldigte sie sich dann plötzlich, »das Haus gehört ja Sir James. Jetzt verstehe ich –«

Lady Tynewood erhob sich und verabschiedete sich bald darauf.

Sie fand Mr. Javot bei einem Spaziergang im Garten und erzählte ihm kurz, was sie von Mrs. Stedman erfahren hatte.

»Kümmere dich lieber nicht darum«, warnte er.

»Bist du verrückt?« fragte sie ärgerlich. »Siehst du denn nicht ein, was es für mich und für dich bedeutet, wenn James tot ist?«

Er kratzte sich das Kinn.

»Ich sehe eine Menge unangenehmer Folgen, die deine alberne Neugierde haben kann. Du scheinst überhaupt nicht mehr klar denken zu können.«

Sie hatte sich auf eine Gartenbank gesetzt. »Wenn James tot ist«, sagte sie langsam, »gehört alles mir, das Schloß und die vielen Güter. Und wenn er so starb, wie ich annehme, soll dieser gemeine Pretoria-Smith seiner Strafe nicht entgehen.«

»Kümmere dich bloß nicht um diese Dinge«, wiederholte der friedliebende Javot. »Du hast hier einen schönen Wohnsitz und ein bequemes Leben. Du brauchst doch nur Ruhe zu halten und dich deines Daseins zu freuen.«

»Nennst du das hier vielleicht ein Leben?« fuhr sie ihn wütend an. »Ich bin hier für die ganze Welt begraben und sitze in einem kleinen Nest auf dem Lande, wo ich Schweine und Enten großziehen kann! Ich habe den Aufenthalt hier gründlich satt, Javot. Ich will nach London zurück, aber dazu brauche ich viel Geld. Ich muß ein Haus in der Stadt haben und mehrere Autos. Außerdem möchte ich große Gesellschaften geben wie früher.«

»Du kannst doch jetzt schon wieder hingehen und dir dort eine kleine Wohnung mieten –«

»Was, eine kleine Wohnung?« brauste sie auf. »Meinst du, ich würde mich vor meinen Freundinnen blamieren, vor Mollie Sinclair und Millie Vane? Ich möchte ihre Gesichter sehen, wenn ich nach London zurückkäme und nicht standesgemäß auftreten könnte! Glaubst du, ich bleibe in diesem elenden Dorf, weil mir das Landleben Spaß macht? Nein, ich halte es nur aus, weil ich in London nicht repräsentieren kann, wie ich es als Lady Tynewood tun müßte. Weil ich nicht das Geld habe, das mir zusteht! Vor ein paar Tagen habe ich noch einen Brief von Mollie erhalten. Sie fragt mich, warum ich sie nicht einmal nach Schloß Tynewood einlade. Natürlich ahnt sie nicht, wie die Verhältnisse in Wirklichkeit liegen. Nein, ohne Geld gehe ich auf keinen Fall nach London zurück. Ich bin doch keine Idiotin!«

»Wenn du dich nicht ruhig verhältst, wirst du dich auch noch in Tynewood unmöglich machen.«

Sie sprang empört auf und ging fort.

Er lächelte und nahm ein welkes Blatt von einer Rose ab.

»Ja, so ist das Leben«, sagte er und gähnte.

26

Die Rückreise von der See war viel angenehmer und interessanter für Marjorie als die Hinfahrt. Pretoria-Smith war jetzt gut gekleidet und sah gepflegt aus.

Marjorie Smith war nicht gerade sehr glücklich, aber sie hatte ihre Ruhe wiedererlangt. Sie vertraute ihrem Mann, und sie glaubte ihm, und Glauben und Vertrauen sind der beste Ersatz für Liebe zwischen Eheleuten.

»Ich bin so froh, daß du nun bei uns im Hause wohnen willst«, sagte sie plötzlich nach einem längeren Schweigen. »Mit der Mutter kann man ja manchmal schwer fertig werden. Aber im Grunde ihres Herzens ist sie eine wirklich gute Frau, wenn sie auch ab und zu eine taktlose Bemerkung macht.«

»Ja, ich weiß es.«

»Und dann verkehrt bei uns diese Lady Tynewood. Sie besucht die Mutter fast jeden Tag. Hoffentlich stört sie dich nicht.« Es war Marjorie peinlich, daß sie das erwähnen mußte.

Er lächelte leicht.

»Es tut mir leid, daß ich mich an dem Vormittag damals nicht beherrschte und so heftig gegen sie wurde. Aber gerade an dem Morgen hatte ich entsetzliche Kopfschmerzen. Ich habe mich übrigens bei Lady Tynewood schriftlich entschuldigt.«

»Du hast ihr geschrieben?« fragte sie erstaunt und legte die Hand auf die seine. »Das war sehr lieb von dir. Ich kann diese Frau ebensowenig leiden wie du, aber meine Mutter betrachtet sie als Freundin, weil sie sonst nur wenig Bekannte hat.«

»Ich verspreche dir, daß ich Lady Tynewood gegenüber sehr höflich sein werde«, erklärte er mit Nachdruck.

Schließlich hielt der Wagen vor dem Haus von Mrs. Stedman. Marjories Mutter empfing das junge Paar mit Wohlwollen.

»Ich habe eure Zimmer richten lassen. Es wäre doch zu schrecklich gewesen, wenn Mr. Smith in dem kleinen Fremdenzimmer auf der anderen Seite des Hauses hätte wohnen sollen.« Sie klopfte ihrer Tochter freundlich auf die Wange. »Ich habe

Mr. Smith deshalb mein Zimmer gegeben. Es hat außerdem den Vorteil, daß es direkt neben dem deinen liegt.«

»Aber Mutter, du bist doch nicht etwa unseretwegen ausgezogen?« rief Marjorie bestürzt.

»Kein Opfer ist mir zu groß für meine Tochter«, entgegnete Mrs. Stedman lächelnd.

»Du gehst sofort in dein Zimmer zurück«, erklärte die junge Frau entschieden. »Ich kann nicht gestatten, daß du dir Unannehmlichkeiten machst. Mein Mann ist auch mit dem Fremdenzimmer zufrieden.«

»Ich würde am liebsten in dem Raum über dem Stall schlafen, Mrs. Stedman.«

Marjorie sah ihn bittend und schließlich ärgerlich an.

»Mir genügt ein Strohsack oder ein Feldbett in einer Scheune, wo die großen Spinnen und Käfer herumkrabbeln.«

Die alte Frau sah ihn erstaunt an. Pretoria-Smith war doch früher ein so ruhiger, schweigsamer Mann gewesen!

»Ich gehe nicht wieder in mein Zimmer zurück«, sagte sie bestimmt. »Das Fremdenzimmer ist ein wenig feucht – und dein Mann darf nicht darin schlafen.«

»Aber Mutter –«, begann Marjorie.

»Dein Zimmer ist ja allerdings sehr groß, und als ich jung verheiratet war, schliefen Eheleute überhaupt nicht in zwei verschiedenen Zimmern. Ein großes, gemeinsames Schlafzimmer und ein Ankleideraum. Aber heutzutage –«

Smith kam Marjorie zu Hilfe.

»Mrs. Stedman«, sagte er düster, »entweder nehmen Sie Ihr Zimmer wieder und lassen mich im Fremdenzimmer schlafen, oder ich gehe ins Gasthaus. Bedenken Sie aber, was die Leute sagen werden, wenn wir uns nach so kurzer Ehe schon wieder trennen wollen.«

Dieser Grund war ausschlaggebend. Mrs. Stedman war zwar noch nicht ganz zufrieden, aber sie fügte sich doch.

»Du hast mich heute nicht gerade sehr unterstützt«, meinte Marjorie, als sie ihn später allein im Wohnzimmer traf.

»Was, ich hätte dich nicht unterstützt?« fragte er entrüstet. »Wenn ich nicht eingegriffen hätte, wären die Gewohnheiten früherer Zeiten wieder aufgelebt, allerdings ohne Ankleidezimmer.«

»Du bist doch ein merkwürdiger Mann. Aber wir werden ja nicht lange hier sein. Sagtest du nicht etwas davon, daß wir nach London gehen würden?«

»Ja, ich gehe nach London. Ich muß noch viele Einkäufe machen, bevor ich zurückfahre.«

»Zurück – nach Südafrika? Wann willst du denn reisen?«

»Nächsten Sonnabend in einer Woche.«

Beide schwiegen eine Weile.

»Du hast mir aber gar nicht gesagt, daß du schon so bald fahren willst.«

»Diese gute Nachricht habe ich als eine Überraschung für dich aufbewahrt.«

Wieder trat eine längere Pause ein.

»Also, nächsten Sonnabend in einer Woche«, sagte Marjorie halb zu sich selbst. »Wie lange wirst du denn fortbleiben?«

»Es können vier Jahre werden – vielleicht bleibe ich auch für immer dort.«

»Dann muß ich –«, sie vollendete den Satz nicht.

»Du wirst eine liebe, vernünftige Frau sein«, sagte er ruhig, »bis ich deinen Onkel davon überzeugen kann, daß diese ganze Heirat lächerlich und überflüssig war.«

»Und was soll dann werden?«

»Nun, dann kannst du dich von mir scheiden lassen. Es ist mir zwar nicht ganz recht, und es ist auch peinlich, daß du diese Unannehmlichkeit auf dich nehmen mußt, aber wenn ich keinen Einspruch erhebe, bekommst du ein günstiges Urteil, und die Öffentlichkeit erfährt wenig davon.«

»Willst du mir denn Grund zur Ehescheidung geben?«

Er nickte.

»Das ist ja entsetzlich! Aber ich will mich doch gar nicht scheiden lassen, ich wüßte niemanden, den ich heiraten sollte. Aber vielleicht willst du eine andere Frau heiraten?« fragte sie.

»Das ist wohl kaum anzunehmen.«

Sie ging zu der Tür, öffnete sie und trat in den Garten hinaus.

Sie hatte das merkwürdige Gefühl, daß sie etwas verloren

hatte, und versuchte, sich darüber klarzuwerden. Eine Weile sträubte sie sich gegen die Erkenntnis, aber dann gestand sie sich den Grund ein. Sie hatte Pretoria-Smith gern, und er wollte sie verlassen. Er war so freundlich und so liebenswürdig zu ihr gewesen.

Nach einiger Zeit folgte er ihr und ging neben ihr her.

»Vom nächsten Donnerstag ab werde ich dich also nicht wiedersehen, bis du zurückkommst, um mir Lebewohl zu sagen?«

»Ist das denn notwendig?« erwiderte er und steckte sich eine Zigarette an.

»Wenn du nicht gern kommen möchtest, brauchst du es natürlich nicht zu tun. Notwendig ist es nicht, und ich glaube auch, daß du sehr viel zu tun haben wirst.«

»Ich komme, wenn es dir lieb ist.«

Sie erwiderte nichts darauf.

Das Leben hatte plötzlich an Reiz und Farbe für sie verloren.

»Bevor du gehst, muß ich dir aber noch etwas erzählen«, sagte sie.

Er sah sie scharf an. »Hast du einen anderen Mann lieb?«

»Gibt es denn jemanden, den ich lieb habe?« fragte sie ihn.

Er wurde verlegen.

»Das meinte ich auch«, entgegnete er etwas steif. »Wir haben uns niemals Illusionen darüber gemacht, daß wir höchstens gute Freunde sein können. Wir haben uns eben nur geheiratet, um die Laune des alten Stedman zu erfüllen.«

»Setz dich bitte hierher.«

Sie ließen sich auf einer Bank nieder, und Marjorie sprach von Dingen, die sie noch niemandem erzählt hatte.

»Es handelt sich um Sir James Tynewood. Ich weiß, daß er tot ist, und ich weiß auch, daß du bei ihm warst, als er starb.«

27

Pretoria-Smith schwieg eine Weile und steckte sich eine neue Zigarette an. »Sir James Tynewood ist tot«, sagte er dann langsam, »und es stimmt, daß ich davon weiß. Ich kenne auch die Frau, die ihn ums Leben gebracht hat.«

Sie wußte nicht, wie sie nun fortfahren sollte. Er bemerkte es und wandte sich freundlich, ja liebevoll zu ihr.

»Aber ich wollte dich nicht stören. Erzähle mir nur deine Geschichte.«

»Bevor Onkel Stedman uns half, ging es uns schlecht, und ich hatte eine Stellung als Privatsekretärin bei Mr. George Vance. Er war ein Freund meines Vaters und tat viel für mich. Ich hatte alle vertraulichen Angelegenheiten der Firma zu erledigen, und ich empfing auch dich, als du damals von Südafrika zurückkehrtest. Kannst du dich noch auf mich besinnen?«

»O ja, sehr gut.«

»An dem Tag, an dem du zurückkamst, rief er mich zu sich und übergab mir einen Brief, den er selbst geschrieben haben mußte. Er war an Sir James Tynewood adressiert.

›Miss Stedman‹, sagte er, ›ich tue es zwar ungern, aber in diesem Fall bleibt mir nichts anderes übrig. Besorgen Sie diesen Brief persönlich. Sie sind die einzige, auf die ich mich in dieser Angelegenheit verlassen kann.‹ Er erklärte mir auch, daß die Wohnung der Schauspielerin Alma Trebizond gehöre, einer sehr lebenslustigen jungen Dame. ›Sie treffen Sir James dort. Übergeben Sie ihm das Schreiben und bringen Sie mir eine Antwort. Was Sie dort sehen und hören, müssen Sie aber als striktes Geschäftsgeheimnis betrachten.‹

Ich hatte früher noch nie einen solchen Auftrag erhalten und war sehr gespannt, was ich erleben würde. Als ich bei der Wohnung ankam, war es schon dunkel geworden. Schon bevor ich klingelte, konnte ich die lärmende Gesellschaft hören, und es dauerte einige Zeit, bis mir jemand aufmachte. Endlich wurde ich hineingeführt, und Sir James trat auf mich zu.

Ich sagte ihm, daß ich von Rechtsanwalt Vance käme. Er fluchte, als ich ihm den Brief übergab, riß ihn auf und las ihn.

Er hatte zuviel getrunken und brüllte mir schließlich zu, ich könnte Mr. Vance bestellen, daß er sich zum Teufel scheren sollte. Damals sah ich auch Alma Trebizond zum erstenmal.

Als ich zu Mr. Vance zurückkam, berichtete ich ihm alles.«

»Was sagte er denn dazu?«

»Er war sehr aufgeregt und bat mich noch einmal dringend, über alles zu schweigen.«

»Und am selben Abend kam ich noch zum Büro. Was geschah denn am Tage darauf?«

»Am Nachmittag schickte mich Mr. Vance wieder mit einem Brief zu Doktor Fordham. Er war ein Freund von Sir James.«

Sie erzählte ihm nun alle weiteren Einzelheiten ihrer Fahrt bis zu dem dramatischen Ende.

»Es war schon sehr spät, als ich wieder in London ankam«, schloß sie, »aber Mr. Vance erwartete mich noch auf dem Bahnsteig. Als ich ihm alles mitgeteilt hatte, erklärte er entschieden, daß Sir James nicht tot sei. Und dann ersuchte er mich noch einmal, nie mit einem Menschen über die Tragödie zu sprechen. Und ich habe bis heute mein Wort gehalten.«

Pretoria-Smith stand langsam auf, warf die Zigarette fort.

»Du glaubst also, daß ich Sir James umgebracht habe?«

»Nein, jetzt nicht mehr«, erwiderte sie bestimmt. »Als ich natürlich in den Zeitungen las, daß Sir James ins Ausland gegangen und sein jüngerer Bruder an Typhus gestorben sei, wußte ich, daß Doktor Fordham einen falschen Totenschein ausgestellt hatte. Sir James hatte keinen Bruder.«

»Halbbruder. Aber wie hast du dir denn die Vorgänge erklärt?« fragte er. »Welche Lösung hast du gefunden?«

»Keine befriedigende. Vielleicht hat sich Sir James selbst erschossen, und sein Bruder ist ins Ausland gegangen, um den Skandal für die Familie abzuwenden. Man hat dann Sir James unter dem Namen seines Bruders begraben.«

Er überlegte einen Augenblick. »Hast du auch daran gedacht, daß der Bruder jeden Tag auftauchen und das Familienerbe für sich in Anspruch nehmen könnte?«

»Das könnte er doch wohl nicht. Er war nur ein Halbbruder. Ich dachte, die ganze Angelegenheit sollte in Vergessenheit geraten und das Familienerbe mit der Zeit –« Marjorie sprach nicht weiter.

»An Lady Tynewood fallen?« ergänzte er. »Das ist nicht wahrscheinlich. Aber wer ist dieser Halbbruder?«

Sie sah schnell zu ihm auf. »Wenn überhaupt ein Halbbruder lebt, dann bist du es«, sagte sie.

Er nickte. »Du kannst tatsächlich logisch und scharf denken.«

28

Lady Tynewood gehörte zu den ruhelosen, unermüdlichen Naturen, die sich nie mit ihrer Lage zufriedengeben.

An dem Tag, an dem Pretoria-Smith und seine junge Frau zurückkehrten, fuhr sie ins Dorf und besuchte Mrs. Smith, die frühere Haushälterin Dr. Fordhams.

Die alte Frau lebte in einem hübschen Häuschen, das etwas abseits von der Straße lag. Sie saß am Fenster in der Sonne, als Lady Tynewood an die Tür klopfte.

Sie öffnete und machte eine höfliche Verbeugung. Alma beobachtete sie, ob sie Widerwillen oder Feindseligkeiten zeigte, aber die Frau machte einen freundlichen und offenen Eindruck. Dr. Fordham hatte sie also nicht ins Vertrauen gezogen, und sie wußte nichts, was sie gegen diese Frau einnehmen konnte.

Alma ging mit ihr in den gutgehaltenen Garten, der an der Rückseite des Hauses lag, und setzte sich in einen Sessel.

»Ich habe nur selten Besuch, Mylady.«

»Ich wußte gar nicht, daß Sie hier wohnen, Mrs. Smith, sonst hätte ich Sie natürlich längst besucht.«

Alma konnte sehr glatt und gewandt lügen, und Mrs. Smith fand nichts Außergewöhnliches darin, daß die Dame mit Dr. Fordham befreundet war. Sie wußte von seinem Leben ja überhaupt sehr wenig. Vorsichtig lenkte Lady Tynewood die Unterhaltung auf Dr. Fordham, und die alte Frau erzählte gern.

»Das war ein merkwürdiger Mann, sehr still und ruhig. Ich

habe kaum mit ihm gesprochen. Er war ja auch meistens auf weiten Reisen.«

»Hatte er Verwandte?«

»Nein, keinen einzigen.«

»Wer hat denn sein Vermögen geerbt?«

»Er hat nicht viel hinterlassen, Mylady, und das wenige vermachte er mir auf dem Totenbett. Es waren etwa dreihundert Pfund in bar und ein paar Möbel. Das Haus, in dem er wohnte, gehörte ihm nicht. Aber Sir James war so liebenswürdig und schenkte es mir nachher.«

»Doktor Fordham muß ein sehr interessanter Mensch gewesen sein. Hat er auch Bücher geschrieben?«

»Nein. Er hat nur wenige Papiere hinterlassen; sie liegen oben auf dem Boden. Es sind Tagebücher von Reisen und andere Aufzeichnungen, dann noch einige Schriftstücke, wie zum Beispiel seine ärztlichen Diplome und so weiter.«

Alma war enttäuscht. Sie hatte gehofft, die alte Haushälterin würde mehr von ihm wissen und ihr Dinge erzählen können, die das geheimnisvolle Verschwinden von Sir James Tynewood aufklärten.

»Ich habe schon oft gedacht«, fuhr Mrs. Smith fort, »daß ich die Sachen eigentlich dem Rechtsanwalt Vance hätte schicken müssen. Ich nehme mir auch immer wieder vor, sie einzupacken und zur Post zu tragen. Es ist noch nicht so lange her, daß ich sie in einer alten Kiste gefunden habe.«

Alma zögerte und wollte schon fortgehen.

»Die Tagebücher handeln doch vermutlich nur von seinen Reisen im Ausland?«

»Ja, Mylady. Wollen Sie einmal einen Blick hineinwerfen?«

Sie entfernte sich und kam nach einiger Zeit mit einem plüschbezogenen Kasten wieder, den sie auf den Schoß setzte und öffnete. »Sehen Sie, hier ist eins.«

Sie reichte Alma ein umfangreiches Notizbuch.

Lady Tynewood blätterte es durch und sah fremde Namen und Orte, die ihr keinen weiteren Aufschluß geben konnten.

»Dann sind noch die beiden medizinischen Diplome oben«,

erklärte dann Mrs. Smith. »Die sind in lateinischer Sprache verfaßt.«

Alma schüttelte den Kopf. »Sonst ist nichts vorhanden?«

»Nur noch eine Fotografie. Sie ist interessant, weil der Doktor auf die Rückseite geschrieben hat, ›das einzig existierende Bild‹. Ich weiß aber nicht, wen es darstellt.«

Die alte Frau suchte danach und fand sie schließlich.

Alma las zuerst die Schrift auf der Rückseite, wandte sie dann um und fuhr erschrocken zurück, als sie die Gesichtszüge erkannte. »Endlich!« sagte sie laut.

Es war ein Bild von Sir James Tynewood!

29

Mrs. Stedman hatte gesagt, daß sie eine lange Spazierfahrt machen würde, und Marjorie war erstaunt, daß ihre Mutter schon nach kurzer Zeit in schlechter Stimmung zurückkam. Sie selbst saß mit Pretoria-Smith auf dem Rasen und trank Tee.

»Ich dachte nicht, daß du schon so bald wieder hier sein würdest«, sagte sie, während sie sich erhob und der alten Dame einen Stuhl holte.

»Das war auch gar nicht meine Absicht«, erwiderte Mrs. Stedman in weinerlichem Ton. »Ich wünschte nur, daß du mich nicht immer kontrolliertest, als ob ich eine Fabrikarbeiterin wäre. Ich kann es nicht leiden, wenn man mir nachspioniert.«

»Aber warum bist du denn so ärgerlich? Was ist denn geschehen?« fragte Marjorie lächelnd.

»Ich bin absolut nicht ärgerlich«, entgegnete ihre Mutter feindselig. »Wenn ich ein wenig aufgeregt bin, dann hoffe ich doch immer noch so viel Haltung zu besitzen, daß ich es andere Leute nicht merken lasse. Aber Alma ist sehr unvernünftig.«

»Warst du wieder bei den Tynewoods?«

»Ja, ich war bei ihnen«, erklärte Mrs. Stedman trotzig. »Ich gehe dahin, wohin ich will, Marjorie, und ich kann es nicht dulden, daß du mir ständig Vorhaltungen machst, obendrein noch in Gegenwart von Fremden.«

»Ich bin doch eigentlich kein Fremder mehr, Mrs. Stedman«, meinte Pretoria-Smith. »Ich gehöre jetzt auch zur Familie.«

»Ach, verzeihen Sie bitte, Mr. Smith«, erwiderte sie sehr höflich. »Das hätte ich nicht sagen sollen. Sie nehmen ja viel mehr Rücksicht auf mich als Marjorie. Also, ich fuhr zu den Tynewoods, um Alma in einer Privatangelegenheit zu sprechen. Die Sache ist rein geschäftlich und hat gar nichts mit den Dingen zu tun, die Marjorie nicht liebt. Aber Alma war so aufgeregt, wie ich sie noch nie gesehen habe. Sie sagte mir, daß sie heute nachmittag nicht spielen wollte, daß sie eine große Entdeckung gemacht habe, und daß sie und Mr. Javot keine Zeit für mich hätten. Ich muß wirklich sagen, daß sich Alma zum erstenmal unhöflich gegen mich benommen hat.«

Marjorie sagte nichts. Sie wünschte nur, Alma Tynewood möchte sich so häßlich und abstoßend gegen Mrs. Stedman benehmen, daß diese nie wieder zu ihr ginge. Marjorie seufzte.

»Und was hat sie denn entdeckt?« fragte Pretoria-Smith. »Hat sie eine neue Methode gefunden, Farben aus dem Gesicht zu entfernen? Es ist nicht gut möglich, daß es sich um einen neuen Kartenschwindel handelt – zum Beispiel um den Trick, alle Asse zusammenzumischen –, denn Javot hat ihr diese Kunststücke schon vor vielen Jahren beigebracht.«

Mrs. Stedman sah ihn erstaunt an. »Alle Asse zusammenzumischen?« fragte sie ungläubig. »Das wäre doch Betrug!«

»Gewiß. Sogar ein sehr grober Betrug, den man leicht durchschauen könnte.«

»Das kann ich aber nicht von Alma glauben.« Die alte Frau schüttelte den Kopf. »Nein, Sie sind gegen Lady Tynewood voreingenommen, Mr. Smith.«

»Es steht bei Ihnen, es zu glauben oder nicht«, erwiderte er. »Aber wenn Sie wollen, kann ich Ihnen einmal zeigen, wie man das macht. Geben Sie mir Spielkarten, dann werde ich sie so verteilen, daß ich alle Asse und Könige bekomme.«

»Sie können das vielleicht, Mr. Smith«, erwiderte sie gereizt, »aber Alma hat wahrscheinlich nicht solche Übung wie Sie.«

»Mutter!« rief Marjorie vorwurfsvoll.

Pretoria-Smith lachte und sah die alte Frau sonderbar an.

»Warum ziehst du sie eigentlich immer auf?« fragte die junge Frau, nachdem Mrs. Stedman in ihr Zimmer gegangen war.

»Habe ich sie aufgezogen? Das tut mir leid«, sagte er bescheiden, aber er lachte dabei. »Du darfst mir aber glauben, Alma Trebizond ist eine gefährliche Betrügerin.«

»Ich verstehe wohl, warum du das sagst. Aber so schlimm, wie du sie machst, kann sie doch wohl nicht sein.«

»Verlaß dich darauf, daß sie beim Kartenspielen betrügt, wenn du es auch selbst nicht erlebt hast.«

Sie schwieg.

Mrs. Stedman kam nach einiger Zeit etwas freundlicher zurück, aber ihre Gedanken beschäftigten sich immer noch mit Lady Tynewood. »Ich glaube, sie macht viel Lärm um nichts. Es muß allerdings ein großer Schock für sie gewesen sein – nach all diesen Jahren.«

»Was meinen Sie damit?« fragte Pretoria-Smith schnell.

»Sie hat ein Bild ihres Mannes bekommen. Die alte Haushälterin von Doktor Fordham hat es ihr gegeben. Es ist die einzige Fotografie, die Alma überhaupt jemals von ihm gesehen hat.«

Marjorie sah, wie ihr Mann entsetzt war.

»Was will sie denn damit machen?« fragte er heiser.

»Sie will sie in den Zeitungen veröffentlichen«, erklärte Mrs. Stedman. »Sie will eine Annonce einrücken und eine Belohnung für alle Nachrichten aussetzen, die sie über den jetzigen Aufenthalt von Sir James erhalten kann.«

»Das beabsichtigt sie?« fragte er und ging zum Hause, ohne sich zu entschuldigen.

Marjorie und ihre Mutter sahen einander erstaunt an.

Der Tag war allerdings sehr aufregend für Lady Tynewood. Mr. Javot, ihr angeblicher Sekretär, war den Anforderungen nicht gewachsen, die sie an ihn stellte. Er sollte die Texte der Annoncen aufsetzen, und als er darin versagte, übernahm sie diese Arbeit selbst. Sie wollte den Aufruf in allen größeren Zeitungen Londons und in Südafrika veröffentlichen.

Um zehn Uhr erhob sich Mr. Javot und gähnte.

»Ich kann heute nicht mehr arbeiten. Du wirst schon allein fertig werden, Alma.«

Sie nickte, ohne aufzusehen, und schrieb eifrig weiter.

»Das Foto kann ich in mein Zimmer mitnehmen«, meinte er. »Ich stehe morgen früher auf als du und bin dann auch leistungsfähiger.«

Sie zögerte einen Augenblick. »Gut«, erwiderte sie und reichte ihm das Bild über die Schulter.

Er betrachtete es und lachte. »Das Bild eines Idioten. Aber man soll ja nicht schlecht von den Toten sprechen.«

»Glaubst du denn, daß er tot ist?« fragte Alma.

»Ganz bestimmt. Er war kein Charakter, der schweigend leiden konnte und in der Verbannung blieb. Er war ein Schwächling, der sicher nach wenigen Monaten zurückgekommen wäre, um sich bei dir auszuweinen. Außerdem ist er doch das Oberhaupt einer Familie. Nimm einmal an, er hätte sich von seinem Bruder einen Rat geben lassen und wäre unter dessen Einfluß ins Ausland gegangen. Soweit ich Sir James kenne, würde das nicht lange vorgehalten haben.«

Sie runzelte die Stirn. »Da hast du recht, Javot. Manchmal verrätst du tatsächlich etwas Intelligenz.«

»Danke für das Kompliment«, entgegnete er ironisch, »ich werde das Foto unter mein Kissen legen und darauf schlafen.«

Es war halb zwölf, als Lady Tynewood ihre Papiere zusammenlegte und anschließend in ihr Zimmer ging.

Sie war derselben Überzeugung wie Javot, aber dieser Verdacht mußte erst bewiesen werden, bevor sie das Erbe der Tynewoods antreten konnte.

Sie öffnete ihre Schmuckkassette, die auf ihrem Frisiertisch stand, erinnerte sich dann aber daran, daß sie Javot das Bild gegeben hatte. Kurze Zeit später war sie fest eingeschlafen.

Um drei Uhr wachte sie plötzlich auf, lauschte, legte sich dann auf die andere Seite und war eben wieder am Einschlafen, als sie aufs neue durch ein Geräusch aufgestört wurde. Sie setzte sich rasch im Bett auf und knipste den Lichtschalter an.

Der Mann, der neben ihrem Frisiertisch stand, wandte sich schnell um und hielt ihr einen Revolver entgegen.

»Schreien Sie nicht«, sagte er leise.

Sie warf einen Blick auf den Frisiertisch. Ihr Schmuckkasten war geöffnet – sie konnte das rote Futter des Deckels sehen. Der Einbrecher hielt eine kleine Taschenlampe in der Hand.

»Was wollen Sie hier?« fragte sie heiser. »Ich habe kein Geld im Hause, und meine Schmucksachen sind auf der Bank.«

Das Gesicht des Mannes konnte sie nicht sehen, denn die untere Hälfte war von einem rotseidenen Taschentuch bedeckt. Außerdem trug er einen Filzhut und einen langen Regenmantel.

Auf dem Gang kam jemand mit bloßen Füßen näher. Die Tür öffnete sich, und Javot steckte den Kopf herein.

»Sprichst du im Schlaf?« fragte er und schrak dann zusammen, als er den Fremden entdeckte.

»Hände hoch!«

Javot gehorchte sofort.

»Stellen Sie sich an die Wand, damit ich Sie sehen kann.«

Der Eindringling trug die Schmuckkassette zum Bett und suchte in den Papieren, die darin lagen.

»Drehen Sie beide das Gesicht fort. Sie brauchen nicht zu sehen, was ich hier mache.«

Alma hörte, wie ihre Schmuckstücke durcheinandergewühlt wurden und wie die Papiere raschelten. Als kurz darauf eine Tür knarrte, sah sie sich um. Der Mann war verschwunden.

»Laufe ihm sofort nach, Javot«, schrie sie.

»Das kannst du selbst tun, wenn du so begierig danach bist.«

»Du bist ein Feigling!«

»Es ist besser, ein lebendiger Feigling zu sein als ein toter Held.«

Sie legte die Schmuckstücke, die auf der Bettdecke verstreut waren, wieder in die Kassette zurück.

»Er hat nichts mitgenommen – meine Ringe sind alle da –«

Unten wurde leise die Haustür geschlossen.

»So, jetzt ist es Zeit. Jetzt kann ich die Verfolgung aufnehmen«, erklärte Mr. Javot.

Wenige Sekunden später hörte Alma ihn eifrig am Telefon sprechen.

30

In der Nacht schlief Marjorie sehr schlecht. Vielleicht quälte sie der Gedanke an ihren Mann und seine baldige Abreise.

Sie würde dann auch eine Lady Tynewood sein, eine Frau ohne Mann. Noch vor einer Woche hätte sie dieser Gedanke glücklich und zufrieden gemacht, aber heute sah sie nur die Nachteile ihrer Lage und war sehr bedrückt.

Sie schaltete das Licht wieder ein und versuchte zu lesen. Aber immer wieder kehrten ihre Gedanken zu ihren eigenen Sorgen und Nöten zurück. Sollte sie hier immer mit ihrer Mutter weiterleben und nur dem Namen nach mit einem Mann verheiratet sein, der sie nicht zu sehen wünschte?

Auch diese Aussichten erschienen ihr nicht mehr so angenehm wie noch vor zwei Wochen. Sie hatte ihm vorschlagen wollen, ihn nach Südafrika zu begleiten, und sich eingeredet, daß ihr die Reise gut bekommen würde. Außerdem hatte sie auch den Wunsch, fremde Länder kennenzulernen. Sie konnte ja in Kapstadt oder auch in Kimberley bleiben, und sie brauchten nicht viel voneinander zu sehen. Natürlich wollte sie auch Onkel Stedman besuchen, der sie zu dieser merkwürdigen Heirat gezwungen hatte.

Marjorie war ganz tief in Gedanken, als sie plötzlich ein Geräusch im Gang hörte, und ging zur Tür. Sie sah noch gerade, wie Pretoria-Smith in seinem Zimmer verschwand.

Erstaunt sah sie zu seiner Tür hinüber, die am anderen Ende des Korridors lag. Vielleicht konnte er auch nicht schlafen? Sie ging leise den Gang entlang und klopfte an seiner Tür.

»Wer ist da?« hörte sie seine Stimme.

»Marjorie«, entgegnete sie schnell. Sie glaubte ein »Verflucht!« zu hören, aber sie hoffte, daß sie sich getäuscht hatte.

»Oh! Was treibst du denn noch zu so früher Morgenstunde?«

Sie blickte ihn voll Interesse an. »Sonderbare Frage!« erwiderte sie lachend. »Bist du spazierengegangen?«

»Ja, ich war noch ein wenig draußen.«

Sein Regenmantel lag auf dem Bett.

»Ich hoffe, daß du schlafen kannst«, sagte sie etwas verlegen.

»Es sieht nicht so aus. Glaubst du, daß wir deine Mutter stören, wenn wir uns bei dir ein wenig unterhalten?«

»Nein.« Sie freute sich über das Zutrauen, das er zu ihr hatte. »Wir stören sie sicher nicht. Sie hat einen sehr gesunden Schlaf.«

Er ging den Korridor entlang und wunderte sich, daß sie so schnell vorauseilte. Als er in ihr Zimmer trat, sah er, daß sie die Bettdecke glattstrich.

Er schloß die Tür, setzte sich, stand aber sofort wieder auf, weil er ein unangenehmes Gefühl hatte, und steckte die Hand in die Hüfttasche. Zu Marjories Verwunderung zog er einen Revolver heraus und legte ihn neben den Stuhl auf den Teppich.

»Du brauchst keine Angst zu haben, er ist nicht geladen. In diesem Land trage ich niemals Patronen in der Schußwaffe. Hier leben nämlich so viele Leute, denen ich gern das Lebenslicht ausblasen möchte, daß ich dauernd in Versuchung käme, es wirklich zu tun.«

»Aber warum trägst du dann überhaupt eine Waffe bei dir? Hast du etwa einen Einbruch begangen?« scherzte sie.

Als er nickte, sah sie ihn verblüfft an.

»Ja, ich habe mich eben als Amateureinbrecher betätigt«, sagte er ruhig. »Das ist heute nacht schon das zweite Schlafzimmer einer Dame, das ich betrete.«

»Ist das dein Ernst?« fragte sie verwundert.

»Ich habe Lady Tynewood besucht. Ein offenes Geständnis erleichtert das Gewissen. Außerdem kann eine Frau vor Gericht nicht als Zeugin gegen ihren Mann aussagen.«

»Ist das wirklich wahr, was du eben sagtest?«

»Ich lüge niemals, besonders nicht um drei Uhr morgens. Um diese Zeit ist man gewöhnlich sehr korrekt.« Er machte eine Pause. »An einem der nächsten Tage werde ich dir auch erzählen, warum ich hingegangen bin. Der Besuch hat sich gelohnt. Ich habe heute nacht über manches nachgedacht, und auf dem Heimweg ist es mir schwer auf die Seele gefallen, daß ich dir einen sehr schlechten Dienst erwiesen habe, Marjorie.«

»Wieso?«

»Durch diese Heirat. Selbst um dem alten Stedman einen

Wunsch zu erfüllen, hätte ich es nicht tun dürfen. Es muß doch schrecklich für dich sein.«

»Und für dich nicht?«

»Für mich macht es keinen großen Unterschied. Nur schleppe ich die unangenehme Gewißheit herum, daß ich dir wahrscheinlich dein Leben verdorben habe.«

»Darüber brauchst du dir nicht den Kopf zu zerbrechen«, erwiderte sie mit einer Gelassenheit, die in größtem Widerspruch zu ihrer eigentlichen Stimmung stand. »Es hat allerdings manche Unannehmlichkeiten mit sich gebracht, aber es macht auch für mich keinen großen Unterschied. Sicher hätte ich in aller Ruhe in Tynewood weitergelebt, bis ich eine alte Jungfer geworden wäre. Und zu Weihnachten hätte ich gestrickte Röcke und Westen an die Armen verteilt.«

»Das glaube ich nicht! Natürlich wärst du gut und liebevoll zu armen Leuten gewesen, aber eine alte Jungfer wärst du unter keinen Umständen geworden. Aber Marjorie, mache dir keine Sorgen über deine unglückliche Lage, denn vielleicht – vielleicht kommt es nicht zu einer Scheidung.«

»Wie meinst du das?« fragte sie und sah ihn gespannt an.

»Wenn ich nach Afrika zurückkehre, werde ich mich mit Stedman aussprechen und dann in das Massai-Land ziehen, vielleicht auch in das Barotse-Land am belgischen Kongo. Ich habe mir schon immer gewünscht, einmal Okapi zu jagen. Ich will nicht mit voller Absicht Selbstmord begehen«, sagte er mit einem leichten Lächeln, »aber das sind merkwürdige Gebiete, die selbst für erfahrene Reisende große Gefahren bergen.«

»Dann darfst du nicht dorthin gehen«, sagte sie impulsiv.

»Noch einen Augenblick. Das klingt so, als ob ich den Versuch machen wollte, deine Sympathie auf diese Weise zu erringen, aber das stimmt nicht«, sagte er jetzt ernster. »Mit neunzig Prozent Wahrscheinlichkeit gehöre ich zu den fünfundsiebzig Prozent, denen weiter nichts passiert, als daß die Sonne ihnen die Nase braunbrennt. Ich kenne dich und weiß, daß du meinen Tod nicht wünschst, selbst wenn du dadurch deine Freiheit wiedergewinnen könntest. Aber es ist immer die Möglichkeit vorhanden, und Leute wie ich werden nicht alt.«

»Nun, eine ähnliche Chance hast du auch«, entgegnete sie.

»Wie meinst du denn das?«

»Ich habe ein schwaches Herz und eine angegriffene Lunge.«

»Stimmt das?« fragte er aufgeregt. »Aber mein liebes Kind, dann solltest du doch morgen sofort mit mir nach London gehen und einen Spezialisten aufsuchen. Ich kenne einen erstklassigen Arzt, dem du dich anvertrauen kannst ...«

Er hielt plötzlich an, weil sie ihn auslachte, bis ihr die Tränen in die Augen kamen.

»Du läßt dir aber auch wirklich alles weismachen. Meinetwegen kannst du ganz unbesorgt sein. Ich bin die gesündeste Frau, die du dir denken kannst, und ich bin davon überzeugt, daß du meinen Tod nicht wünschst, und mit neunzig Prozent Wahrscheinlichkeit –«

Er neigte sich zu ihr und faßte sie am Ohrläppchen.

»Du kleiner Teufel!« Weiter sagte er nichts, steckte seinen Revolver wieder ein und ging in sein Zimmer zurück.

Ein wenig traurig blieb Marjorie zurück.

31

»Sie kennen ja Lady Tynewood«, sagte Mrs. Stedman.

Diesmal gab Pretoria-Smith der Dame die Hand.

»Ja, ich kenne sie, und ich fürchte, daß ich das letztemal etwas unhöflich zu ihr war. Hoffentlich hat sie es mir inzwischen verziehen.«

Alma lächelte. »Ich habe gehört, daß Sie einen schweren Malariaanfall hatten, Mr. Smith. Das entschuldigt alles.«

»Ja, es hatte mich ziemlich gepackt.«

Mrs. Stedman konnte es kaum erwarten, ihre Neuigkeit anzubringen, und ließ Alma deshalb gar nicht zu Wort kommen.

»Wissen Sie schon, daß Lady Tynewood vorige Nacht einen Einbrecher im Hause hatte?«

»Einen Einbrecher?« fragte er. »Das klingt ja interessant! Haben Sie ihn auch gleich über den Haufen geschossen?«

»Unglücklicherweise ist er entkommen. Mein Sekretär, Mr. Javot, hat ihn verfolgt.«

»Sicher hat er ihm einen Denkzettel gegeben. Das ist fein.«

»Nein, das ist ihm nicht gelungen«, erwiderte Alma gereizt. »Im Dunkeln hat sich der Mensch davonmachen können.«

»Vermissen Sie etwas?« fragte er.

»Nicht das mindeste. Wir haben ihn bei der Arbeit gestört.«

»Wie sah er denn aus?«

»Recht gewöhnlich und roh«, entgegnete sie und zuckte die Schultern. »Sein Gesicht konnte ich allerdings nicht sehen, weil er ein Taschentuch um die untere Hälfte gebunden hatte. Aber seine Stimme würde ich auf jeden Fall wiedererkennen.«

Bei den letzten Worten sah sie ihn scharf an.

»Nun, das ist wenigstens etwas. Was hätte er denn Ihrer Meinung nach stehlen wollen – etwa Ihren Schmuck?«

Darüber war sie sich selbst nicht klar. Sie hatte nur den Verdacht, daß Pretoria-Smith der Einbrecher war. Über diese Möglichkeit hatte sie den ganzen Morgen mit Mr. Javot gesprochen, aber der wollte nichts davon hören.

»Es mag ein Mann gewesen sein«, sagte sie mit Nachdruck, »gegen den ich Material sammle. Vielleicht vermutete er das und wollte meine Beweisstücke stehlen.«

»In diesem Fall hätte er doch bei der Polizeistation oder in Scotland Yard oder in der Kirche von St. Giles in Camberwell einbrechen sollen«, warf er leicht hin.

Lady Tynewood verfärbte sich. Sie antwortete ihm nicht und wandte sich an Mrs. Stedman. »Ich gehe jetzt zur Post. Diese Sendung muß ich nämlich eingeschrieben aufgeben.«

Sie hatte ein kleines Päckchen in der Hand.

»Ach, ist etwa die Fotografie darin, von der Sie mir schon erzählten?« fragte Mrs. Stedman.

»Ja, es ist das Bild«, bestätigte Alma. »Es wird mir endlich die Stellung verschaffen, die mir gebührt.«

»Das klingt ja ganz romantisch«, meinte Smith. »Ist es das Bild eines Freundes, Lady Tynewood?«

»Es ist das Bild meines Mannes!«

Pretoria-Smith runzelte die Stirn und machte ein ungläubiges Gesicht. Das genügte, um sie zum Äußersten zu reizen.

Sie riß die Schnur von dem Päckchen ab, entfernte die Siegel und wickelte die Fotografie aus dem Papier. »Kennen Sie den Mann?« fragte sie herausfordernd und hielt ihm das Bild hin.

Er betrachtete es, nahm es ihr dann plötzlich aus der Hand, und ehe sie wußte, was geschah, zerriß er es in kleine Stücke. Mit einem Wutschrei sprang sie auf ihn zu, aber sein starker Arm hielt sie zurück. Er wandte sich um und warf die einzelnen Stücke ins Kaminfeuer. »Ich kenne ihn sehr gut«, sagte er ruhig. »Aber er ist nicht Ihr Mann, Lady Tynewood!«

Marjorie hatte die Szene verstört beobachtet. Sie konnte sich weder sein kühnes Handeln noch Almas Wut erklären. Ihre Mutter war in heller Verzweiflung, aber Pretoria-Smith lächelte nur kalt.

Lady Tynewood trat einen Schritt zurück.

»Das soll Ihnen noch teuer zu stehen kommen!« sagte sie.

»Es hat mich schon viel mehr Mühe und Ärger gekostet als Sie, obgleich Sie eine harte Strafe verdienten«, erwiderte er ernst.

Der nächste Augenblick brachte eine dramatische Unterbrechung. Die Tür wurde aufgerissen, und Lance Kelman trat herein.

Marjorie hatte ihn seit ihrer Trauung nicht wiedergesehen und erschrak über die Veränderung, die mit ihm vorgegangen war. Seine Gesichtszüge hatten einen gewöhnlichen, fast rohen Ausdruck bekommen.

»Alma, ich hörte, daß Sie hier wären –«, begann er, vollendete aber den Satz nicht, als er sie näher ansah. »Was ist denn geschehen? Sie haben doch das Bild Ihres Mannes?«

Sie antwortete nicht, und sein Blick fiel nun auf Pretoria-Smith. »Und ich habe Sie jetzt!« rief er frohlockend. »Sie sind Norman Garrick, der Halbbruder von Sir James Tynewood, den Sie vor vier Jahren ermordet haben!«

32

Pretoria-Smith brach schließlich das lange, peinliche Schweigen, das diesen Worten folgte.

»Nachdem Sie nun Ihre kleine Rolle hergesagt und die nötige Sensation hervorgerufen haben, können Sie machen, daß Sie wieder verschwinden, sonst packe ich Sie am Kragen und werfe Sie hinaus! Und Sie können mit ihm gehen«, wandte er sich an Lady Tynewood.

Sie zitterte vor Wut.

»Er ist tot – das ist wahr!« stieß sie hervor und legte die Hand auf Kelmans Arm. »Kommen Sie.«

Die beiden entfernten sich zusammen.

Pretoria-Smith trat ans Fenster und sah ihnen nach, bis sie durch das Gartentor verschwanden, dann drehte er sich lachend um. »Nun, Mrs. Stedman, was sagen Sie zu alledem?«

Die alte Dame wußte nicht mehr, was sie denken sollte.

Es ist ganz schrecklich«, erwiderte sie nur.

»Ja, entsetzlich!« pflichtete er ihr bei.

Sie sah ihn pikiert an.

»So etwas ist noch nie in unserer Familie passiert!«

»Das ist wirklich schade. In unserer Familie sind viel schlimmere Dinge vorgekommen. Zwei meiner Vorfahren wurden gehenkt, und einem wurde der Kopf mit dem Schwert abgeschlagen. Sie können also ruhig sagen, daß es in der Familie liegt.«

»Schrecklich, schrecklich!« jammerte Mrs. Stedman wieder und schüttelte den Kopf. »Das kommt nun in alle Zeitungen!«

»Das ist weiter nicht schlimm. Wenn es nur nicht in die Magazine und Zeitschriften kommt. Aber im Ernst, Mrs. Stedman, Sie brauchen sich keine Sorgen zu machen. Es ist wirklich nichts passiert, was Ihnen Grund dazu gäbe.«

»Ich bin mit Lady Tynewood eng befreundet«, erklärte sie aufgebracht. »Und es ist mir furchtbar peinlich –«

»Regen Sie sich deshalb nicht auf. Sie sollen Ihr ganzes Leben lang eine enge Freundin von Lady Tynewood bleiben«, erwiderte Smith vergnügt. »Grämen Sie sich bitte deshalb nicht.«

Aber die alte Dame wollte nicht so leicht auf ihre böse Stimmung verzichten und ging auf ihr Zimmer.

»Was bedeutet das denn alles? Bist du wirklich Norman Garrick?« fragte Marjorie leise.

»Nein. Aber es gibt manchmal Augenblicke«, entgegnete er mit einem seltsamen Lächeln, »in denen ich wirklich nicht mehr weiß, wer oder wo ich bin.« Er holte tief Atem. »Ich glaube, es ist gut, wenn ich so bald wie möglich nach Südafrika fahre.«

Merkwürdigerweise sprachen Alma Tynewood und Lance Kelman im gleichen Augenblick auch über die Abreise von Pretoria-Smith. Javot nahm widerwillig an dieser Beratung teil.

»Sie müssen den Haftbefehl beantragen, bevor sich der Mensch aus dem Staube macht«, sagte Lance. »Ich kenne diese Art Leute. Ich habe ihn durch meine Worte gewarnt, und er wird auch prompt darauf reagieren. Die nächste Nachricht von ihm lautet sicher, daß er geflohen ist.«

»Einen Augenblick«, erwiderte Javot. »Wir wollen doch erst einmal Klarheit schaffen. Sie behaupten, daß er Norman Garrick, der Halbbruder von Sir James, ist. Wie haben Sie denn das eigentlich herausgebracht?«

»Das war allerdings sehr schwer«, sagte Lance Kelman und streifte Lady Tynewood mit einem zärtlichen Blick. Aber sie war jetzt nicht in der Stimmung, mit ihm zu flirten. »Wenn Sie so wollen, war es direkt eine Inspiration, zu der mich diese Dame hier veranlaßte. Ich wurde durch sie gewissermaßen zu meinen Erfolgen angespornt. Die Überzeugung, daß meine Bemühungen dazu beitrugen, sie in den Augen der Welt wieder zu rehabilitieren, trieb mich an, Tag und Nacht zu arbeiten –«

»Also, schwätzen Sie keinen Kohl«, entgegnete Javot kühl. »Sagen Sie uns lieber, was Sie eigentlich herausgebracht haben.«

Mr. Kelman sah ihn betroffen an und schluckte ein paarmal.

»Ich habe Doktor Fordhams Reisen nachgeforscht« fuhr er dann etwas kleinlaut fort. »Er kam in derselben Woche in England an, in der Sie Sir James heirateten«, wandte er sich an Alma. »Ich konnte allerdings die Passagierliste nicht mehr einsehen. Aber er kam mit einem anderen Herrn an, der ein paar

Tage später mit einem anderen Schiff nach Übersee ging. Die Nacht vor seiner Abreise logierte dieser Herr im Grand Western Hotel in Southampton, weil die Abfahrt des Schiffes um einen Tag verschoben wurde. Er war allein und schrieb sich als Norman Garrick in das Fremdenregister ein. Ich habe die Eintragung selbst gelesen.«

»Das war also zwei Tage nach meiner Hochzeit?«

»Schwören kann ich allerdings nicht auf das Datum, aber auf einen oder zwei Tage kommt es doch wirklich nicht an. Auf jeden Fall wohnte er als Mr. Norman Garrick in dem Hotel und mietete einen Wagen, in dem er an demselben Abend nach Schloß Tynewood fuhr. Das konnte ich noch in der Garage feststellen. Soviel wußte ich, als ich heute zurückkam, und dann habe ich noch die frühere Haushälterin Doktor Fordhams aufgesucht. Wie Sie wissen, kam ich zuerst hierher, und Sie erzählten mir, daß Lady Tynewood schon bei der Frau war.«

Javot nickte.

»Ich stellte meine Nachforschungen bei ihr allerdings ganz anders an als Sie, Alma«, sagte Lance jetzt in herablassendem Ton. »Ich fragte nicht nach Dokumenten, sondern ging direkt auf mein Ziel los und erkundigte mich, ob sie sich auf etwas Wichtiges besinnen könnte, das vor vier Jahren passierte. Und da erzählte sie mir –«, er machte eine Pause, um seinen Worten mehr Ausdruck zu geben, »daß auf dem Schloß ein Herr erschossen worden sei!«

»Woher wußte sie denn das?« fragte Alma schnell.

»Sie erinnerte sich, daß der Doktor Verbandstoffe und Medikamente aus seinem Hause holte. In der ersten Aufregung erzählte er ihr, daß jemand erschossen worden sei. Als er dann aber später heimkam und sie ihn nochmals nach dem Unglücksfall fragte, sagte er, daß er sich versprochen hätte. Der betreffende Herr wäre unerwartet gestorben. Es handelte sich um den Bruder von Sir James. Und dabei hatte sie keine Ahnung, daß der Mann überhaupt krank gewesen war. Damals war nur der alte Pförtner im Schloß, denn Sir James kam nur selten nach Tynewood.«

»Das klingt ja alles ganz gut«, erwiderte Mr. Javot nachdenklich. »Aber was haben Sie denn vorhin für einen Unsinn gefaselt von einem Haftbefehl gegen Garrick?«

»Nun, es ist doch ganz klar«, sagte Kelman unangenehm berührt. »Wenn Sie Ihre Angaben bei der Polizei machen, wird der Haftbefehl sicher morgen früh ausgestellt.«

»Die ganze Sache ist Quatsch«, erklärte Javot. »In diesem Fall wird kein Haftbefehl ausgestellt, glauben Sie mir. Was sagte doch Pretoria-Smith über die Kirche St. Giles in Camberwell?«

Lady Tynewood wiederholte die Worte, und Javot nickte.

»Ich würde dir den Rat geben, einmal hinaufzugehen und in deinem Schmuckkasten nachzusehen«, sagte er ernst. »Vielleicht fehlt doch etwas.«

Sie ging nach oben und kam nach wenigen Minuten bestürzt zurück.

»Es ist also tatsächlich fort!« sagte Javot böse, als er einen Blick auf ihr Gesicht geworfen hatte. »Na, dann bist du ja in einer ebenso schlimmen Lage wie Pretoria-Smith. Und wenn ich ehrlich sein soll, würde ich bei einer Wette eher auf ihn als auf dich setzen. Mir dämmert allmählich der wahre Sachverhalt.«

Er sah zu Lance hinüber, der verständnislos zugehört hatte.

»Vielleicht kommen Sie heute abend wieder, Mr. Kelman. Ich muß jetzt verschiedene Privatangelegenheiten mit Lady Tynewood besprechen.«

»Wenn ich im Wege bin, gehe ich natürlich«, erwiderte Lance.

»Ja, Sie sind ein wenig im Wege«, sagte Javot gelassen. »Vergessen Sie nicht, wir speisen um halb acht.«

Der junge Mann wartete darauf, daß Lady Tynewood ihn zum Bleiben aufforderte, aber als sie sich nicht rührte, ging er und fühlte sich ausgenützt und betrogen.

»Nun wollen wir einmal vernünftig miteinander reden und uns keine Illusionen machen«, begann Javot, als Kelman verschwunden war. »Wir müssen der Wahrheit ins Auge sehen.«

»Was meinst du denn?« fragte sie, aber sie wußte sehr gut, was er wollte.

»Pretoria-Smith hat deinen Trauschein. Unglücklicherweise

ist es nicht das Dokument, das deine Verheiratung mit Sir James Tynewood bestätigt. Das wäre auch nicht schlimm, denn für ein paar Shilling kann man sich eine Kopie davon machen lassen. Er hat die Urkunde, in der die Trauung von Augustus Javot und Alma Trebizond Johnson in der Kirche St. Giles in Camberwell bescheinigt wird. Der Teufel mag wissen, wo du den Namen Trebizond aufgelesen hast. Es klingt, als ob dein Vater ein Armenier wäre.«

»Aber er darf es nicht wagen, mich wegen Bigamie anzuzeigen. Wir haben ihn in der Hand.«

Er schüttelte den Kopf.

»Meine liebe Alma, glaube mir, dieser Pretoria-Smith ist ein ganz gewitzter Junge. Den kannst du nicht so leicht fassen. Du hast ihn gar nicht in der Hand. Am besten gehst du morgen zu ihm und sprichst dich einmal richtig mit ihm aus.«

»Ich soll mich mit ihm aussprechen?« rief sie wütend. »Hältst du mich denn für verrückt?«

»Du wärst jedenfalls verrückt, wenn du es nicht tätest. Und ich möchte dir noch eins sagen. Ich liebe diese Gegend und ziehe nicht gern von hier fort. Aber wir kommen natürlich nicht um die Tatsache herum, daß wir – oder vielmehr du in seiner Macht bist, denn ich habe ja kein Verbrechen begangen. Ich habe die Bigamie nur schweigend geduldet und verziehen.«

»Nein, das tue ich nicht«, erklärte sie etwas ruhiger als vorher. »Ich muß mir alles noch reiflich überlegen, Javot. Für mich bedeutet es viel mehr als für dich.«

Sie überlegte die ganze Nacht, und am nächsten Morgen kam sie im Jagdkostüm schon zeitig zum Frühstück.

Javot sah sie erstaunt an.

»Du bist ja heute schon sehr früh aufgestanden?«

»Ja, ich will Kaninchen schießen.«

»Was haben dir denn die Karnickel getan?« fragte er.

»Ich brauche Zerstreuung, und ich bin in einer Stimmung, daß ich morden könnte.«

»Na, dann Heil und Sieg für die Kaninchenjagd«, erwiderte er belustigt.

Sie vermied die Hauptstraße und ging über den Feldweg, der sie zur hinteren Gartentür des Stedmanschen Anwesens brachte.

Pretoria-Smith, der im Schatten eines großen Baumes eine Pfeife rauchte, sah sie und beobachtete, wie sie ihr Gewehr an die Mauer lehnte, bevor sie ins Haus ging.

Zehn Minuten später kam er auch ins Wohnzimmer.

Mrs. Stedman strahlte, denn Alma war in einer versöhnlichen Stimmung. Auch Pretoria-Smith reichte sie lächelnd die Hand.

»Es tut mir unendlich leid, daß ich gestern so heftig gegen Sie war. Es war natürlich ein Irrtum. Hoffentlich verzeihen und vergessen Sie die dumme Angelegenheit.«

Er übersah ihre Hand, erwiderte aber ihr Lächeln.

»Nun, ich muß mich auch bei Ihnen entschuldigen«, sagte er.

Marjorie fühlte einen Schauder, als sie das Spiel beobachtete, das die beiden miteinander trieben.

Sie hatte keine Ahnung, was das alles zu bedeuten hatte, denn ihr Mann und Alma waren in fröhlicher Laune und scherzten. Er neckte sie wegen ihrer früheren Bühnentätigkeit. Als sie nachher in den Garten gingen, folgte sie ihnen und sah, wie Lady Tynewood ihr Gewehr aufnahm.

»Warum denn solche Mordwaffen?« fragte er.

»Ich will Kaninchen schießen. Die ärgern mich.«

Dann bemerkte Marjorie entsetzt, daß Lady Tynewood ihr Gewehr sehr unvorsichtig handhabte. Die Mündung zeigte direkt auf das Herz von Pretoria-Smith, und beide Hähne waren gespannt.

Er sah es auch, aber er rührte sich nicht.

»Ich kann Kaninchen nicht leiden« erklärte Alma heftig und drückte ab.

Sie hörte das Knacken, senkte erschreckt die Waffe und starrte ihn wild an. Er schaute in ihr verstörtes Gesicht und lächelte.

»Ich habe mir erlaubt, die beiden Patronen herauszunehmen, bevor ich ins Wohnzimmer kam, Lady Tynewood.«

»Es war ein Zufall«, sagte sie und atmete schwer.

»Beinahe ein Zufall. Sie tun mir im Augenblick wirklich leid.

Sie sind in die Enge getrieben, Alma Javot, und Sie wissen keinen Ausweg mehr.«

Ihre Lippen zuckten nervös. Sie hatte sich nicht mehr in der Gewalt. »Ich bin nicht schlimmer daran als Sie«, erwiderte sie.

»Besprechen Sie die Sache mit Javot«, entgegnete er leise, wandte sich um und ging fort.

Marjorie folgte ihm wieder ins Wohnzimmer.

»Sie wollte dich erschießen«, sagte sie betroffen. »Sicher kam sie schon mit dieser Absicht hierher!«

»Ach nein.« Er klopfte ihr freundlich auf die Schulter. »Du machst dir unnötig Kummer und Sorgen.«

»Das sagst du, um mich zu ärgern und wieder zur Vernunft zu bringen. Aber sie hat es doch wirklich versucht?«

»Ja, das hat sie getan. Sie ist eine arme Frau. Ich müßte eigentlich furchtbar böse auf sie sein, aber es ist nicht meine Art, zu hassen oder anderen Menschen etwas nachzutragen. Bedenke doch, wie groß die Versuchung für sie war. Ich meine nicht, mich zu erschießen, sondern den armen Jungen zu heiraten.«

»Du nanntest sie vorhin Alma Javot –?«

»Sie ist Javots Frau, und als sie meinen Bruder heiratete, beging sie Bigamie.«

»Er war dein Bruder?«

Er nickte. »Ich bin bereit, ihr die Rente weiterzuzahlen, und es ist vielleicht besser, daß ich ihr das möglichst bald schreibe, damit sie nicht noch mehr Dummheiten macht.«

»Du bist bereit – wie soll ich das verstehen?« fragte sie.

»Ich bin James Tynewood.«

Sie schwankte leicht. Er dachte, sie würde ohnmächtig werden und legte den Arm um sie. »Das ist ja heute ein aufregender Tag«, sagte sie. »Ich glaube, ich muß mich setzen.«

»Fühlst du dich nicht wohl? Du wirst doch nicht schwach werden?« fragte er ängstlich.

»Wenn du mich hältst, wird es schon vorübergehen.«

Er neigte sich über sie. »Und wenn ich dir jetzt einen Kuß gäbe, würdest du dann entsetzt davonlaufen, oder würdest du ohnmächtig werden?«

»Das möchte ich gern wissen. Willst du es nicht versuchen?«

33

»Seit meiner Jugend bin ich stets auf Reisen gewesen«, sagte Pretoria-Smith. »Mit siebzehn Jahren erbte ich den Titel. Ich war damals auf der Schule in Eton, bin von dort aus direkt nach Afrika gegangen und nur selten nach England zurückgekommen. Ich war ein begeisterter Jäger und hielt mich lieber in den Dschungeln Afrikas auf als zu Hause. Meine Mutter heiratete nach dem Tod meines Vaters zum zweitenmal, und zwar Sir John Garrick. Aus dieser Ehe stammte ein Sohn – Norman.

Der Junge war immer sehr wild, aber ich hatte ihn gern. Als meine Mutter starb, nahm sie mir das Versprechen ab, daß ich mich um ihn kümmern und ihn vor Unglück bewahren sollte. Ihr Mann war schon ein Jahr früher gestorben. Leider habe ich das Versprechen nicht gehalten. Ich sagte schon, daß ich ein leidenschaftlicher Jäger war und nur selten nach England kam. Der Junge blieb sich also selbst überlassen.

Norman war eitel und verkehrte viel in Schauspielerkreisen. Wurde er von anderen so vorgestellt, oder nannte er sich selbst Sir James Tynewood? Ich weiß es nicht. Er konnte es ja auch ruhig tun, weil mich nur wenige Leute kannten. Norman war in Frankreich erzogen worden und früher ebensowenig zu Hause wie ich. Er hatte einen schwachen Charakter und gab immer mehr aus, als sein Einkommen betrug. Er – er hat auch meinen Namen gefälscht.« Er zögerte einen Augenblick, bevor er weitersprach. »Es ist besser, daß ich dir die volle Wahrheit sage. Er hat fast hunderttausend Pfund Schulden gemacht. Ein großer Teil dieser Summe floß in die Taschen von Alma Trebizond.

Mr. Vance entdeckte die Sache und erfuhr auch, daß Norman unter meinem Namen auftrat. Er schickte deshalb durch dich einen Brief an ihn und teilte ihm mit, daß ich am nächsten Morgen nach England zurückkehren würde; er gab ihm den guten Rat, sich von seinen Freunden zu trennen und einige Zeit aufs Land zu gehen. Aber Mr. Vance hatte ihn früher schon öfter gewarnt, ohne daß ich zurückkam. Norman dachte deshalb, daß es sich wieder um einen falschen Alarm handelte.

Ich weiß nicht, wie Alma Trebizond es fertigbrachte, aber seine Ehe mit ihr wurde auf dem Standesamt geschlossen.

Ich kam damals mit Doktor Fordham, meinem besten Freund, von einer Reise nach Südafrika zurück. Er las in der Abendzeitung einen Artikel, in dem von der Heirat Sir James Tynewoods die Rede war, und zeigte ihn mir. Wir vermuteten, was geschehen war, und ich wußte zunächst nicht, was ich tun sollte. Wir wohnten im Grand Western Hotel in Southampton, und ich trug mich unter dem Namen meines Bruders in die Fremdenliste ein. Hätte ich meinen richtigen Namen gebraucht, so wäre ein Skandal entstanden, weil damals die Geschichte in allen Zeitungen stand.

Ich kam direkt nach London – du sahst mich damals im Büro von Mr. Vance. Am nächsten Nachmittag fuhr ich nach Schloß Tynewood. Alma hatte natürlich jenen Artikel gelesen, in dem auch das berühmte Brillantkollier aus dem Familienschmuck der Tynewoods erwähnt war. In ihrer Habgier verlangte sie von meinem Bruder, daß er es ihr sofort beschaffen sollte. Der Schmuck befindet sich im Gewahrsam der Bank, aber Norman glaubte, daß er ihn in dem Geldschrank meines Arbeitszimmers in Tynewood finden würde. Er fuhr also dorthin und war gerade dabei, die Holztür zu zertrümmern, die den Safe verdeckt, als Fordham und ich dahinkamen. Ich glaube, daß er den verzweifelten Plan gefaßt hatte, das Brillanthalsband zu stehlen und mit Alma zu fliehen.

Wir hatten eine Auseinandersetzung. Ich versuchte, so sachlich wie möglich zu bleiben, und ich bin jetzt noch beruhigt darüber, daß ich damals einen klaren, kühlen Kopf bewahrte. Norman brach schließlich zusammen und erzählte die Wahrheit. Er sprach von seinen Fälschungen, von seiner Heirat und allen übrigen Torheiten, die er begangen hatte. Während der Unterredung wurden wir plötzlich durch ein Klingeln gestört, und da keine Diener im Schloß waren, ging Fordham und ließ dich herein.

Als er zurückkam, hatte Norman die Arme auf den Tisch gelegt und das Gesicht darin vergraben. Er mußte den Revolver schon in der Hand haben. Wir wechselten nur noch ein paar

Worte, dann fiel der verhängnisvolle Schuß. Bevor ich wußte, was geschehen war, fiel Norman zu Boden.

Ich hatte damals den Eindruck, daß meine Vorhaltungen ihn zu dieser verzweifelten Tat getrieben hatten, und darauf bezogen sich die Worte, die du hörtest. Fordham handelte wirklich als mein Freund. Er setzte alles aufs Spiel und bescheinigte in seiner Eigenschaft als Arzt, daß der Tod auf natürliche Weise eingetreten wäre. Mein Bruder wurde dann in der Schloßkapelle beigesetzt.

Um Normans Geheimnis zu hüten, blieb mir nichts anderes übrig, als das Land sofort wieder zu verlassen. Von jenem Tage an war ich für die Welt gestorben. Ich veranlaßte Mr. Vance, der Frau eine Rente zu zahlen, jedoch nur unter der Bedingung, daß sie das Schloß und den Park nicht betreten durfte. Am nächsten Tag fuhr ich nach Südafrika. Nun weißt du alles.«

Sie sah ihn mit strahlenden Augen an und holte tief Atem.

»Sir James Tynewood! Wie herrlich! Aber wer ist denn eigentlich Jot?«

»Das bin ich auch«, erwiderte er lächelnd. »Der Name ist aus meinen Anfangsbuchstaben zusammengesetzt: James Oliver Tynewood. Meine Freunde in Eton nannten mich so, und auch Norman gebrauchte nur diesen Namen. Du hättest eigentlich vermuten sollen –«

»Daß du Sir James warst? Aber wie hätte ich denn darauf kommen sollen?« fragte sie erstaunt.

»Weißt du nicht, daß nach Familientradition nur ein Tynewood in der Schloßkapelle getraut werden darf?«

Sie nickte.

»Ach, es ist zu schön. Ich kann es kaum für möglich halten.«

»Früher oder später wirst du dich doch von der Wahrheit überzeugen, Lady Tynewood.«

Sie errötete leicht. »Ach ja, natürlich, ich bin jetzt –«

»Du bist Lady Tynewood.«

»Ich glaube, es ist doch alles nur ein Traum.«

»Vielleicht findest du schneller zur Wirklichkeit zurück, wenn ich dir jetzt noch einen Kuß gebe?«

»Ich weiß nicht«, sagte sie leise. »Aber probiere es doch mal.«

34

Alma Javot weinte, als sie den Brief von Sir James Tynewood gelesen hatte. Sie fühlte nun doch Reue, aber diese Reue äußerte sich in einer für sie ganz charakteristischen Art.

»Ich muß wirklich sagen, daß er sehr anständig ist«, sagte sie zu Javot. »Aber ich bleibe nicht hier. Ich siedle wieder nach London über und gehe zur Bühne zurück. Stelle dir vor, welchen Eindruck es macht, wenn auf den Theaterzetteln steht: Alma, Lady Tynewood!«

»Nun sei doch zufrieden, daß du mit heiler Haut davongekommen bist. Du nennst dich Alma Trebizond, sonst hast du es mit mir zu tun.«

Er sprach im Ernst, und sie wußte, daß mit Mr. Javot nicht zu spaßen war.

»Auf keinen Fall bleibe ich hier«, erklärte sie. »Wenn ich nicht Lady Tynewood auf Schloß Tynewood sein kann, so will ich auch nicht Mrs. Javot von Tynewood sein.«

»Du kannst dich meinethalben Mrs. Javot von Kensington nennen, wenn dir das Spaß macht, und solange du dich ruhig und vernünftig verhältst, hast du ja auch nichts zu fürchten. Ich bleibe jedenfalls hier. Zum Wochenende kannst du ja dann von London herüberkommen.«

Sie sah ihn erstaunt an.

»Du wirst ja auf deine alten Tage liebenswürdig, Javot?«

Mrs. Stedman hatte wieder Grund, sich zu beschweren. Als sie entdeckte, daß ihr Schwiegersohn ein wirklicher englischer Baron war, beanspruchte sie eine Wohnung von mehreren Zimmern im Ostflügel des Schlosses für sich.

»Aber es gibt doch gar keinen Ostflügel, liebe Mutter«, sagte Marjorie. »Das Haus erstreckt sich von Norden nach Süden, und außerdem werde ich nicht dort wohnen.«

»Was, du bleibst nicht in Tynewood?« fragte Mrs. Stedman.

»Mein Mann geht nach Südafrika zurück.«

»Und will dich allein zurücklassen? Das geht nicht.«

»Warum nicht? Ich regle meine häuslichen Angelegenheiten allein und ohne deine Hilfe.«

Die alte Frau begann zu weinen.

»Ja, ich sehe es schon«, sagte sie bitter. »Meine eigene Tochter wendet sich gegen mich – sie ergreift die Partei ihres Mannes!«

»Mach dich doch nicht lächerlich, Mutter. Er geht nach Südafrika zurück, und infolgedessen kann ich doch nicht im Schloß wohnen. Das stimmt doch, James?«

»Jim klingt viel besser«, meinte James Tynewood, der gerade hereingekommen war. »Nein, wir werden die nächsten Wochen und Monate nicht im Schloß wohnen. Übrigens habe ich meine Abreise nach Südafrika auf unbestimmte Zeit verschoben. Sie haben doch nichts dagegen, wenn ich noch eine Weile bei Ihnen bin, Mrs. Stedman?« Er sah sie nachdenklich an.

»Nein, im Gegenteil, ich freue mich.«

»Hast du an der Tür gelauscht?« fragte Marjorie, als ihre Mutter gegangen war.

»Natürlich!«

»Und du willst nicht nach Südafrika gehen?«

»Nein, ich bleibe hier – direkt hier im Hause.«

Beide schwiegen eine Weile.

»Wie lange dauert es, bis das Schloß eingerichtet ist?« fragte Marjorie schließlich.

»Oh, das dauert noch viele Wochen«, entgegnete er vergnügt. »Deine Mutter hat doch nichts dagegen, wenn ich hier wohne?«

»Nein. Sie fühlt sich höchstens sehr geehrt, daß ein Baron unter ihrem Dach wohnt. Aber ist es denn nicht sehr ungemütlich?«

»Ich fühle mich sehr wohl dort. Habe ich mich etwa schon einmal beklagt?«

»Hältst du es denn nicht für hübscher, wenn man einen elektrischen Kocher im Zimmer hat und sich Tee machen kann?« fragte sie verzweifelt.

Er lachte und zog sie am Ohr. »Ach ja, du hast so ein Gerät in deinem Zimmer. Also gut – wir wollen zusammen Tee kochen.«

ENDE

Große Reihe

Das vollständige Programm / Preisänderungen vorbehalten

Romane Unterhaltung Tatsachenberichte

Aldridge, Alan (Hrsg.)
The Beatles Songbook.
Mit vielen farbigen Abbildungen und vollständigen Songtexten.
Im Großformat 21 x 28 cm.
(10197) DM 19,80

Aldridge, James
Der wunderbare Mongole.
Roman. (3941) DM 4,80

Barbier, Elisabeth
Verschlossenes Paradies.
Roman. (6308) DM 6,80

Die Mogador-Saga. Bd. I
Bezaubernde Julia.
Roman. (3655) DM 6,80
Die Mogador-Saga. Bd. II.
Leid und Liebe für Julia.
Roman. (3667) DM 5,80
Die Mogador-Saga. Bd. III.
Ludivine und Frédéric.
Roman. (3697) DM 6,80
Die Mogador-Saga. Band IV.
Schicksalsjahre für Ludivine.
Roman. (3708) DM 5,80
Die Mogador-Saga. Band V.
Junge Herrin Dominique.
Roman. (3724) DM 5,80
Die Mogador-Saga. Bd. VI.
Bittersüße Liebe für Dominique.
Roman. (3753) DM 5,80
Mein Vater, der Held.
Roman. (3945) DM 5,80
Weder Tag noch Stunde.
Roman. (3943) DM 6,80

Baumann, Bodo
Bitte recht amtlich.
Satiren aus Deutschland.
(3941) DM 4,80

Beaty, David
Flucht aus Kajandi.
Roman. (6302) DM 6,80
Zone des Schweigens.
Roman. (3852) DM 5,80
Gesetz der Serie.
Roman. (3448) DM 5.–
Um Haaresbreite.
Roman. (3460) DM 6,80
Testflug.
Roman. (3644) DM 5,80
Der letzte Flug.
Roman. (3764) DM 6,80
Sirenengesang.
Roman. (3712) DM 5,80

Bergfeld, Thorsten
Nachmittagssonne
Roman. (6352) DM 6,80

Bergius, C.C.
Söhne des Ikarus.
Die abenteuerlichsten Fliegergeschichten der Welt.
(3989) DM 6,80
Heißer Sand.
Roman. (3963) DM 5,80
Schakale Gottes.
Roman. (3863) DM 6,80
Der Tag des Zorns.
Roman. (3519) DM 5,80
Das weiße Krokodil.
Roman. (3502) DM 3,80
Entscheidung auf Mallorca.
Roman. (3672) DM 5,80
Dschingis Chan.
Roman. (3664) DM 7,80
Der Fälscher.
Roman. (3751) DM 6,80

Bergner, Elisabeth
Bewundert viel und viel gescholten.
Unordentliche Erinnerungen.
(3980) DM 8,80

Berthold, Will
Revolution im weißen Kittel.
Hoffnungen und Siege der modernen Medizin.
(3977) DM 7,80
Etappe Paris.
Roman. (3903) DM 5,80
Fünf vor zwölf – und kein Erbarmen.
Roman. (3702) DM 5,80
Brigade Dirlewanger.
Roman. (3518) DM 5,80
Feldpostnummer unbekannt.
Roman. (3539) DM 5,80
Prinz-Albrecht-Straße.
Roman. (3673) DM 6,80
Vom Himmel zur Hölle.
Roman nach Tatsachen.
(3842) DM 5,80
Auf dem Rücken des Tigers.
Roman. (3832) DM 5,80

Beth, Gunther
Meine Mutter tut das nicht.
Roman. (3915) DM 5,80

Bieler, Manfred
Der Kanal.
Roman. (3998) DM 9,80

Binding, Rudolf G.
Reitvorschrift für eine Geliebte.
Mit Federzeichnungen von Wilhelm M. Busch.
(3507) DM 3,80

Blaumeiser, Josef / Nittner, Tomas
Die Wüste bebt.
Absolut keine Legenden über Arabien.
(6951) DM 7,80

Blickensdörfer, Hans
Der Schacht.
Roman. (3650) DM 6,80

Blobel, Brigitte
Der Mandelbaum.
(6358) DM 5,80
Ehepaare.
Roman. (6359) DM 5,80
Das Osterbuch.
(3847) DM 5,80
Alsterblick.
Roman. (3917) DM 5,80
Jasminas Sohn.
Roman. (6357) DM 5,80

Brent, Madeleine
Cadi.
Roman. (3851) DM 6,80

Bromfield, Louis
Nacht in Bombay.
Roman. (3723) DM 7,80
Kenny.
Roman. (3392) DM 3,80
Früher Herbst.
Roman. (3661) DM 5,80

Buchheim, Lothar-Günther
Tage und Nächte steigen aus dem Strom. Eine Donaufahrt.
(6343) DM 6,80

Buck, Pearl S.
Frau im Zorn.
Roman. (3999) DM 6,80
Wer Wind sät...
Roman. (3960) DM 5,80
Die Liebenden. Erzählungen.
(3991) DM 6,80
Ruf des Lebens.
Roman. (3912) DM 5,80
Und fänden die Liebe nicht.
Roman. (3850) DM 5,80
Geheimnisse des Herzens.
Erzählungen. (3874) DM 6,80
Über allem die Liebe.
Roman. (773) DM 4,80
Die gute Erde.
Roman. (3654) DM 5,80
Das Mädchen Orchidee.
Roman. (3504) DM 6,80
Die Wandlung des jungen Ko-sen.
Roman. (3534) DM 4,80
Der Weg ins Licht.
Roman. (3944) DM 5,80

Burgess, Alan
Sieben Mann im Morgengrauen.
Das Attentat auf Heydrich.
(6329) DM 6,80

Busch, Fritz Otto
Das Geheimnis der »Bismarck«.
Kampf und Untergang des berühmten deutschen Schlachtschiffes.
(3523) DM 5,80

Buschow, Rosemarie
Der Prinz und ich.
Eine wahre Geschichte aus dem Lande der Ölscheichs.
Ein BUNTE-Buch.
(3957) DM 6,80 DE

Byhan, Inge
In 30 Sekunden Crash.
Die ungewöhnlichsten Flugzeugkatastrophen nach Berichten von Augenzeugen. Ein BUNTE-Buch.
(3952) DM 5,80

Caldwell, Erskine
In Gottes sicherer Hand.
Roman. (3910) DM 6,80

Caldwell, Taylor
Gesellschaft im Blizzard.
Roman. (3660) DM 3,80

Canning, Victor
Das brennende Auge.
Roman. (3859) DM 5,80

Colpet, Max
Es fing so harmlos an.
Roman. (3914) DM 5,80

Constantine, Eddie
Der Favorit.
Roman. (6321) DM 5,80
(6360) DM 7,80

Cordes, Alexandra
Dunkle Nacht, heller Tag.
Roman. (6307) DM 5,80
Sehnsucht ist mehr als ein Traum.
Roman. (6336) DM 5,80
Gefährliche Liebe.
Roman. (3969) DM 6,80
Das Lied von Liebe und Tod.
Roman. (3898) DM 5,80
Haus der Träume.
Roman. (3703) DM 5,80
Wilde Freunde.
Die Abenteuer des Rick Hardt.
(3524) DM 4,80
Die Buschärztin.
Roman. (3645) DM 5,80
Das Kind des anderen.
Roman. (3830) DM 5,80
Ich will mir dir allein sein.
Roman. (3908) DM 5,80
Saat der Sünde.
Roman. (3936) DM 5,80
Der Engel mit den schwarzen Flügeln.
Roman. (3868) DM 5,80

Courtney, Caroline
Olivia. Triumph der Liebe.
Roman. (6361) DM 4,80
Lucinda. Geheimnisvolle Liebe.
Roman. (3965) DM 4,80
Davinia. Königsweg der Liebe.
Roman. (3994) DM 4,80

Cussler, Clive
Eisberg.
Roman. (3513) DM 6,80
Der Todesflieger.
Roman. (3657) DM 5,80
Hebt die Titanic.
Roman. (3976) DM 7,80

Czuday, Axel
Allein in der Arktis.
(3896) DM 8,80

Deeping, Warwick
Hauptmann Sorrell und sein Sohn.
Roman. (3668) DM 7,80

Deighton, Len
Unternehmen Adler.
Tatsachenbericht.
(3979) DM 7,80

Große Reihe

Preisänderungen vorbehalten

Denk, Liselotte
Auf der Suche nach morgen.
6360 (DM 7,8C)

Dietrich, Marlene
Nehmt nur mein Leben...
(6327) DM 7,80

Drewitz, Ingeborg
Gestern war Heute.
Roman. (3934) DM 9,80
Das Hochhaus.
Roman. (3825) DM 6,80

Dronsart, Claude / Nédélec, Hervé
Saint Tropez, ich liebe dich.
Reportagen und Bilder.
(6364) DM 6,80

Dumas d.Ä., Alexandre
Die drei Musketiere.
Roman. (404) DM 8,80
Der Graf von Monte Christo.
Roman. (815) DM 7,80
Das Halsband der Königin.
Roman. (3404) DM 7,80

Dumas d.J., Alexandre
Die Kameliendame.
Roman. (3389) DM 4,80

Endrikat, Fred
Das große Endrikat-Buch.
(3720) DM 5,80

Engelmann, Bernt
Eingang nur für Herrschaften.
Karrieren über die Hintertreppe.
(3699) DM 5,80

English, Harold
In letzter Minute.
Roman. (6311) DM 7,80

Erler, Rainer
Die letzten Ferien.
Roman. (6310) DM 5,80
Die Delegation.
Roman. (3701) DM 5,80
Fleisch.
Roman. (3727) DM 6,80
Das Blaue Palais.
Romane nach der gleichnamigen Fernsehserie:
Das Genie.
(3743) DM 4,80
Der Verräter.
(3757) DM 4,80
Das Medium.
(3767) DM 4,80
Unsterblichkeit.
(3858) DM 5,80
Der Gigant.
(3909) DM 5,80

Fabel, Renate
Wo die Liebe hinfällt.
Roman. (3916) DM 5,80

Fechner, Eberhard / Kempowski, Walter
Tadellöser & Wolff/Ein Kapitel für sich.
Materialien zu ZDF-Fernsehsendungen.
(3902) DM 6,80

Felinau, Josef Pelz von
Titanic.
Der berühmte Roman um die größte Schiffskatastrophe der Welt.
(3600) DM 6,80

Ferber, Edna
Saratoga.
Roman. (6328) DM 6,80
Giganten.
Roman. (3648) DM 7,80
Show Boat.
Roman. (3716) DM 6,80

Fernau, Joachim
Fernau siehe unten

Ferolli, Beatrice
Sommerinsel.
Roman. (3838) DM 6,80

Fischer, Marie Louise
Mutterliebe.
Roman. (4000) DM 5,80 (Mai 1981)
Ein ergreifender Roman der beliebten Autorin Marie Louise Fischer. Sie beschreibt das Urbild einer sich aufopfernden Frau und Mutter, der die Familie über alles geht.
Die Frauen vom Schloß.
Roman. (3970) DM 7,80
Aus Liebe schuldig.
Roman. (3990) DM 5,80
Tödliche Hände.
Roman. (3856) DM 5,80
Das Dragonerhaus.
Roman. (3869) DM 6,80
Der Schatten des anderen.
Roman. (3715) DM 5,80
Mit einer weißen Nelke.
Roman. (3508) DM 5,80
Süßes Leben, bitteres Leben.
Roman. (3642) DM 4,80
Des Herzens unstillbare Sehnsucht.
Roman. (3669) DM 4,80
Schwester Daniela.
Roman. (3829) DM 5,80
Diese heiß ersehnten Jahre.
Roman. (3826) DM 6,80
Die Rivalin.
Roman. (3706) DM 7,80

Joachim Fernau

Die Gretchenfrage.
Variationen über ein Thema von Goethe.
(6306) DM 5,80 (Juni 1981)
Joachim Fernau, eleganter Erzähler mit Esprit, der Philosoph unter den Sachbuchautoren, mit heiter-gelassenen Causerien über die Gretchenfrage: "Wie hältst du's mit der Religion?" Eine Variation in sieben Sätzen.
Fernau - von Millionen gelesen, von Millionen geliebt.

Rosen für Apoll.
Die Geschichte der Griechen
(3679) DM 5,80
Disteln für Hagen
Eine Bestandsaufnahme der deutschen Seele
(3680) DM 5,80
Deutschland, Deutschland über alles ...
Von Anfang bis Ende
(3681) DM 6,80

Die Genies der Deutschen
(3828) DM 6,80
Caesar läßt grüßen
Die Geschichte der Römer
(3831) DM 6,80
Halleluja
Die Geschichte der USA
(3849) DM 6,80
Und sie schämeten sich nicht
Ein Zweitausendjahr-Bericht
(3867) DM 5,80

François
Wenn die Russen angreifen...
Mit einem Vorwort von Paul Carell.
(6324) DM 6,80

Freeman-Solomon, Ruth
Mit dem Herzen einer Wölfin.
Roman. (2946) DM 6,80
Der Falke und die Taube.
Roman. (3756) DM 7,80

Frick, Hans
Dannys Traum.
Roman. (3527) DM 6,80

Gast, Lise
Die Sache, die man Liebe nennt.
Menschen, Pferde und ein Roman.
(6345) DM 5,80
Die Schenke zur ewigen Liebe.
Roman. (3978) DM 4,80
Bittersüß wie Schlehenduft.
Roman. (3827) DM 5,80
Junge Mutter Randi.
Roman. (3710) DM 4,80
Das Familienkind.
Roman. (3458) DM 4,80
Geliebter Sohn.
Roman. (3393) DM 3,80
Das Haus der offenen Türen.
Roman. (3368) DM 4,80
Hochzeit machen, das ist wunderschön.
Roman. (3414) DM 3,80
In Liebe Deine Randi.
Roman. (3488) DM 3,80
Das Leben findet heute statt.
Roman. (3427) DM 4,80
Männer sind Gänseblümchen.
Roman. (3387) DM 3,80
Morgen oder übermorgen.
Roman. (3442) DM 4,80
Randi und das halbe Dutzend.
Roman. (3474) DM 4,80
Die Reise nach Ascona.
Roman. (3375) DM 4,80

Geller, Uri
Auf Biegen und Brechen.
(3995) DM 5,80

Golon, Anne
Angélique und die Verschwörung.
Roman. (3883) DM 6,80

Grumbach-Palme, Joseph M.
Erben gesucht.
Wem gehört das Geld?
(3968) DM 5,80

Habeler, Peter
Keine Angst vor Bergen!
(3959) DM 8,80
Der einsame Sieg.
Mount Everest '78.
(3740) DM 8,80

Hackett, General Sir John
Der Dritte Weltkrieg.
Roman. (3865) DM 7,80

Hampel, Bruno
13 Rosen für die Erbin.
Roman. (3918) DM 5,80

Hardeck, Marianne
Die Ehe der Vera S.
Roman. (6350) DM 6,80

Hassencamp, Oliver
Klipp und klar.
Gute und böse Gedanken.
(3911) DM 4,80

Heesters, Johannes
Es kommt auf die Sekunde an.
Erinnerungen.
(3879) DM 7,80

Heinrich, Willi
Schmetterlinge weinen nicht.
Roman. (3647) DM 6,80
Steiner I.
Das geduldige Fleisch.
Roman. (3755) DM 6,80
Steiner II. Das Eiserne Kreuz.
Siehe Warden, Robert.

Heinz, W.C.
Der Chirurg.
Roman. (3526) DM 5,80

Hocken, Sheila
Emma und ich. Die erstaunlichen Erlebnisse einer jungen blinden Frau | mit ihrer klugen Hündin.
(3984) DM 6,80

Hoffenberg, Jack
Die Gunst des Schicksals.
Roman. (3985) DM 9,80

Horbach, Michael
Bevor die Nacht begann.
Roman. (6305) DM 6,80
Die schuldlos sühnen.
Roman. (6349) DM 6,80

Horster, Hans-Ulrich
Verschattete Heimkehr.
Roman. (6313) DM 7,80
Verlorene Träume.
Roman. (3967) DM 6,80
Herz ohne Gnade.
Roman. (3861) DM 6,80
Der rote Rausch.
Roman. (3872) DM 6,80
Ein Student ging vorbei.
Roman. (3735) DM 6,80
Wie ein Sturmwind.
Roman. (3881) DM 7,80
Suchkind 312.
Roman. (3737) DM 6,80
Eheinstitut Aurora.
Roman. (3738) DM 6,80
Die Toteninsel.
Roman. (3754) DM 6,80
Ein Augenblick der Ewigkeit.
Roman. (3821) DM 6,80
Karussell der Liebe.
Roman. (3761) DM 6,80

Houston, James
Wie Füchse aus den Wäldern.
Roman. (6331) DM 7,80

Hugo, Victor
Der Glöckner von Notre-Dame.
Roman. (3953) DM 7,80

Huna, Ludwig
Das Mädchen von Nettuno.
Roman. Die »Borgia«-Trilogie III.
(3505) DM 4,80

Jarman, Rosemary H.
Die heimliche Krone.
Katharina von Valois auf dem englischen Thron.
Roman. (6319) DM 7,80

Jersild, P.C.
Die Insel der Kinder.
Roman. (6309) DM 7,80

Johann, A.E.
Sohn der Sterne und Ströme.
Roman. (3515)
DM 6,80

Kempowski, Walter
Tadellöser & Wolff.
Roman. (3892) DM 9,80
Aus großer Zeit.
Roman. (3933) DM 9,80

Kempowski, Walter / Fechner, Eberhard
Tadellöser & Wolff/Ein Kapitel für sich.
Materialien zu ZDF-Fernsehsendungen.
(3902) DM 6,80

Kernmayr, Hans Gustl
Unternehmen Edelweiß.
Roman. (3725) DM 3,80
Erzherzog Johanns große Liebe.
Roman. (3521) DM 4,80

Kirst, Hans Hellmut
Glück läßt sich nicht kaufen.
Roman. (3711) DM 5,80
Die Nacht der Generale.
Roman. (3538) DM 5,80
08/15 heute.
Der Roman der Bundeswehr.
(1345) DM 5,80
08/15 in der Kaserne.
Roman. Teil 1 der »08/15«-Trilogie.
(3497) DM 5,80
08/15 im Krieg.
Roman. Teil 2 der »08/15«-Trilogie.
(3498) DM 6,80
08/15 bis zum Ende.
Roman. Teil 3 der »08/15«-Trilogie.
(3499) DM 5,80
Keiner kommt davon.
Roman. (3763) DM 6,80
Generalsaffären.
Roman. (3906) DM 6,80

Knebel, Fletcher
Dollarfiesta.
Roman.
(3731) DM 6,80

Knef, Hildegard
Tournee, Tournee.
Die Schauspielerin, der Filmstar, die Autorin, der Showstar.
(10200) DM 9,80
Das Urteil.
(3520) DM 8,80
Nichts als Neugier.
Interwiews zu Fragen der Parapsychologie.
(3690) DM 8,80

Kolnberger, Evelyn
Der Wunsch.
Roman. (6353) DM 6,80

Lawrence, Margery
Die Madonna der sieben Monde.
Roman. (6338) DM 7,80

Leigh, Wendy
Was macht einen Mann gut im Bett?
(3854) DM 5,80
Was macht eine Frau gut im Bett?
(3742) DM 5,80

Große Reihe

Preisänderungen vorbehalten

Lentz, Mischa
Isabel.
Die Geschichte eines Sommers.
(6351) DM 5,80
Es ist schon sieben und Grischa nicht hier...
Roman. (6337) DM 5,80

Leonhardt, Rudolf Walter
(Hrsg.)
Lieder aus dem Krieg.
(3683) DM 6,80

Llewellyn, Richard
Der Judastag.
Roman. (3870) DM 7,80

Lundholm, Anja
Zerreißprobe.
Roman. (3877) DM 5,80

MacLean, Alistair
Rendezvous mit dem Tod.
Roman. (2655) DM 6,80
Das Mörderschiff.
Roman. (2880) DM 5,80

Mally, Anita
Premiere.
Roman. (6354) DM 5,80

Markus
Geschichte, die das Leben schrieb.
Ein stern-Buch.
(6952) DM 7,80

Martin, Hansjörg
Herzschlag.
Roman. (3951) DM 6,80

Maupassant, Guy de
Bel Ami.
Roman. (3411) DM 6,80

McKenna, Richard
Das Kanonenboot vom Yangtse-Kiang.
Roman. (3532) DM 6,80

Meissner, Hans-Otto
Im Zauber des Nordlichts.
Reisen und Abenteuer am Polarkreis.
(6347) DM 8,80
Der Stern von Kalifornien.
Reisen und Abenteuer im Südwesten der USA.
(3974) DM 8,80
Alatna.
Roman. (3857) DM 6,80
Versprechen im Schnee.
Roman. (3719) DM 5,80
Im Eismeer verschollen.
Roman. (2923) DM 4.—
Wildes rauhes Land.
Reisen und Jagen im Norden Kanadas.
(3760) DM 7,80
Gemsen vor meiner Tür.
Jagdgeschichten.
(3956) DM 7,80

Merkel, Max
Geheuert — Gefeiert — Gefeuert.
Die bemerke(l)nswerten Erlebnisse eines Fußballtrainers.
(3948) DM 6,80

Metternich, Tatiana
Bericht eines ungewöhnlichen Lebens.
(3922) DM 8,80

Moore, Robin
Das chinesische Ultimatum.
Roman. (3535) DM 5,80
Big Money.
Roman. (3675) DM 5,80

Moore, Robin / Dempsey, Al
Die Rom-Verschwörung.
Agententhriller.
(3973) DM 5,80
Die roten Falken.
Roman. (3659) DM 5,80
Die London-Falle.
Agententhriller.
(3946) DM 5,80 DE

Moore, Robin / Fuca, Barbara
Ein Leben für die Hölle.
Roman. (3717) DM 4,80

Müller, André
Entblößungen.
Ausgefallene, interessante, literarische Interviews.
(3887) DM 7,80

Munshower, Suzanne
John Travolta.
Disco-Star.
(3835) DM 5,80

Neiken, Dinah
Von ganzem Herzen.
Roman. (6301) DM 6,80

Och, Armin
Zürich Paradeplatz.
Roman.
(6312) DM 6,80

Otta, Stephan
Nur ein Seitensprung.
Roman. (3919) DM 5,80

Pahlen, Henry
Der Gefangene der Wüste.
Roman. (2545) DM 6,80
In den Klauen des Löwen.
Roman. (2581) DM 5,80
Liebe auf dem Pulverfaß.
Roman. (3402) DM 4,80
Schlüsselspiele für drei Paare.
Roman. (3367) DM 6.—
Schwarzer Nerz auf zarter Haut.
Roman. (2624) DM 5,80

Pahlen, Kurt (Hrsg.)
Mein Engel, mein Alles, mein Ich.
294 Liebesbriefe berühmter Musiker.
(6320) DM 7,80

Pepin F.
Magic 17.
Erotische Begegnungen.
(3855) DM 5,80

Konsalik

Das Haus der verlorenen Herzen.
Roman. (6315) DM 6,80
Eine glückliche Ehe.
Roman. (3935) DM 6,80
Das Geheimnis der sieben Palmen.
Roman. (3981) DM 6,80
Verliebte Abenteuer.
Heiterer Liebesroman.
(3925) DM 5,80
Auch das Paradies wirft Schatten.
Die Masken der Liebe.
Zwei Romane.
(3873) DM 5,80
Der Fluch der grünen Steine.
Roman.
(3721) DM 5,80
Schicksal aus zweiter Hand.
Roman. (3714) DM 6,80
Die tödliche Heirat.
Kriminalroman.
(3665) DM 5,80
Manöver im Herbst.
Roman. (3653) DM 6,80
Ich gestehe.
Roman.
(3536) DM 5,80
Morgen ist ein neuer Tag.
Roman.
(3517) DM 5,80
Das Schloß der blauen Vögel.
Roman. (3511) DM 6,80
Die schöne Ärztin.
Roman.
(3503) DM 6,80
Das Lied der schwarzen Berge.
Roman. (2889) DM 5,80
Ein Mensch wie du.
Roman. (2688) DM 5,80
Die schweigenden Kanäle.
Roman. (2579) DM 5,80
Stalingrad.
Bilder vom Untergang der 6. Armee.
(3698) DM 7,80

Percha, Igor von
Charlotta, Gräfin von Potsdam.
Roman. (3466) DM 6.—
Christina Maria und die
Petersburger Nächte.
Roman. (3440) DM 4,80
Im Auftrag der Königin.
Roman. (3670) DM 4,80

Perrin, Elula
Nur Frauen können Frauen lieben.
Roman. (3926) DM 5,80

Marcel
Pagnol
Der Dichter der Provence

Marius — Fanny — César.
Szenen aus Marseille.
(3972) DM 7,80
Marcel.
Eine Kindheit in der Provence.
(3750) DM 5,80
Marcel und Isabelle.
Die Zeit der Geheimnisse.
(3759) DM 5,80
Die Zeit der Liebe.
Kindheitserinnerungen.
(3878) DM 6,80
Die Wasser der Hügel.
Roman. (3766) DM 6,80
Die eiserne Maske.
Der Sonnenkönig und das
Geheim nis des großen Unbek.
(3862) DM 6,80

Piechota, Ulrike
Traumkonzert
Roman. (6355) DM 5,80

Plievier, Theodor
Stalingrad.
Roman. (3643) DM 6,80

Poe, Edgar Allan
Der Doppelmord in der Rue
Morgue (523) DM 4,80
Der Untergang des Hauses Usher.
Erzählungen. (3410) DM 4,80

Poyer, Joe
Der Milliarden-Terror.
Polit-Thriller.
(3992) DM 6,80

Preute, Michael und Gabriele
Deutschlands Kriminalfall Nr. 1
Vera Brühne — ein Justizirrtum?
(3891) DM 5,80

Preute, Michael / Guldner, Renate
Elvis Presley. The King.
Mit 28 Illustrationen sowie vollst
Disco- und Filmographie.
(3597) DM 4,80

Raab, Fritz
Das Denkmal.
Roman. (6317) DM 7,80

Rampa, Lobsang
Das dritte Auge.
Ein tibetanischer Lama erzählt
sein Leben.
(3744) DM 6,80

Rand, Ayn
Der ewige Quell.
Roman. (3700) DM 9,80

Rattay, Arno / Chiczewski, Andrzej
Narben.
Wege zur Versöhnung
zwischen Deutschen und Polen.
(6365) DM 7,80

Rezzori, Gregor von
Die Toten auf ihre Plätze!
Ein Filmtagebuch.
(3541) DM 5,80

Rosendorfer, Herbert
Stephanie und das vorige Leben.
Roman. (3823) DM 5,80

Rothenberger, Anneliese
Melodie meines Lebens.
Ein Weltstar erzählt.
(2990) DM 4,80

Ruark, Robert
Die schwarze Haut.
Roman. (6304) DM 8,80
Nie mehr arm. Roman.
1. Teil: (6333) DM 6,80
2. Teil: (6334) DM 6,80

Schaake, Ursula
Zwölf Tage im August.
Roman. (3666) DM 4,80

Schönthan, Gaby von
So nah der Liebe.
Roman. (3890) DM 5,80

Schrobsdorff, Angelika
Die kurze Stunde zwischen
Tag und Nacht.
Roman. (3964) DM 9,80
Der Geliebte.
Roman. (3525) DM 6,80
Die Herren.
Roman. (3471) DM 7,80

Schulberg, Budd
Der Entzauberte.
Roman. (3986) DM 7,80
Die Faust im Nacken.
Roman. (3762) DM 6,80

Sebastian, Peter
Schwester Carola.
Roman. (6322) DM 5,80

Stop, Dr. von Menasse!
Arztroman. (6346) DM 5,80
Als die letzte Maske fiel.
Arztroman.
(3993) DM 5,80
Der Chefarzt.
Roman. (3662) DM 4,80
Kaserne Krankenhaus.
Roman. (3822) DM 4,80

Segal, Erich
Oliver's Story.
Roman. (3709) DM 4,80

Seymour, Gerald
Der Ruf des Eisvogels.
Roman. (3930) DM 6,80

Sheldon, Sydney
Ein Fremder im Spiegel.
Roman. (6314) DM 6,80
Jenseits von Mitternacht.
Roman. (6325) DM 7,80
Blutspur.
Roman. (6342) DM 6,80

Sing mit Fischer.
Die schönsten Lieder der
Fischer-Chöre.
(3942) DM 6,80

Sinn, Dieter
Rom zu meinen Füßen.
Cesare Borgia. Ein Roman der Macht.
(6340) DM 7,80

Slaughter, Frank G.
Intensivstation.
Roman. (3506) DM 6,80

Sommer, Siegfried
Meine 99 Bräute.
Roman. (3871) DM 5,80

Steffens, Günter
Die Annäherung an das Glück.
Roman. (3988) DM 9,80

Steinbeck, John
Die wunderlichen Schelme von
Tortilla Flat.
Roman. (3923) DM 5,80
Wonniger Donnerstag.
Roman. (3931) DM 6,80

Stevens, Robert Tyler
Sommer in Livadia.
Roman. (6339)

Stromberger, Robert
(Hrsg.)
Tod eines Schülers.
Wer ist schuld am Selbstmord von
Claus Wagner?
(3950) DM 7,80

Tessin, Brigitte von
Der Bastard.
Roman. (3932) DM 9,80

Stone, Irving
Die Träume leben.
Die Karriere des Heizers D.
Roman. (6326) DM 6,80

Tetsche
Neues aus Kalau.
Ein stern-Buch.
(6953) DM 9,80

Tolstoi, Leo N.
Krieg und Frieden.
Roman. (430) DM 9,80

Troll, Thaddäus
Herrliche Aussichten.
Satirische Feststellungen.
(3734) DM 3,80

Troy, Una
Der Brückenheilige.
Roman. (3676) DM 5,80
Sommer der Versuchung.
Roman. (3380) DM 5,80

Trudeau, Margaret
Ich pfeif' auf die Vernunft.
Erinnerungen.
(3864) DM 7,80

Große Reihe

Preisänderungen vorbehalten

Vialar, Paul
Madame de Viborne.
Roman. (3704) DM 9,80

Wagner, F.J.
Das Ding.
Roman. (3921) DM 6,80

Walker, Margaret
Die Sklavin.
Roman. (3568) DM 6,80

Wallace, Lewis
Ben Hur.
Roman. (645) DM 5,80

Warden, Robert
Steiner II. Das Eiserne Kreuz.
Roman nach Motiven von
Willi Heinrich.
(3884) DM 6,80

Wiseman, Thomas
Der Tag vor Sonnenaufgang.
Roman. (6330) DM 7,80

Woodiwiss, Kathleen E.
Wohin der Sturm uns trägt.
Roman. (6341) DM 7,80
Shana.
Roman. (3939) DM 8,80

Zola Emile
Nana.
Roman. (3996) DM 8,80

Zwerenz, Gerhard
Der chinesische Hund.
Roman. (6323) DM 5,80
Salut für einen alten Poeten.
(3937) DM 5,80
Die 25. Stunde der Liebe.
Roman. (3971) DM 5,80
Schöne Geschichten.
Erotische Streifzüge.
(3987) DM 5,80
Die Quadriga des Mischa Wolf.
Roman. (3652) DM 6,80
Die schrecklichen Folgen der Legende, ein Liebhaber gewesen zu sein.
Erotische Geschichten.
(3674) DM 4,80
Die Ehe der Maria Braun.
Roman nach dem gleichnamigen Film von Rainer Werner Fassbinder.
(3841) DM 5,80
Wozu das ganze Theater?
Roman. (3824) DM 6,80
Eine Liebe in Schweden.
Roman. (3907) DM 5,80
Ungezogene Geschichten.
(3928) DM 5,80

Heitere Romane und Humor

Böttcher, Maximilian
Krach im Hinterhaus.
Roman. (6348) DM 6,80

Gallico, Paul
Kleine Mouche — Pepino — Die Schneeganz. Erzählungen.
(902) DM 3,80

Geißler, Horst Wolfram
Die Glasharmonika.
Roman. (2717) DM 4,80
Der unheilige Florian.
Roman. (1712) DM 4,80
Das Lied vom Wind.
Roman. (3641) DM 5,80

Gilbreth, Frank B. / Gilbreth Carey, Ernestine
Im Dutzend billiger.
Roman. (3929) DM 4,80

Heimeran, Ernst (Hrsg.)
Unfreiwilliger Humor.
(3381) DM 4,80

Holm, Sven (Hrsg.)
Bettfreuden.
Dänische Liebesgeschichten.
Erste Folge. (3531) DM 4,80
Zweite Folge. (3649) DM 4,80
Dritte Folge. (3975) DM 4,80

Lembke, Robert
Die besten, die größten, die schlimmsten.
Rekorde reihenweise.
(3836) DM 5,80
Robert Lembkes Witzauslese.
(3355) DM 3,80
Zynisches Wörterbuch.
Mit 20 Zeichnungen von Franziska Bilek.
(3437) DM 3,80

Lohmeier, Georg
Geschichten für den Komödienstadel.
(3456) DM 4.—
Neue Geschichten für den Komödienstadel.
(3470) DM 4.—

Nicklisch, Hans
Familienalbum.
(6335) DM 5,80

Rösler, Jo Hanns
An meine Mutter...
(3467) DM 3,80
Kitty und Johannes.
Erzählungen.
(3537) DM 4,80
Lachen Sie mit Jo Hanns Rösler.
(3484) DM 3,80
Wohin sind all die Jahre...
(3398) DM 4,80
Wohin sind all die Tage...
(3407) DM 4,80
Wohin sind all die Stunden...
(3421) DM 4,80

Scott, Mary
Übernachtung — Frühstück ausgeschlossen.
Roman. (6316) DM 4,80
Fremde Gäste.
Roman. (3866) DM 4,80 DE
Das Jahr auf dem Lande.
Roman. (3882) DM 4,80 DE
Ja, Liebling.
Roman. (2740) DM 4,80
Geliebtes Landleben.
Roman. (3705) DM 4,80
Das waren schöne Zeiten.
Mary Scott erzählt aus ihrem Leben.
Es ist ja so einfach.
Roman. (1904) DM 4,80
Es tut sich was im Paradies.
Roman. (730) DM 5,80
Flitterwochen.
Roman. (3482) DM 5,80
Fröhliche Ferien am Meer.
Roman. (3361) DM 4,80
Frühstück um Sechs.
Roman. (1310) DM 5,80
Hilfe, ich bin berühmt!
Roman. (3455) DM 4,80
Kopf hoch, Freddie!
Roman. (3390) DM 4,80
Macht nichts, Darling.
Roman. (2589) DM 4,80
Mittagessen Nebensache.
Roman. (1636) DM 4,80
Onkel ist der Beste.
Roman. (3373) DM 4,80
Tee und Toast.
Roman. (1718) DM 4,80
Truthahn um Zwölf.
Roman. (2452) DM 4,80
Und abends etwas Liebe.
Roman. (2377) DM 4,80
Verlieb dich nie in einen Tierarzt.
Roman. (3516) DM 4,80
Wann heiraten wir, Freddie?
Roman. (2421) DM 5,80
Zum Weißen Elefanten.
Roman. (2381) DM 5,80
Oh, diese Verwandtschaft.
Roman. (3663) DM 4,80
Zärtliche Wildnis.
Roman. (3677) DM 4,80
Das Teehaus im Grünen.
Roman. (3758) DM 5,80
Na endlich, Liebling.
Roman. (3913) DM 5,80

Scott, Mary / West, Joyce
Das Geheimnis der Mangroven-Bucht.
Roman. (3354) DM 4,80
Lauter reizende Menschen.
Roman. (1465) DM 4,80
Das Rätsel der Hibiskus-Brosche.
Roman. (3492) DM 4,80
Tod auf der Koppel.
Roman. (3419) DM 4,80
Der Tote im Kofferraum.
Roman. (3369) DM 4,80

Seeliger, Ewald Gerhard
Peter Voß, der Millionendieb.
Roman. (1826) DM 4,80

Smith, Richard
Schlank durch Sex.
Mit Kalorienangaben.
(3741) DM 4,80 DE

Spoerl, Alexander
Matthäi am letzten.
Roman. (2968) DM 3,80
Unter der Schulbank geschrieben.
(2957) DM 3,80

Spoerl, Heinrich
Die Hochzeitsreise.
Roman. (2754) DM 3,80

Tibber, Robert
Auch sonntags Sprechstunde.
Roman. (3328) DM 3,80
Heirate keinen Arzt.
Roman. (1912) DM 3,80
Ob das wohl gut geht...
Roman. (2908) DM 3,80
Kleiner Kummer, großer Kummer.
Roman. (1950) DM 3,80
Die lieben Patienten.
Roman. (1996) DM 3,80

Troy, Una
Die Pforte zum Himmelreich.
Roman. (2643) DM 4,80
Maggie und ihr Doktor.
Roman. (2354) DM 4,80
Meine drei Ehemänner.
Roman. (2390) DM 5,80

Wodehouse, P.G.
Fünf vor zwölf, Jeeves!
Roman. (3962) DM 5,80
Stets zu Diensten.
Roman. (3860) DM 4,80
Das Mädchen in Blau.
Roman. (3718) DM 4,80
Die Feuerprobe und andere Geschichten.
(2339) DM 4,80
Herr auf Schloß Blandings.
Geschichten. (3418) DM 3,80
Keine Ferien für Jeeves.
Roman. (3658) DM 3,80
Ohne Butler geht es nicht.
Roman. (3500) DM 3,80
Terry lebt verschwenderisch.
Roman. (3349) DM 4.—
Was tun, Jeeves?
Roman. (3947) DM 4,80
Der Junggesellen-Club.
Roman. (3924) DM 4,80

Wolfe, Winifried
Gefrühstückt wird zu Hause.
Roman. (1594) DM 4,80

Märchen und Sagen

Andersen, Hans Christian
Gesammelte Märchen.
(510) DM 5.—

Grimm, Brüder
Märchen der Brüder Grimm.
Nach der Ausgabe von 1857.
(412) DM 9,80

Mark, Herbert
Die schönsten Heldensagen der Welt.
(3748) DM 9,80

Schwab, Gustav
Die schönsten Sagen des klassischen Altertums.
(500) DM 5,80

Edgar Wallace

Alle Wallace-Krimis auf einen Blick

Die Abenteuerin.
(164) DM 4,80
A.S. der Unsichtbare.
(126) DM 4,80
Die Bande des Schreckens.
(11) DM 4,80
Der Banknotenfälscher.
(67) DM 4,80
Bei den drei Eichen.
(100) DM 4,80
Die blaue Hand.
(6) DM 4,80
Der Brigant.
(111) DM 4,80
Der Derbysieger.
(242) DM 4,80
Der Diamantenfluß.
(16) DM 4,80
Der Dieb in der Nacht.
(1060) DM 3,80
Der Doppelgänger.
(95) DM 4,80
Die drei Gerechten.
(1170) DM 4,—
Die drei von Cordova.
(160) DM 4,80
Der Engel des Schreckens.
(136) DM 3,80
Feuer im Schloß.
(1063) DM 3,80
Der Frosch mit der Maske.
(1) DM 5,80
Gangster in London.
(178) DM 5,80
Das Gasthaus an der Themse.
(88) DM 3,80
Die gebogene Kerze.
(169) DM 3,80
Geheimagent Nr. sechs.
(236) DM 4,80
Das Geheimnis der gelben Narzissen.
(37) DM 4,80
Das Geheimnis der Stecknadel.
(173) DM 4,80
Das geheimnisvolle Haus.
(113) DM 4,80
Die gelbe Schlange.
(33) DM 4,80
Ein gerissener Kerl.
(28) DM 4,80
Das Gesetz der Vier.
(230) DM 4,80
Das Gesicht im Dunkel.
(139) DM 4,80
Im Banne des Unheimlichen
(117) DM 5,80

In den Tod geschickt.
(252) DM 3,80
Das indische Tuch.
(189) DM 4,80
John Flack.
(51) DM 4,80
Der Joker.
(159) DM 4,80
Das Juwel aus Paris.
(2128) DM 3,80
Kerry kauft London.
(215) DM 4,80
Der leuchtende Schlüssel.
(91) DM 4,80
Lotterie des Todes.
(1098) DM 3,80
Louba, der Spieler.
(163) DM 4,80
Der Mann, der alles wußte.
(86) DM 4,80
Der Mann, der seinen Namen änderte.
(1194) DM 3,80
Der Mann im Hintergrund.
(1155) DM 4,—
Der Mann aus Marokko.
(124) DM 4,80
Die Melodie des Todes.
(207) DM 3,80
Die Millionengeschichte.
(194) DM 3,80
Mr. Reeder weiß Bescheid.
(1114) DM 3,80
Nach Norden, Strolch!
(221) DM 4,80
Neues vom Hexer.
(103) DM 4,80
Penelope von der »Polyantha«.
(211) DM 3,80
Der goldene Hades.
(226) DM 3,80
Die Gräfin von Ascot.
(1071) DM 3,80
Großfuß.
(65) DM 4,80
Der grüne Bogenschütze.
(150) DM 4,80
Der grüne Brand.
(1020) DM 4,80
Gucumatz.
(248) DM 4,80
Hands up!
(13) DM 4,80
Der Hexer.
(30) DM 4,80
Der Preller.
(116) DM 4,80
Der Rächer.
(60) DM 4,80

Der Redner.
(183) DM 4,80
Richter Maxells Verbrechen.
(41) DM 3,80
Der rote Kreis.
(35) DM 4,80
Der Safe mit dem Rätselschloß.
(47) DM 4,80
Die Schuld des Anderen.
(1055) DM 3,80
Der schwarze Abt.
(69) DM 4,80
Der sechste Sinn des Mr. Reeder.
(77) DM 4,80
Die seltsame Gräfin.
(49) DM 4,80
Der sentimentale Mr. Simpson.
(1214) DM 4,80
Das silberne Dreieck.
(154) DM 4,80
Das Steckenpferd des alten Derrick.
(97) DM 4,80
Der Teufel von Tidal Basin.
(80) DM 3,80
Töchter der Nacht.
(1106) DM 4,80
Die toten Augen von London.
(161) DM 3,80
Die Tür mit den 7 Schlössern.
(21) DM 4,80
Turfschwindel.
(155) DM 4,—
Überfallkommando.
(75) DM 4,80
Der Unheimliche.
(55) DM 4,80
Die unheimlichen Briefe.
(1139) DM 4,80
Der unheimliche Mönch.
(203) DM 4,80
Das Verrätertor.
(45) DM 4,80
Der viereckige Smaragd.
(195) DM 4,80
Die vier Gerechten.
(39) DM 4,80
Zimmer 13.
(44) DM 4,80
Der Zinker.
(200) DM 3,80

Freeling, Nicolas
Castangs Stadt.
(5221) DM 5,80
Die Formel.
(5213) DM 6,80
Inspektor Van der Valks Witwe.
(4897) DM 5,80
Der schwarze Rolls-Royce.
(5206) DM 5,80

Gores, Joe
Dashiell Hammetts letzter Fall.
(4801) DM 4,80
Der Killer in dir.
(4838) DM 4,80

Hare, Cyril
Erschlagen bei den Eiben.
(4774) DM 3,80
Er hätte später sterben sollen.
(4782) DM 3,80

Hill, Reginald
Noch ein Tod in Venedig.
(5219) DM 4,80
Das Rio-Papier
u.a. Kriminalgeschichten.
(5216) DM 5,80
Der Calliope-Club.
(4836) DM 5,80

Hughes, Dorothy B.
Wo kein Zeuge lauscht.
(5210) DM 4,80

Maling, Arthur
Zuletzt gesehen...
(5201) DM 6,80

Neely, Richard
Der Attentäter.
(4556) DM 4,—
Lauter Lügen.
(4816) DM 4,80
Schwarzer Vogel über der Brandung.
(4748) DM 4,80
Flucht in die Hölle.
(4866) DM 4,80
Die Nacht der schwarzen Träume.
(4778) DM 4,80
Das letzte Sayonara.
(5208) DM 6,80

Ruhm, Herbert (Hrsg.)
Die besten Stories aus dem weltberühmten »Black Mask Magazine«
(4818) DM 6,80

Simon, Roger L.
Die Peking-Ente.
(5202) DM 4,80

Swarthout, Glendon
Das Wahrheitsspiel.
(5218) DM 6,80

Symons, Julian
Der Fall Adelaide Bartlett.
(5220) DM 6,80
Am Ende war alles umsonst.
(4773) DM 4,80
Roulett der Träume.
(4792) DM 4,80
Damals tödlich.
(4855) DM 5,80

Taibo II., Francisco J.
Die Zeit der Mörder.
(5222) DM 4,80

Tynan, Kathleen
Agatha.
(5204) DM 5,80

Weverka, Robert
Mord an der Themse.
(5211) DM 4,80

Action-Krimi

Charles, Robert
Sechs Stunden nach dem Mord.
(4760) DM 3,80

Copper, Basil
Mord ersten Grades.
(5408) DM 4,80
Geld spielt (k)eine Rolle.
(5410) DM 4,80

Crowe, John
Ein Weg von Mord zu Mord.
(4766) DM 4,80

Crumley, James
Der letzte echte Kuß.
(5414) DM 5,80

Downing, Warwick
...Zahn um Zahn.
(4747) DM 3,80

Faust, Ron
Der Skilift-Killer.
(4832) DM 3,80

Fish, Robert L.
Die Insel der Schlangen.
(5426) DM 4,80
Ein Kopf für den Minister.
(5415) DM 4,80

Gores, Joe
Überfällig.
(5419) DM 5,80
Zur Kasse, Mörder!
(5418) DM 4,80

Hallahan, William H.
Ein Fall für Diplomaten.
(4823) DM 5,80

Hamill, Pete
Ich klau' dir eine Bank.
(5413) DM 4,80
Jeder kann ein Mörder sein.
(5417) DM 4,80

Harrington, William
Scorpio 5.
(4739) DM 4,80

Hubert, Tord
Wenn der Damm bricht.
(4828) DM 4,80

Irvine, R.R.
Der Katzenmörder.
(4745) DM 3,80
Bomben auf Kanal 3.
(4850) DM 4,80

Israel, Peter
Der Trip nach Amsterdam.
(4876) DM 3,80

Jobson, Hamilton
Ein bißchen sterben.
(4888) DM 3,80
Kontrakt mit dem Killer.
(4755) DM 3,80
Richtet mich morgen.
(4808) DM 3,80

Jones, Elwyn
Chefinspektor Barlow in Australien.
(4862) DM 3,80

Kyle, Duncan
Todesfalle Camp 100.
(5402) DM 5,80

Lacy, Ed
Mord auf Kanal 12.
(5422) DM 4,80
Verdammter Bulle.
(5416) DM 4,80
Zahlbar in Mord.
(5406) DM 4,80
Geheimauftrag Harlem.
(5404) DM 5,80

Lecomber, Brian
Schmuggelfracht nach Puerto Rico.
(4861) DM 5,80

MacDonald, John D.
Die mexikanische Heirat.
(5420) DM 4,80

MacKenzie, Donald
Nicht nur Schnappschüsse.
(5425) DM 5,80

Martin, Ian Kennedy
Regan und das Geschäft des Jahrhunderts.
(4834) DM 3,80

Marshall, William
Bombengrüße aus Hongkong.
(4738) DM 3,80
Dünne Luft.
(4722) DM 4,80
Das Skelett auf dem Floß.
(5403) DM 4,80

Pronzini, Bill / Malzberg, Barry
Jagt die Bestie!
(5423) DM 5,80

Rifkin, Shepard
Die Schneeschlange.
(4863) DM 3,80

Ross, Sam
Der gelbe Jaguar.
(5411) DM 4,80

Simon, Roger L.
Das Geschäft mit der Macht.
(4874) DM 3,80
Hecht unter Haien.
(4880) DM 3,80

Stein, Aaron Marc
Der Kälte-Faktor.
(4841) DM 3,80
Unterwegs in den Tod.
(4835) DM 4,80
Auftrag mit heißen Kurven.
(5412) DM 4,80

Straker, J.F.
Mord unter Brüdern.
(4870) DM 4,80

Topor, Tom
Verblichener Ruhm.
(5424) DM 5,8C

Wainwright, John
Joey.
(4810) DM 3,80
Requiem für einen Verlierer.
(4733) DM 3,80
Gutschein für Mord.
(4848) DM 4,80
Nachts stirbt man schneller.
(5407) DM 4,80

Waugh, Hillary
Fünf Jahre später.
(4875) DM 3,80

Way, Peter
Der tödliche Irrtum.
(5421) DM 4,80

Weverka, Robert
Mord an der Themse.
(5409) DM 4,80

Wilcox, Collin
Der tödliche Biß.
(5401) DM 4,80
Das dritte Opfer.
(4689) DM 4,80
Der Profi-Killer.
(5405) DM 4,80

Wilcox, Collin / Pronzini, Bill
Montag mittag San Francisco.
(4884) DM 5,80

Wren, M.K.
Gewiß ist nur der Tod.
(4839) DM 4,80

Rote Krimi

Bagby, George
Ein Goldfisch unter Haien.
(4768) DM 3,80
Die schöne Geisel.
(4853) DM 3,80
Toter mit Empfehlungs schreiben.
(4864) DM 3,80

Beare, George
Die teuerste Rose.
(4843) DM 3,80

Blake, Nicholas
Das Biest.
(4889) DM 4,80

Brett, Simon
Generalprobe für Mord.
(4826) DM 3,80

Bunn, Thomas
Leiche im Keller.
(4846) DM 5,80

Carmichael, Harry
Liebe, Mord und falsche Zeugen.
(4847) DM 4,80
Der Tod zählt bis drei.
(4785) DM 3,80

Christie, Agatha
Alibi.
(12) DM 4,80
Dreizehn bei Tisch.
(66) DM 4,80
Das Geheimnis von Sittaford.
(73) DM 4,80
Das Haus an der Düne.
(98) DM 4,80
Mord auf dem Golfplatz.
(9) DM 4,80
Nikotin.
(64) DM 4,80
Der rote Kimono.
(62) DM 4,80
Ein Schritt ins Leere.
(70) DM 4,80
Tod in den Wolken.
(4) DM 4,80

Dolson, Hildegarde
Schönheitsschlaf mit Dauerwirkung.
(4825) DM 4,80

Durbridge, Francis
Der Andere.
(3142) DM 3,80
Die Brille.
(2287) DM 4,80
Charlie war mein Freund.
(3027) DM 4,—
Es ist soweit.
(3206) DM 4,80
Das Halstuch.
(3175) DM 4,—
Im Schatten von Soho.
(3218) DM 4,—
Keiner kennt Curzon.
(4225) DM 4,—
Das Kennwort.
(2266) DM 4,—
Kommt Zeit, kommt Mord.
(3140) DM 4,—
Ein Mann namens Harry Brent.
(4035) DM 3,80
Melissa.
(3073) DM 4,—
Mr. Rossiter empfiehlt sich.
(3182) DM 4,80
Paul Temple — Banküberfall in Harkdale.
(4052) DM 3,80
Paul Temple — Der Fall Kelby.
(4039) DM 3,—
Paul Temple jagt Rex.
(3198) DM 4,80
Paul Temple und die Schlagzeilenmänner.
(3190) DM 4,80
Der Schlüssel.
(3166) DM 4,80
Die Schuhe.
(2277) DM 4,80
Der Siegelring.
(3087) DM 4,—
Tim Frazer
(3064) DM 3,80
Tim Frazer und der Fall Salinger.
(3132) DM 4,80
Wie ein Blitz.
(4205) DM 3,—
Tim Frazer weiß Bescheid.
(4871) DM 4,80
Die Kette.
(4788) DM 4,80
Zu jung zum Sterben.
(4157) DM 3,—

Fleming, Joan
Das Haus am Ende der Straße.
(4814) DM 3,80

Fletcher, Lucille
Taxi nach Stamford.
(4723) DM 3,80

Francis, Dick
Der Trick, den keiner kannte.
(4804) DM 4,80
Die letzte Hürde.
(4780) DM 4,80

Gardner, Erle Stanley (A.A. Fair)
Alles oder nichts.
(4117) DM 4,80
Der dunkle Punkt.
(3039) DM 4,80
Goldaktien.
(4789) DM 4,80
Die goldgelbe Tür.
(3050) DM 4,—

Heiße Tage auf Hawaii.
(3106) DM 4,80
Im Mittelpunkt Yvonne.
(4749) DM 4,80
Kleine Fische zählen nicht.
(4802) DM 4,80
Lockvögel.
(3114) DM 4,80
Per Saldo Mord.
(3121) DM 4,—
Ein schwarzer Vogel.
(2267) DM 4,—
Der schweigende Mund.
(2259) DM 5,80
Ein pikanter Köder.
(3129) DM 3,80
Sein erster Fall.
(2291) DM 4,—
Treffpunkt Las Vegas.
(3023) DM 4,80
Wo Licht im Wege steht.
(3048) DM 4,—
Der zweite Buddha.
(3083) DM 4,80
Das volle Risiko.
(4852) DM 4,80
Die Pfotenspur.
(4309) DM 4,—

Gilbert, Michael
Geliebt, gefeiert und getötet.
(4911) DM 5,80
Das leere Haus.
(4868) DM 4,80

Goodis, David
Schüsse auf den Pianisten.
(4894) DM 4,80

Gordons, The
Letzter Brief an Cathy.
(4898) DM 5,80
Beeile dich zu leben.
(4765) DM 4,80
FBI-Aktien.
(2260) DM 4,80
FBI-Aktion »Schwarzer Kater«.
(4661) DM 3,—
FBI-Auftrag.
(3053) DM 3,—
Feuerprobe.
(4670) DM 4,—
Geheimauftrag für Kater D.C.
(3072) DM 3,—
Der letzte Zug.
(3074) DM 4,80

Gunn, Victor
Das achte Messer.
(201) DM 4,80
Auf eigene Faust.
(162) DM 4,—
Die Erpresser.
(148) DM 4,80
Das Geheimnis der
Borgia-Skulptur.
(205) DM 4,—
Die geheimnisvolle Blondine.
(1232) DM 4,-
Gelächter in der Nacht.
(175) DM 4,—
Gute Erholung, Inspektor
Cromwell.
(1137) DM 4,—
Im Nebel verschwunden.
(140) DM 4,80
In blinder Panik.
(1104) DM 4,—
Inspektor Cromwell
ärgert sich.
(2036) DM 4,—
Inspektor Cromwells
großer Tag.
(143) DM 4,—
Inspektor Cromwells Trick.
(294) DM 4,—
Die Lady mit der Peitsche.
(261) DM 4,80
Lord Bassingtons Geheimnis.
(3028) DM 3,—
Der Mann im Regenmantel.
(2093) DM 4,—
Der rächende Zufall.
(186) DM 4,—
Das rote Haar.
(1289) DM 4,—
Roter Fingerhut.
(267) DM 4,—
Schrei vor der Tür.
(2155) DM 4,—
Schritte des Todes.
(3049) DM 4,80
Die seltsame Idee der
Mrs. Scott.
(1122) DM 4,—
Spuren im Schnee.
(147) DM 4,—
Der Tod hat eine Chance.
(166) DM 4,—
Tod im Moor.
(1083) DM 3,80
Die Treppe zum Nichts.
(193) DM 4,—
Der vertauschte Koffer.
(216) DM 4,80
Der vornehme Mörder.
(3062) DM 4,—
Was wußte Molly Liskern?
(1205) DM 4 —
Das Wirtshaus von Dartmoor.
(4772) DM 4,80
Wo waren Sie heute nacht?
(1012) DM 4,—
Die Rosenblätter.
(284) DM 4,80
Zwischenfall auf dem
Trafalgar Square.
(254) DM 4,—

Healey, Ben
Letzte Fähre nach Venedig.
(4914) DM 4,80

Hensley, Joe L.
Giftiger Sommer.
(4869) DM 3,80

Hill, Peter
Mord im kleinen Kreis.
(4824) DM 3,80

Howard, Hartley
Der große Fischzug.
(4887) DM 4,80
Jenseits der Tür.
(4649) DM 4,80
Einmal fängt jeder an.
(4777) DM 3,80
One-Way Ticket.
(4813) DM 3,80
Der Abschiedsbrief.
(4890) DM 4,80
Der Teufel sorgt für die
Seinen.
(4759) DM 4,80
Keine kleine Nachtmusik.
(4783) DM 3,80
Fünf Stunden Todesangst.
(4867) DM 3,80
Fahrkarte ins Jenseits.
(4730) DM 4,80
Nackt, mit heiler Haut.
(4715) DM 4,80

Hughes, Dorothy B.
Der Tod tanzt auf den
Straßen.
(4900) DM 4,80

Knox, Bill
Frachtbetrug.
(4909) DM 4,80
Zwischenfall auf Island.
(4899) DM 4,80
Tödliche Fracht.
(4906) DM 4,80
Whisky macht das Kraut
nicht fett.
(4873) DM 4,80
Gestrandet vor der Bucht.
(4842) DM 3,80

Law, Janice
Zwillings-Trip.
(4817) DM 3,80

Lewis, Roy
Morgen wird abgerechnet.
(4856) DM 3,80
Nichts als Füchse.
(4761) DM 3,80

Lockridge, F.R.
Lautlos wie ein Pfeil.
(4051) DM 3,80
Schluß der Vorstellung.
(4750) DM 4,80
Sieben Leben hat die Katze.
(4820) DM 4,80

Lutz, John
Augen auf beim Kauf.
(4803) DM 3,80

MacKenzie, Donald
Der Fall Kerouac.
(4901) DM 4,80
Notizbuch der Angst.
(4883) DM 3,80
Die tödliche Lektion.
(4822) DM 3,80

Maling, Arthur
Eine Aktie auf den Tod.
(4807) DM 4,80
Manipulationen.
(4854) DM 4,80

Marsh, Ngaio
Der Tod im Frack.
(4908) DM 6,80
Mylord mordet nicht.
(4910) DM 6,80
Fällt er in den Graben, fällt er in den Sumpf.
(4912) DM 5,80
Ouvertüre zum Tod.
(4902) DM 5,80
Tod im Pub.
(4904) DM 5,80

Martin, Robert
Gute Nacht und süße Träume.
(4764) DM 4,80

Nielsen, Helen
Ein folgenschwerer Freispruch.
(4885) DM 4,80

Ormerod, Roger
Blick auf den Tod.
(4819) DM 3,80

Postgate, Raymond
Das Urteil der Zwölf.
(4896) DM 4,80

Roberts, Willo Davis
Tatmotiv: Angst.
(4776) DM 3,80

Roffman, Ian
Trauerkranz mit Liebesgruß.
(4881) DM 4,80

Sayers, Dorothy
Es geschah im Bellona-Klub.
(3067) DM 4,80
Geheimnisvolles Gift.
(3068) DM 4,80
Mord braucht Reklame.
(3066) DM 4,80

Siller, Hilda van
Der Bermuda-Mord.
(4734) DM 3,80
Das Ferngespräch.
(4758) DM 4,80
Ein fairer Prozeß.
(4635) DM 3,80
Ein Familienkonflikt.
(4767) DM 3,80
Der Hilfeschrei.
(4702) DM 3,80
Küß mich und stirb.
(4743) DM 3,80
Die Mörderin.
(4720) DM 3,80
Pauls Apartment.
(4725) DM 3,80
Die schöne Lügnerin.
(4621) DM 3,80
Niemand kennt Mallory.
(4751) DM 3,80

Smith, Charles Merrill
Reverend Randollph und der Racheengel.
(4860) DM 4,80
Die Gnade GmbH.
(4905) DM 5,80

Stout, Rex
Die Champagnerparty.
(4062) DM 4,—
Gambit.
(4038) DM 4,—
Gast im dritten Stock.
(2284) DM 4,—
Das Geheimnis der Bergkatze.
(3052) DM 4,—
Gift à la carte.
(4349) DM DM 4,—
Die goldenen Spinnen.
(3031) DM 4,—
Morde jetzt — zahle später.
(3124) DM 4,—
Orchideen für sechzehn Mädchen.
(3002) DM 4,—
P.H. antwortet nicht.
(3024) DM 4,—
Das Plagiat.
(3108) DM 4,80
Der rote Bulle.
(2269) DM 4,—
Der Schein trügt.
(3300) DM 4,—
Vor Mitternacht.
(4048) DM 4,—
Per Adresse Mörder X.
(4389) DM 4,80
Zu viele Klienten.
(3290) DM 4,—
Zu viele Köche.
(2262) DM 4,—
Das zweite Geständnis.
(4056) DM 4,—
Wenn Licht ins Dunkle fällt.
(4358) DM 4,—

Truman, Margaret
Mord im Weißen Haus.
(4907) DM 5,80

Upfield, Arthur W.
Bony stellt eine Falle.
(1168) DM 4,—
Bony übernimmt den Fall.
(2031) DM 4,80
Bony und der Bumerang.
(2215) DM 4,—
Bony und die Maus.
(1011) DM 4,80
Bony und die schwarze Jungfrau.
(1074) DM 4,—
Bony und die Todesotter.
(2088) DM 4,—
Bony und die weiße Wilde.
(1135) DM 4,—
Bony wird verhaftet.
(1281) DM 4,80
Fremde sind unerwünscht.
(1230) DM 4,—
Gefahr für Bony.
(2289) DM 4,—
Die Giftvilla.
(180) DM 4,80
Ein glücklicher Zufall.
(1044) DM 4,80
Die Junggesellen von Broken Hill.
(241) DM 4,80
Der Kopf im Netz.
(167) DM 4,80
Die Leute von nebenan.
(198) DM 4,80
Mr. Jellys Geheimnis.
(2141) DM 4,—
Der neue Schuh.
(219) DM 4,80
Der schwarze Brunnen.
(224) DM 4,—
Der streitbare Prophet.
(232) DM 4,80
Todeszauber.
(2111) DM 4,—
Viermal bei Neumond.
(4756) DM 4,80
Wer war der zweite Mann?
(1208) DM 4,—
Die Witwen von Broome.
(142) DM 4,80
Bony kauft eine Frau.
(4781) DM 3,80

Wainwright, John
Gehirnwäsche.
(4903) DM 4,80

Wallace, Penelope
Toter Erbe — guter Erbe.
● (4893) DM 3,80
Das Geheimnis des schlafwandelnden Affen.
● (4849) DM 3,80

Weinert-Wilton, Louis
Die chinesische Nelke.
(53) DM 5,80
Der Drudenfuß.
(233) DM 4,80
Die Königin der Nacht.
(281) DM 4,80
Der Panther.
(5) DM 4,80
Der schwarze Meilenstein.
(4741) DM 4,80
Der Teppich des Grauens.
(106) DM 4,80
Die weiße Spinne.
(2) DM 4,80

Woods, Sara
Kommt nun zum Spruch.
(4913) DM 4,80
Der Mörder tritt ab.
(4878) DM 4,80
Verrat mit Mord garniert.
(4882) DM 4,80
Ein Dieb oder zwei.
(4784) DM 4,80